Aheront

J. COLLINS

Tebi, moj vjerni čitaoče - hvala ti na odvojenom vremenu.
Hvala Ti, što si zajedno sa mnom prigrlio moje snove, nema riječi
koje bi mogle opisati koliko mi to znači.

Ako ispoljiš ono što je u tebi, spašće te ono što ispoljiš. Ako ne ispoljiš ono što je u tebi, uništiće te ono što ostane neispoljeno.
- Apokrifno Jevanđelje po Tomi

Slavojka Kokić

SMIRAJ SRCA U VJEČNOSTI DUŠE
(O drugom dijelu romana Sophie „Aheront" J. Collins)

„Mit je bekstvo od materijalizovane... i izvanracionalne sfere"-
Lex Mruz
...Mit je skup čudesnog"- Aristotel

Mit i mitsko mišljenje se ogleda u snazi mišljenja idejom, to je težnja, način izjašnjavanja. Nije li se J. Collins, spoznavajući čudesnu moć mita, upravo zbog toga opredijelila za grčku mitologiju i rijeku bola- Aheront, jednu od četiri rijeke podzemnog svijeta nazvanog Had, da joj bude okosnica drugog dijela romana Sophie, nazvanog, upravo, po rijeci bola „Aheront"? Ili su njene misli tekle kao nezaustavljivi tok rijeke, a ona ih, tečno nižući događaje koji prouzrokuju neopisivu bol puštala da teku tom rijekom, tvoreći Aheront? Činjenica je da J. Collinsova uspješno kanališe snažnu bol koja će zadesiti glavne junake (Daniela i Sophie) ovog, drugog dijela romana, u mitološku, grčku rijeku Aheront. Tu rijeku je ovjekovečio Homer u „Odiseji", kao i Dante u „Božanstvenoj komediji", dok je J. Collinsovoj glavna odrednica ovog dijela trilogije i slovi je upravo tako, jer je veličina Danielovog bola ogromna zbog prerane i iznenadne smrti Sophie, njegove supruge. Plutanje njene duše granicom zemnog i nebeskog priziva slijepog Harona, lađara (sin tame i noći) koji, po grčkoj mitologiji, prevozi duše umrlih rijekom bola Aheront u Hadu.

J. Collins (Jelena Nikolić) je stekla ogromnu čitalačku publiku nakon objavljivanja prvog romana „Divenire", karakterističnog po tome što je većim dijelom autobiografski. Zahuktali plamen ljubavi između njenih glavnih junaka Sophie, po kojoj je prvi dio trilogije nazvan, i Daniela, rasplamsava se sve do totalnog obrta kad se ona pretvara u bol, u ovom, drugom dijelu, nazvanom Aheront. Nastaje na iskustvenom materijalu svega onog što čini život. Čitalac će se, nerijetko, pronaći u nekoj od životnih situacija koje autorka vješto slika. Radnja romana je tečna, J. Collinsova je vješto zapliće, tako da će ovo štivo poklonici njene proze čitati u dahu saživljavajući se sa sudbinama likova. Kao osvježenje autorka uvodi opise prirode, kao i priče poput one na početku romana o sokolici i sokoliću koje Sophie čita sinu Adrianu. „Nijedna ptica ne leti što ima krila, već što ima želju za letom"- iz rečenice koju sokolica upućuje sokoliću koji se plaši svog prvog leta, autorka, osim što Sophie slika kao brižnu majku koja sokoli, hrabri svog sina, kao da nagovještava prelomni trenutak u radnji...stradanje Sophie i let njene duše, ali mimo njene volje i želje za tim preranim letom...Vraćajući se sama sebi, znajući kako život zna da lomi, ona kao psihološki arheolog restaurira dušu glavne junakinje. Na taj način drži čitaoce u neizvjesnosti da li će Aherontom da otplovi njena duša iz zemnog u nebesko carstvo u kom kao prasak munje odjekuje lom Danielovog srca.

Maestralni su opisi zaljubljenosti i srži ljubavi, radosti zbog nje, ali i prevelike boli, kao i trenutaka kad nastane zatišje u braku spo-rednih likova Lukasa i Marie... „Znaš da si ti krila mojoj duši, svjet-lost mome srcu"- riječi kojima slika gromadu ljubavi, od kojih se topi kamen, a koje Daniel upućuje Sophie u trenutku njene životne ugroženosti. Sve ovo upućuje na to da je pred nama snažan psiholo-ško-ljubavni roman. Akcenat romana je na snažnoj psihološkoj borbi koja izaziva stalnu budnost čitalaca.

Roman je satkan od poglavlja od kojih neka počinju citatima poznatih ličnosti, ali i sažetim uvodnim napomenama same autorke iz kojih bi se mogao odrediti podnaslov poglavlja jer je u njemu skri-vena suština. „Sudbina plete, život određuje"- kao opomena koliko smo nekad nemoćni da usmjerimo život onako kako bi voljeli i kako on teče rijekom kojoj mi ne možemo da usmjerimo tok. Pripovije-danje se, uglavnom, odvija hronološki, s povremenim vraćanjem u skrivenu Danielovu prošlost, u kojoj se krije njegov brat John, tj. Da-vid koji pati od sindroma podvojene ličnosti i želi da se osveti Dani-elu. U toj nakani mu pomaže Chole, lik kojeg Nikolićeva vješto uvodi i sjajno razrađuje radnju; prisutna je stalna dinamičnost i uplitanje radnje kako bi zbunila čitaoca, i držala što duže u neizvjesnosti.

David je sin iz prvog braka njegove majke koja ga je odbacila radi života s Danielovim ocem. To će biti presudno za budućnost glavnih likova, Daniela i Sophie. Dakle, dodirne tačke prvog i ovog, drugog dijela trilogije su tragične i teške sudbine glavnih junaka, u prvom dijelu Danielova bolest; a u drugom stradanje i smrt Sophie i njenog nerođenog čeda. U ovom dijelu romana radnja se odvija samo na jednom mjestu, tj. u Parizu, za razliku od prvog dijela romana.

Zapaža se istančana sposobnost karakterizacije likova, od najtananijeg prikaza nježne dobrote, plemenitosti, simedonije, požrtvovanosti, odgovornosti , zaljubljenosti, vjernosti (Sophie i Daniel), do rđavosti, nasilnog ponašanja (John, tj. David), vanvremenske sveprisutnosti i sveobuhvatnosti (Bog)...Uočljiva je domišljatost u dosljednom slikanju psihološke strane ličnosti svakog lika što doprinosi ubjedljivosti i boljem razumijevanju postupaka likova. „Emocije pršte poput vatrometa"- maestralno predstavljanje snage osjećanja poređenjem kad opisuje susret pogleda Daniela i Sophie. „Ljubav od koje se gubi razum i duša"- misao autorke pred kojom se nameće pitanje da li se gubi jedno ili oboje istovremeno. U jednom momentu, ona kaže „Kada voliš, nisi svoj!", ili „Živjeti bez ljubavi nije moguće!"- slažem se, jer ona pobjeđuje sve životne nedaće. Zaista je to tako u životu, ljubav je nešto što nas zahvati kao bolest od koje nema lijeka i teško ju je dozirati, a ostati svoj. Ljubav je od Boga blagoslov.

Zanimljiva je suština ove rečenice u kojoj nam Nikolićeva opisuje glavnu junakinju, Sophie „Ona je žena da se voli i ima pored sebe"- misao koja opsjeda Davida, Danielovog brata koji je zaljubljen u Sophie. Ali ta misao nije puka klasifikacija žena na one manje i više vrijedne, već upozorenje šta to svaka žena treba da učini za sebe, da izgradi svoju ličnost, da sačuva svoje dostojanstvo i, jednim dijelom, tu nedostižnost. I upravo zbog te nedostižnosti, autorka će kasnije u ovom obimnom dijelu romana uvesti i lik Sare koja je opčinjena sa Sophie. Bavi se pitanjem šta znači biti vođa (za Saru je to Sophie)- „Žene koje pomjeraju granice..." Posmatrajući iz ugla žene, Sara se pita šta je ljubav, ljepota, smrt, koju Nikolićeva sjajno predstavlja poređenjem crne tinte koja se razliva na bijelom papiru, pokušavajući dokučiti šta je zapravo smisao života. Roman je neprekidna vrteška svjetla i tame protkana nitima nade.

Imponzantno je znanje i svestranost autorke iz svih sfera života, kao što je poznavanje kako grčke, tako i nordijske mitologije, takođe znanje iz oblasti medicine, religije, psihologije, kriminalistike... a zapaža se i poznavanje stranih riječi i izraza što svjedoči o njenoj ljubavi prema čitanju i njenoj načitanosti. U jednom dijelu rukopisa ona i naglašava problem današnjice: nezainteresovanost za čitanje i kupovinu knjiga.

Nikolićeva umije prepoznati potrebu za mirom, za nečim što daje njenim likovima nadu. Znajući koliko nam je svima nada potrebna, i kako živimo brzim tempom života, ona se pita „Da li je nada luksuz u vrijeme jurnjave? Teške životne trenutke Danielovog iščekivanja da se Sophie probudi iz duboke kome u kojoj danima leži, ona blaži pjesmom Kokićeve koja nudi nadu, ali i savršeno dočarava lom njegove duše...

Na obzorju mog (pro)zračnog sjećanja
Trepere nizovi naših prošlih dana,
Rasplamsa se plam nadanja
Pletenim nitima sreće...
A sada,
Sada mi se uspomene odzivaju
Samo u načetim slikama
Gradeći prazninu što se stravično širi...
Al' u zadnjem bljesku nade
U prigušenom pulsu
Tvog netjelesnog srca
Slutim izliv tvoje nježnosti
U tihim šapatima duše...

Kako ublažiti bol zbog gubitka voljene osobe nego vjerom u transcendentalno, u vjeru da je nakon smrti duša vječna, vjerom u Boga. Autorka opominje „Vjera u Boga treba da je stalna i stamena"- uči nas da vjera treba da bude sastavni dio naših života, a ne probuđena samo onda kad smo u nevolji. Iz razgovora Sophie s Bogom, uči nas načinu kako pobijediti zlo u sebi i kako biti dobar i podsjeća na sve ono što nas čini dobrim i bezgrešnim, prepoznajemo to u rečenici- „Svakog čovjeka treba gledati kao dio sebe". Stiče se utisak kao da je njena namjera da ublaži bol čitalaca za odlaskom Sophie, ali i ostavlja zrno nade da je ona, ipak nekim čudom još živa. Pažljivi čitalac će uočiti da na sahrani nije dozvoljeno da se sanduk otvara... Ostaje vjera da njen odlazak, ukoliko se zaista desio, iz zemnog u vječni život je nastavak života u nekom drugom obliku, jer njena duša je i dalje na svim onim mjestima koja su, u stvari, i činili njen život.

„Izrazi svoju bol riječju! Bol koja ne govori, guši puno srce dok ne pukne"- William Shakespeare. Hoće li i kako će se s rijekom boli nositi Danielova duša, da li će moći riječima da iskaže svoju bol, saznaćemo u trećem dijelu romana, jer J. Collinsova nam je jasno na kraju, ovog, drugog dijela stavila do znanja da prethodi psihološka drama jer David, Danielov brat nije završio svoju misiju da zatre sve ono što čini Danielov život. Autorkina sposobnost da dočara veliki gubitak, nas navodi na pomisao da kad prestane život voljene osobe, prestaje život i onog drugog. Jer, šta je život ako umre nada? On tad postaje rijeka bola koja neprestano teče, ali i u toj boli postoje trenuci koji vraćaju nadu, jer voljeni žive dok žive srca onih u kojima ih nose. Otud, se vraća nada, da će u trećem dijelu poteći rijeka sreće kojoj će Sophie usmjeravati tok dobrotom svoje vječne duše u smiraju Danielovog srca.

mr Slavojka Kokić, 06.02.2022.

IZJAVE ZAHVALNOSTI

Ova priča ugledala je svjetlo dana, zbog izuzetnih osoba koji su učestvovali u njenom stvaranju.

Prije svega i svih zahvalila bih se Bogu. Na Njegovoj Mudrosti, Plemenitosti, Dobročinstvu, Strpljenju prema meni. Na svemu pruženom, i uskraćenom. Zauvijek sam Ti zahvalna.

Zahvalnost također zaslužuje - moja sestra Jelica koja je pročitala roman i dala svoje sugestije i savjete. Kiki, ti si dragocjeno svjetlo moga života, zajedno sa Gabiem. Volim vas svim srcem. Vi ste moj blagoslov na kojem se zahvaljujem svakog dana. Hvala ti što bezrezervno podržavaš šta naumim i što radim, ma koliko se to nekada činilo ludo.

Zahvaljujem se Slavojki Bubić, mojoj dragoj prijateljici, koja je dala nesebično svoj doprinos za Sophie svojim trudom, upornošću i savjetima.

Veliko hvala Yvonne Maduro Beks, na inspiraciji, predivnoj mesinganoj figurici „Sophie", na svim nesebično pruženim informacijama na polju medicine.

Zahvaljujem svom sestriću Gabiu što je uvijek uz mene i pruža mi svoju nesebičnu ljubav. Sve knjige koje pišem posvetim i tebi. Ali možda je ipak bolje kada još malo porasteš da ne čitas dalje od ove posvete. Tek tada ćeš se da zapitaš: „Tetkice, jesi li ti ovo pisala?" Volim te Gabi!

Zahvaljujem svima onim koji nisu ovdje navedeni, ali su svojim mislima, djelima, doprinjeli da ovaj roman ugleda svjetlo dana. Hvala vam.

Zaista sam srećna što imam tako divne ljude oko sebe!

Aheront

J. COLLINS

To se događa kada dvoje ljudi postanu jedno: oni više ne dijele samo ljubav. Oni dijele svu bol, slomljena srca, tugu i žalovanja.
Coolen Hoover

Nježni zeleni zidovi sa dekoracijama „Spider-Mana" krevetom napravljenim u obliku Cars auta sa lampom pored kreveta, krasilo je Adrianovu sobu. Posteljina sa motivom Spider-Mana, polica za knjige prekrivena mrežom da što više podsjeća na njegovog junaka. Na policu za knjige pričvršćene su drvene klizne merdevine tako da može lagano kao Spider- Man da s šeta od police do police. Lagana svjetlost lampe stvarala je male sjenke po sobi.

- Mama hoćeš mi ispričati priču? – izusti mazno pokriven do ramena razbarušene crne kose, kada je vidio da je krenula da izađe.

- Opet?- upita nasmiješivši se blago. Jesi počeo da čitaš novu knjigu?

- Charlie i tvornica čokolade?[1]- doda lagano se pridignuvši i naslonivši glavu na zid.

- A nećemo tako, - reče vidjevši ga kako ustaje. Ide priča i spavanje. Slabije sada čitaš kako ti je tata kupio Nintendo Switch.

Pokušavam Link da dovedem do kraljevstva. Marie mi je rekla da ću uspjeti. I samo da znaš, i ona je danas igrala, kada je Leo zaspao.

- Oh Bože, zašto sam to znala?- nasmijavši se reče Sophie.

- Čak sam morao da se borim sa njom, da preuzmem svoju igricu. Sada kada dođe Lukas reći ću da joj kupi – izvukavši svoju ruku, uze njenu.

- Zato nisi ni čitao „Tvornicu čokolade" sada razumijem - pogleda ga i poljubi ga u kosu.

---

[1] Čarli i tvornica čokolade (dječiji roman britanskog autora iz 1964, Roald Dahl).

- Sviđa mi se Charli, ali više volim Pottera.

- Sad ću ti ispričati jednu sasvim drugačiju priču.

Jednog dana majka soko, izlegla je svoje jaje. Čuvala ga, pazila, i vodila brigu o njemu. Na samom vrhu planine nalazilo se gnijezdo. Jedva da je i po hranu išla, bojala se jajetu. Druge ptice su dolazile, savjetovale je, nudile svoju pomoć i usluge, ali ona je bila uporna dok jedno jutro iz jajeta nije provirio mali soko. Bila je presrećna, njena prva beba konačno je stigla. Sve ptice i ostale životinje čule su tu radosnu vijest. Hranila ga je, brinula o njemu, ali kada je stiglo vrijeme da mali soko učini svoj prvi let, to se jednostavno nije dogodilo. Dani su prolazili, ali sokolić je i dalje sjedio u gnijezdu. Sokolica pozva sovu za savjet.

- Razumijem te kao majku, ali znam u čemu je problem – reče stavivši svoje okrugle naočale. Potom je otvorila sokolu usta, gledala krila.

- Da, baš kao što sam i mislila, nedostatak omega 3 masti.

- Oh! - reče sokolica.

- Da - reče zabrinuto sova. Riba je bogata tim mastima.

Mlada majka je svaki dan donosila svježu ribu, ali situacija se nije mijenjala. Sokolić je jeo, ali na let nije htio. Sokolica je bila zabrinuta. Tužnog lica, umornih krila sleti na grane jednog starog hrasta duboko uzdahnuvši, ne znajući šta dalje. U tom trenutku, naiđe lisica. Sva važna, puna sebe, dignutog repa uputila se u šetnju.

- Vladaš nebom, na zemlji plačeš – reče gledajući u sokolicu.

Ona se požali lisici na svoj problem. Očajna, iznemogla nije znala šta više da radi.

- Mislim da si zapala u maglovit prostor, gdje se često donose pogrešne odluke - izusti lisica.

Nijedna ptica ne leti što ima krila, već što ima želju za letom.

- Šta mi savjetuješ da radim?- upita očajno sokolica.

- Uradi na oko nemoguću stvar. Baci sokolića iz gnijezda - reče lisica poželivši joj ugodan dan nastavi dalje svojim putem.

Sokolica poče da plače još jače. Kako da izbaci malog sokola iz gnijezda, kada ne zna da leti. Otišla je kući, razmišljajući o toj odluci. Nekoliko dana nije spavala. Dok jedno jutro nije skupila snage i poslušala lisičin savjet. Uzevši malog sokolića, tužnog srca, ali sa nadom baci ga iz gnijezda. Ali za divno čudo, baš kada je mislila da ne može da leti, mali soko se vinuo duboko u nebo.

- Tako će i tebe, često život da natjera na teške uslove, ali baš kad misliš da više ne možeš, raširi ponovo svoja krila – nagnula se i poljubila dječaka koji je već bio zaspao. Posmatrala mu je lice, koje je bilo mirno, kapci su se smirli i prestali da trepere. Mogla bi ga satima tako posmatrati -pomisli. Daniel i ona su stvorili nešto tako divno. Da jedna ćelija se razmoži i stvori ovo divno čudo koje govori, ima osjećaje, jedno čitavo središte svijesti.

Amir bi sada rekao to je Božja kreacija. – misao joj prostruji glavom. Kako joj nedostaje. Volio bi Adriana jako. Čovjek koji je sve osjetio na svojim leđima, a nije pognuo glavu. Čovjek koji je bio inspiracija mnogima. Toliko toga o njemu ljudi nisu znali. Lice na kojem se vidjela dobrota i blagost. Nema to svako, i ne može se na svakome vidjeti. Ljudi koji su prošli patnju, a ipak se izdigli iznad svega, oni to imaju.

Lice joj je bilo ispijeno. Srce kao da joj je zamiralo, a živci svakim danom sve više drhtali, i lagano poput kakve niti se lomili. Ustala je i stala pored prozora. Okrenula se prema dječaku, vidjevši ga kako bezbrižno spava. Bio je umoran, oči su mu se počele brzo sklapati, zaspao je kroz par minuta. Ulične svjetiljke bacale su blagi sjaj po trotoarima. Ugledala je svoj odraz na staklu. Duboko je udahnula. Da li ima snage za sve ovo? Boji se! Boji se života, i šta joj još sprema kakva iznenađenja iza ugla. Vrijeme je takvo da se ljudi danas pokreću stresom. Imala je osjećaj da sve one silne knjige, emocionalnih, duhovnih, fizičkih recepata, nisu joj ništa pomogle, ili zapravo ona je ta koja nije njihovo znanje primjenila. Nedavno je bila na predavanju Gabriele Bernštajn, gdje je ona rekla da prvi korak u biranju ljubavi umjesto straha jeste to da treba da pokažemo razumijevanje prema strahu. Svaki put kada osjetimo strah, ili da nam se on lukavo prikrada i već se poput komete našao u našoj blizini, treba da mirno sjednemo, duboko udahnemo, napravimo predah od misli i svega. Sophie je to počela da praktikuje. Da tehnika ne djeluje to ne može da kaže, ali treba vježbanja, svakodnevnog vježbanja, koje zahtjeva upornost i istrajnost. Treba uvježbati um. Pored svih obaveza na poslu, ni sama nije znala odakle nalazi vrijeme još za tehnike Gabriele Bernštajn. Izdahnuvši, prišla je krevetu. Poljubivši dječaka lagano je zatvorila vrata sobe.

- Je l' zaspao?- umornog pogleda gledao je u nju kada se pojavila pred vratima. Shvatio je da mu je grlo malo suho, i tiho se nakašlja, ali ugledavši je kao da mu neko upali svjetlo u tmini njegove duše.

Lagano zatvorivši vrata, prišla je krevetu i sjela pored njega.

- Jeste. Ispričala sam mu priču - uzela ga je za ruku, spustivši svoje usne na njegove. Njegove usne su bile vrele na njenim. Ruka mu je bila vruća kao i ostatak tijela. U jutarnjim satima primio je još jednu hemoterapiju. Malo kao da se oporavio od mučnine koja ga je jutros bila zahvatila. Sada su se već i navikli na te nuspojave. Povraćanje, znojenje, jaka groznica. Od silnih beskonačnih testova i preoperativne procjene mislila je da će da izludi. Terapija je bila skupa, ali u konačnici svega učinkovita. Čovjeku novac ne vrijedi ništa ako nema zdravlje. Mnogi drugi bolesni ljudi imali su štedne kartice, i novac se sa računa poput ledenog brijega vrlo brzo topio. Glava mu se još hladila, ali sada je već mogao bistrije da misli. Na lice mu se vratila blaga rumen, to je bio dobar znak. Ali ipak osjećao se oljušteno. Ovo je četvrta terapija, i hvala Bogu njihov kraj.. Mrak guta mrak, u tunelu u kojem se nalazio vjerovao je u dolazak svjetla. Dobro i svjetlo su najjača oružja na svijetu, pročitao je u Amirovom dnevniku koji je pronašao prećutivši sve to Sophie da je ne uznemirava. Usne su mu bile suhe. Podočnjaci su mu sada došli do izražaja. Osjetio je njenu uznemirenost i brigu. Petnaest minuta igre, kupanje, spremanje za spavanje, skrajanje priča, obaveze na poslu, dobro se nosila sa svim obavezama. Još i njegova bolest. Zapravo, kada je saznala da je bolestan, imao je osjećaj da se njena opuštenost izgubila. U snu se nemirno okretala, ne spavajući više u jednom položaju. Za sve je nalazila vrijeme, ali najmanje za sebe. Imao je strah da će sve to da se odrazi na njeno zdravlje. Lice kao da joj je lagano gubilo onu nježnost što je imala na početku. Imao je osjećaj da je još par kilograma izgubila, jagodice su joj sada bile vidljivije. Blagi nabori na donjoj usni, ili mu se samo to tek tako učinilo. Često bi se zatekao kako ne može prestati misliti na nju. Svijet mu je sada dobio neku novu dimenziju. Bolestan čovjek obraća pažnju na najsitnije detalje. Sada je shvatio koliko je čovječanstvo zapravo krhko. Sada stvarno osjeća dah vjetra, miris kafe ili čaja, svijet sada ima neku novu hipersenzibilnost. Zašto se to tako odjednom desilo? Strah od smrti! Sama pomisao da sutra ne stiže, otvara u nama sva čula. Nekada razmišlja da li će Sophie i on da osjete ikada više onakvu slast kao na početku. Sada je sve više sumnjao u to. Stegnu joj ruku.

- Neka nova priča, ili si ti sada izmišljala?

- Mislim da mi ide odlično u pripovjedanju – reče zabrinuto, drugom rukom mu pređe kroz kosu, koja je sada bila prorijeđena uslijed hemoterpije.

- Ništa mi ne pruža zadovoljstvo u životu, kao vas dvoje. Ti što vjeruješ u mene, od prvog dana kada sam te upoznao, i cijeli ovaj put. A Adrian što ima dio nas. Ali ne brini, počinjem novi život, nema razloga za brigu. -prošaptao je.

- Oh, - umorno reče, nesvjesno milujući boru na svome čelu, lagano ustade i približi se ormaru. Kako se kupio Nintedno Switch u kući neće biti mira.

Otvorivši vrata izvadi spavaćicu.

- Čak je danas imao svađu sa Marie, i ona se otima za igricu – zatvori vrata sjede ponovo na krevet do njega, sad već malo se osmjehnuvši. Uze joj ruku i nježno je poljubi. Šmŕknula je obrisavši nos nadlakticom.

Prehladila sam se - tiho izusti, položivši ruke na njegove grudi, dodirujući ga bojažljivo kao da će da ga povrijedi.

- Samo da ne dođe opet do infekcije sinusa. Vitamin C, da ojačaš organizam – stegnuo joj je ruku. Hvala Bogu pa ne radiš više dvadesetčetverosatna dežurstva, to je bez šale bila ludnica. Imaš Amirove dionice od bolnice ladno si mogla da odbiješ. Mogla je, ali nije mogla da kaže kao da je bježala od vlastite kuće, muža i djeteta nadajući se kada se vrati da će sve da bude kao prije. Ali ništa nije kao prije.

- Ne treba da te podsjećam kako si tada izgledala polomljeno. Molim te da pokušaš da smanjiš obaveze.

Naravno, prećutala je na to.

Soba je mirisala na svježe ruže, koje su stajale na noćnom ormariću. Miris kao da joj je pomogao da se izbori sa tugom koju je nosila u sebi. Prije svega ovoga imali su uravnotežen život, ljubav se nalazila u malim znacima pažnje i sitnim detaljima. Kakav će biti ostatak njenog života, sada kada je Daniel bolestan, sve češće je pokušavala da nađe odgovor na to pitanje. Strahovala je od sadržaja životne pošiljke. Začula je sićušni glas iz dubine svoga srca- Sve će da biti dobro.

- Idem na brzinu da se istuširam, dolazim brzo - nasloni mu usne na vruće čelo i lagano ustade.

Voda joj je kao iz topa udarala tijelo. Vikala bi glasno, ali dignut će vjerovatno sve na noge. Zabacila je glavu, mlaz joj je pogađao lice. Trljala je obraze i vraćala se s granica napada još jednog udara anksioznosti. Dobar je osjećaj. Vratila se iz ništavila. Zvuk vode je opušta. Uzevši gel za tuširanje, spusti par kapi na spužvu. Miris se prošarao vazduhom. Prelazi lagano spužvom preko tijela. Pješčani sat lagano odbrojava, svaki dan kao da sve više gubi strpljenje za cijelu situaciju. Boji se za njega, njegovo zdravlje, porodicu. Razumije sve... da je tješi: Sve će da bude u redu. ...Znaš sama, doktor si, bar tebi ne treba da objašnjavam... Sve je to tačno, ali baš zato što sve zna, zna i šta s tim ide. Kako se stvari okrenu vrlo brzo. Osjeća se kao narandža, život ju je upravo stavio u mašinu za cijeđenje.

Izašla je iz tuša svježija, voda je trenutno odnijela onaj lošiji dio. Uzela je peškir lagano posušivši tijelo, obukla je spavaćicu bacivši pogled na ogledalo. Prepala se svoga izgleda. Obrazi su joj upali u odnosu na njeno tijelo. Daniel je u pravu. Treba pod hitno da smanji obaveze. Ugrozit će svoje zdravlje ovim tempom. Otvorila je ormarić i uzela bočicu sa pilulama. Vitamin C da imunitet postavi na mjesto. Ugasivši svjetlo u kupatilu, zaputi se prema spavaćoj sobi. Daniel je spavao, roman koji je počeo da čita još mu je bio u rukama. Sophie lagano izvuče knjigu, pogleda u njene korice „Grčko blago"[2] stavivši je na ormarić pored. Duboko uzdahnu. Bili su sasvim nor-

---

[2] Irving Stone.

malna i obična porodica, sada kao da se sve promjenilo. Puno vremena treba da čovjek sve to izgradi, a jedan tren da se sve sruši, ili da temelji počnu da podrhtavaju. Razgrnuvši prekrivač, tiho leže u krevet da ga ne razbudi skupivši se kao školjka pored njega, osjećala je njegov dah, otkucaje njegovog srca. Pitala se da li je ovo još jedno iskušenje, da je Amir živ znao bi da joj pruži valjan razlog za sve ovo. Da li uopšte ima pravo od Boga da traži bilo kakva objašnjenja? Glavom su joj strujale misli, nemoguće je bilo da ih ukroti. Lagano se pridiže, uputi se prema Adrianovoj sobi. Tiho otvori vrata, dječak je spavao dubokim snom. Priđe krevetu, pokrivši ga i poljubivši, baci pogled po osvjetljenoj sobi. Izađe van, lagano zatvorivši vrata, vrati se u krevet. Aristotel je vjerovao da je „Sreća" značenje i svrha života. Ljudi budu srećni sat, dva, danima, a u poslednje vrijeme ona ne može da izdvoji jednu sekundu sreće. Strah, samo strah koji ju je obavio, i svu svjetlost što ima kao da je guta. Nemilosrdan je. Pokušavala je da zaspi, ali glavu kao da su zaposjeli demoni. Misli su se samo množile. Daniel se par puta trgnuo u snu. Uzevši mu ruku prinese je usnama.

- Moram se smiriti, izbaciti paniku van – misao joj prošara glavu.
Najbolji način da pobjegnete od problema je da ih riješite.
Alan Saporta

- Profesija nam je takva da nam život i smrt idu pod ruku. Mora da se trgneš iz ponora u koji zapadaš. Razumijem da je teško, ali hemoterapija je završena – reče Lukas prišavši aparatu za kafu, stavi šoljicu i pritisnu dugme pri čemu lagani miris ispuni kancelariju. Stavi prhki kroasan na tanjirić.

- Lukas, sve shvatam, ali cijela ova situacija me zatekla. Amirova smrt, nedugo poslije toga saznam za Daniela. Pokušavam da misli razbistrim, ne želim da me vidi tužnu, ali kada vidim ispijenost njegovog lica, zatvaranje u sobu ne želeći da ga Adrian vidi iscrpljenog od hemoterapije, kako onda da se trgnem?

- Marie kaže da se mnogo toga može reći o savršenoj šoljici kafe – skloni šoljicu, zamišljeno pređe lagano kašikicom kroz pjenu napravivši srce.

- Izvoli – stavi šoljicu i kroasan pred nju, opojnog mirisa osmjehnuvši joj se. Kafa i kroasani, nije li nas možda to dovuklo ovdje? Izvježbao sam se, Marie ne želi da pije kafu dok prije toga ne otisnem srce. Uhvatio je da posmatra pjenu kafe.

- Razmazio si je – reče osmjehujući se.

Sophie promješa kafu, gledajući kako prije toga napravljeno srce lagano nestaje. Tamna kafa progutala je bijeli vrtlog, sjedinivši sve u cjelinu. Takav je i život sa primjesama tame i svjetla - pomisli.

Lukas duboko uzdahnu, lagano sjede držeći se objema rukama za stolicu. Sophie su suze u očima navrle, uspjela je da ih suzdrži.

- Sve ovo...

Lukas ustade, priđe joj zagrli je.

- Nisi sama, mi smo uz vas – tješio je stegnuvši stisak.

- Znam, ali se često pitam, kako je život nekada tako jasan, a nekada tako neproziran?

- Znaš da je Marie rekla da moram da joj kupim Nintendo Switch – pokušavao je da je oraspoloži.

- Oh Bože! – izusti Sophie, rukama sklonivši par suza koje su pobjegle.

- Bolje da kupim zbog kućnog mira. Probaj kafu – vrati se i sjede ponovo. Ne piješ je više u neograničenim količinama?

- Odlična je. Smanjila sam. Osjećam se umorno, čak i od kofeina. Imam osjećaj da mi je kurs kao u Titanika, direktno prema Đavoljoj santi leda. Iako kažu da je smrtonosna doza 70 šoljica kafe ipak nisam bila toliki ovisnik. Znaš, izgubili smo svoje rituale- blago se nasmiješi i spusti lagano šoljicu na tanjirić.

- Znam, ali svemu dođe kraj, tako i ovom. Brzo će da prođe. Sreća da je sve simptome spazio na vrijeme. Čim kupujem ženi Nintendno ne mogu da kažem da i kod nas sve ide sjajno. Postali smo robovi ovoga života. Prepuni patnje i bola.

- Šta želiš da kažeš?

- Kao da samo se razdvojili. Kako je Leo stigao, nervoza se nije smirila, stalno je nervozna. Razumijem sve simptome, ali tolika se stvori vika u kući da joj ne znam ni početak ni kraj. Živio sam za njen osmijeh, iskreno kada sam susretao druge ljude na ulici, želio sam njima isto, da osjete ljubav kao što imamo nas dvoje. To nešto što se događa sa srcem, nešto što nauka ne može tako dobro da objasni. Razmišljam da smo možda oboje zapali u krizu srednjih godina- izgovori kroz tužan osmijeh.

- Ne vjerujem. Muškarce stiže sa četrdeset, a žene sa pedeset, ako ništa dobre smo u tome, kasnimo za vama.

- Zapravo, razmišljao sam da se obratimo bračnom savjetniku - izusti tiho, zabrinuto.

- Toliko je loše?- izusti Sophie.

- Možda je nesrećna u braku, a ne želi ovako to da podijeli sa mnom-ukrsti prste i nagnu se na stol. Mislim da je zaštitnički oklop našeg braka, napukao. Pokušao sam da analiziram naš odnos, ali nisam uspio, očigledno da nam treba pomoć drugih ljudi.

- Porazgovaraću ja sa njom- otpi gutljaj kafe. Poznajem Marie, i njenu prirodu, njenu eksplozivnu ličnost, samo trebaš da naučiš to da poštuješ, sada više nego ikada dok je u tom osjetljivom stanju. Ne znam da li postoji bračna idila, ali mi smo ti koji je gradimo.

- U pravu si. Cijenim to. Hvala ti puno. Šta misliš da večeras dođete do nas? Pijemo vino, i sve brige i probleme sklonimo sa strane. Naručit ću nam hranu - sada već ohrabren izusti Lukas.

- Ne čini se loše. Izaću ranije van da sve dogovorim sa Danielom. Adrian nije danas u vrtiću, zajedno su. Pokušat ću smanjiti obaveze na poslu. Sinoć sam se uplašila svoga odraza u ogledalu. Treba vrijeme da posvetimo više porodicama. Ostvareni smo u karijerama.

- Imaš pravo, sve se slažem. U tom slučaju, dogovoreno, vidimo se večeras - reče Lukas.

- Stigla je mama! – uzviknu Adrian čuvši školjcanje ključa u bravi, ostavi igricu i trčećim korakom uputi se prema hodniku. Zalupljena ulazna vrata bila su znak da je stigla. Ušla je u kuću bacivši torbu na pod, ispustivši ključeve od automobila pored, duboko udahnuvši. Adrian joj se obavio oko nogu.

- Moj lijepi dječače. Uzevši ga u naručje, zagrli ga jako, udišući miris njegove kose. Opijala se tim njegovim mirisom, njegovim riječima.

- A tata, gdje je tata?- zabrinuto upita.

- Ovdje sam - pojavi se pred njima njegova silueta, sada već vedrijeg raspoloženja i osmijeha.

Sophie izdahnu. Spustivši dječaka priđe i zagrli ga jako.

- Nedostajao si mi puno - reče zabrinuto.

- Igrali smo igricu, dan nam tako prolazi. Naručio sam nam hranu, jeli smo, tako da ne brineš – utisnu joj meki poljubac na usne.

- Tata, kaži mami da odlično igram - stade između njih kao da ih razdvaja.

Daniel ga uze u naručje i ponese u sobu. Sophie uze torbicu sa poda i uputi se za njima.

- Osim što moraš malo više da kupiš jabuke, i oružje da mijenjaš- reče spustivši ga na krevet.

Mačak Oreo je spavao, lagano se protegnuvši ali ne obraćajući pretjerano pažnju.

- U suprotnom oni gadni likovi što te jure...

- Malo da provjetrim. Vazduh kao da je memljiv i ljepljiv- priđe prozoru i otvori ga prekinuvši Daniela i Adriana u priči. Krenu prema balkonskim vratima koja su vodila van u baštu. Pored vrata na klinu spazi novu kabanicu za Adriana i nove gumene čizme. Slatko se nasmija. Kroz prozor ugleda jednu košnicu pčela koju je Daniel naručio da on i Adrian imaju zanimaciju.

- Nadam se da o vama vodi neko brigu - pomisli.

Oko njih kao da primjeti par osa, kao da izvode neki napad. Pogleda stablo jabuke, čije su se asimetrične i razbarušene grane povile prema zemlji. Jabuke su ležale na tlu. Otvori vrata, dan je bio topao za pozni oktobar. Ptičija pjesma ispunila je vazduh, pjevale su neumorno, neke kao da su se bučno svađale. Sophie izađe van, duboko uzdahnu, i taj mali dio prirode upi u sebe, par jabuka ponese u rukama. Ušavši u kuhinju, odvrnu slavinu, oprala je jabuke i ruke, spustivši jabuke na jednu platnenu krpu, nasuvši vodu u kuhalo za čaj. Na stolu je stajalo parče pice, uze ju, jedući se zaputi prema Danielu i dječaku. Sjednuvši pored njih, dječaka uze u krilo, približivši se Danielu, nasloni glavu blago na njegovo rame.

- Lukas nas je pozvao da dođemo na večeru?
- Super!- uzviknu dječak, približivši se odgrize parče pice.

Oboje se na to zasmijaše, gledajući Adriana punih usta.

- Jesi rapoložen da idemo?- upita jedući preostali dio pice.
- Naravno, nismo dugo bili – zagrlivši ih oboje poljubi joj čelo.
- I kako ti je bilo danas sa tatom?
- Super, tata se složio da je sve što sam htio da radim dobra ideja. Ups, nisam to smio da kažem- pogleda u Daniela.

Daniel se nasmijao.

- Moraš malo bolje da čuvaš tajne. Dogovorili smo se to.
- Zar vas dvojica nešto krijete od mene?
- Tata kaže to su samo muške stvari. Kao što djevojčice ne pričaju sve dječacima.
- Aha, tako znači – nasmija se Sophie zagrlivši ga jako.
- Kako je tebi prošao dan? Moramo da svratimo da kupimo poklon Marie i Lukasu, ipak nismo bili dugo?

Sophie spusti dječaka na krevet, uputi se prema kuhinji, gdje je voda prokuhala za čaj. Pritisne čelo na prozor kuhinje gledajući van. Nema gužve. Ljudi su sada već u kućama, ili vani sjede u restoranima. Odmaraju, nakon napornih radnih sati. Daniel ustade krenu za njom. Otvorivši ormarić izvadi šoljicu. On joj priđe sa leđa i zagrli je.

- Da napravim i tebi čaj?- okrenu se prema njemu, okrznuvši mu lice rukom.

- Opet kamilica?- nasmiješi se.

- Ispostavilo se da je najbolja- nasloni glavu na njegova prsa.

- Sve će biti dobro- odmaknu se blago, uze filter i stavi u šoljicu. Otvorivši ormar uze šoljicu i za sebe. Vrućom vodom zali čaj.

- Vjerujem da nas je Lukas pozvao da malo smirimo napetu situaciju -uze šoljicu i sjede za kuhinjski stol, dok je pogledom pratila Adrianovu igru sa mačkom.

Daniel sjede pored nje.

- Imaju problema?

- Sitnih, vjerujem, mada Lukas kaže da je razmišljao da se obrate bračnom savjetniku - rukama stisnu vruću šoljicu, pogleda u njega slegnuvši ramenima. Sad se pojavila nota nesklada, koju su, nadam su, prepoznali na vrijeme.

- Naravno, nemoguće je očekivati da sve ide sjajno.

- Možda ga je prije zavoljela, pa tek onda upoznala?

- Mislio sam da je bilo i kod tebe tako.

- Mislim da je ipak bilo obrnuto.

- Mislim da te nisam razumio -odahnu.

- Zaljubljivanje u sebi nosi određeni rizik. Mislim da prvo treba da se upoznamo a tek onda zaljubimo, što sam ja i napravila u našem slučaju.

- Ne budi smješna. Odmah si se u mene zaljubila, samo što ti je to sada teško priznati.

- Vjerujem da postporođajna depresija još nije isčezla kod Marie. Svaka žena se nosi drugačije, mada simptomi su čini mi se kod svake isti – nasmiješi se uzevši mu ruku.

- Sada kada vratim vrijeme unazad, ne sjećam se da sam to imala?

- Pričaj mi o tome - stegnuvši joj ruku duboko se nasmija. Treba meni da zahvališ na strpljenju i što sam se sa svim izborio, bolje rečeno za sve sam prepuštao odluke tebi. Dok se situacija ne smiri, moram Lukasa da uputim - otpi malo vrućeg čaja.

- Tata je l' ovako dobro?- noseći u rukama mačka i čvrsto držeći plastelin, stavi ga na stol. Za Orea sam napravio jabuku.

- Nisam siguran da mačke jedu jabuke - nasmija se Sophie, uzevši zeleni plastelin u ruku.. Žao mi je Orea, velike torture ovdje trpi zbog tebe. Kako mu je uho?

- Tata mu stavlja svaki dan kapi. Uzeli su mu krv, pitao sam doktora da li ima šta za ovo njegovo bjesnilo...

- Bjesnilo?- iznenadi se Sophie.

- Tata mi je rekao da se to tako kaže...

- Sve je tata kriv, sada sve shvaćam- nasmija se Sophie.

- Misliš li tata da će on da jede ovu moju jabuku?

- Možda bude vegeterijanac - izusti Daniel, zbog čega se svi grohotom nasmijaše.

> *Svako rješenje problema mijenja problem.*
> *R. W. Johnson*

- Ulazite! - rekla je Marie vidjevši ih pred vratima.

Daniel je držao kesu u rukama, dok je Sophie unijela Adriana.

- Još ga paziš kao da je mali, a već ima četiri godine. Tako mi je drago što ste došli - zagrli je jako. Kada mi je rekao da vas je pozvao, sama sam se pitala zašto smo se tako otuđili.

- Mali poklon za vas – Daniel pruži Lukasu kesu, dok je u rukama držao Lea.

Sophie iz torbe izvadi Nintendo Switch pružajući ga Adrianu, svesku, bojice, i paket čokoladica od žitarica, što je on obožavao.

- Da pokažeš Leu, kako se igra?

- Da – odvrati dječak i brzim korakom se uputi prema krevetu. Držeći Adriana za ruke, Daniel se uputi za Lukasom koji je u naručju nosio Lea. Marie okači jakne u hodniku na vješalicu, duboko udahnuvši.

- Hvala Bogu što si ovdje. Imam osjećaj da se gušim. Dođi pomozi mi u kuhinji, imam još samo malo obaveza.

Uputiše se zajedno, dok su Daniel i Lukas zajedno sa dječacima pričali svoje priče.

- Mislila sam da ću u frižideru da zateknem vina, slanine i salate, kao u dobra stara vremena - kroz smijeh reče Sophie otvorivši frižider i gledajući unutra. Pruživši Marie piletinu, natopljenu u sosu.

- Lukas je naručio hranu, ali bojim se da će da bude malo. Znam da Adrian voli piletinu. Vidi se da dugo nisi bila ovdje. Sve se promijenilo, čak i unutrašnjost frižidera.

- Voli, ali nema šanse da sve ovo pojede svakako. Nisi trebala toliko da se mučiš - zatvorivši vrata frižidera.

- Mučila se ili ne, svakako niko ne vidi. Nekada se pitam zbog čega sam se do vraga udala? Mogla sam da rodim Lea, i sami da živimo. Ovako sve radim, i opet je situacija napeta. – stisnu nož u ruci, i duboko udahnu poražena. Bore su joj bile napete, mala nit je bila između smijeha i plača.

- Imate problema – upita vadeći piletinu iz tanjira i stavi je na dasku pored Marie.

- Problem, u ovom slučaju je mala riječ. Ne znam šta se dešava, ali kao da moram da radim brzu reanimaciju braka – zareza piletinu nožem upotrijebljujući više sile nego što je trebala.

- Marie, to je sve normalno, u postporođajnoj si depresiji. Naravno da niko ne zna šta vreba u braku, osim dvoje ljudi koji su u njemu - otvorivši ormar izvadi veću šerpu za pečenje i stavi pored nje. Otvori drugu fioku gdje je bio složen escajg. Noževi, viljuške, kašike bili su složeni kao po nekom redu. Marie dosu ulje unutra i doda piletinu.

- Problem je u tome što smo izgubili ravnotežu, razlika je u tome šta on želi i šta ja želim. Ja bi trebala sve svoje potrebe da stavim sa strane, zarad njegovih. Sorry, ali nisam spremna za to. Ja nisam tip žene koja samo održava osvježenje u braku. Onaj požar koji smo imali na početku, koji je bio zahvatio cijelo tijelo i srce, gasi se.

- Brak je kao ameba, neprekidno mijenja oblik. Znaš to, ali i ako ne znaš imaš vremena da naučiš. Kompromisi, draga.

- Dosta mi je da budem jaka za sebe, za Lea i za Lukasa - na ivici suza izusti Marie. Sve je top, zato što je on previše precizan i sve želi da bude tako. Mnoge od njegovih dobrih osobina sada me izluđuju, da ne pričam loše koje počinju da isplivavaju. Kod nas je haos u kući nasledan. Kakva je kuća ako nema u njoj haosa. Ne volim kada mi je sve tip top. U najjednostavnijim stvarima jednostavno više se ne slažemo. Uredna kuća je antifeministička. Pitam se kako je moja majka ostajala staložena u nekim situacijama, koje je moj otac pogoršavao kao sada meni Lukas. Nije ni čudo što je u svojim mlađim godinama osijedila. Treba mi više vremena za sebe manje za kuću. Naravno, postavlja se pitanje koliko on učestvuje u svom tom redu. Po svemu sudeći ništa!

U kojoj dobi muškarcima i ženama prestaje želja za seksom? Ili sam toliko ostala ružna od ove trudnoće i svega, da Lukas više nema želje da mi prilazi. Ako ja imam želju, nema je on, ako ima on nemam je ja i tako po pitanju svega, kao na ringišpilu kružimo oko ose. On ujutro ode na posao, ja sam kao kućna pomoćnica! Nisam se školovala za to – ubaci meso u šerpu i stavi ga na pečenje, podesivši temperaturu. Leo skroz slabo spava, noću se budi nekoliko puta. Naravno sve to ja stižem! Moram, zato što nema ko drugi.

- Hm, možda je nedostatak azot-monoksida u organizmu kod Lukasa, kada nema želje za seksom - nasmija se Sophie stavljajući prljavo suđe u sudoper.

- Možda nedostatak nečega u mozgu - brecnu se Marie.

Već duže vrijeme je osjećala kako je depresija prožima u talasima, malo se povlači, malo nadire, samo što sada nije htela ništa od toga da kaže Sophie.

- Skoro sam pročitala da se djeca zaposlenih majki bude češće noću, žele više da borave sa roditeljima. Nisam se složila s tim. Stalno sam u pokretu, Adrian dobro spava. Ah, ni kod mene nije sjajno – nasu vodu i spustivši par kapi deterdženta na spužvu, uzdahnu duboko. Kako je bolestan, seks nam je zadnji na listi. Samo želim da ozdravi. U bolnici imam previše obaveza, i osjećam krivnju što vrijeme ne provodim više sa njima kući, a u jednu ruku, bježim od kuće na posao, koliko god mi to bilo teško da priznam. Umorna sam od svega – pusti vodu da ispere sudje ostavši par trenutaka zamišljena. Na početku veze sve smo dijelili, i to je baš bila ta dubina veze. Oslikana, kako jedna veza treba da bude. Sada, sada je sve drugačije. Svaki dan sve više imam bora od stresa, a sve manje od smijeha.

- O tome ti pričam i ja sam isto umorna. Tata me svaki dan pita kada se vraćam na posao. Kada to saopštim Lukasu, ne slaže se. Naravno ja nikada nisam financijski zavisila od muškarca, čini mi se da on svim silama radi da se to desi. Mislila sam da ću dobiti neko upozorenje pred samo pucanje ovog braka, ali sve se dešava tako brzo da ne utičem ni na šta. Još da kažem, udaja za Lukasa je greška, osim Lea. U redu, u početku je bilo lijepih trenutaka, ali od trudnoće i sve do sada, ovo je užas. Ne mogu više! Razmišljam o razvodu!

- Šta?!- u čudu izusti Sophie.

- Ljudi kažu da je razvod užasna stvar. Nedavno sam čitala jedno istraživanje. Razvod je valjda onaj dio priče kada istina i svi nedostaci koje nismo uočili ranije izlaze na vidjelo.

- Treba biti veliki mudrac da znamo kako otjerati brige straha, more tuge, i neizvjesnosti. Ne treba čovjek da gubi nadu u dobro i da ono neće doći. Čak i da živiš u samom centru vrtloga, samo sa nadom ćeš da opstaneš. Jednom kada sam sa Amirom pričala rekao mi je:

„Ono što te raduje, neće trajati vječno, ali ni sa tugom i suzama nećeš vratiti izgubljeno."

Ali opet ti kažem smiri se, ne srljaj, pametna žena pustinju pretvara u cvrkutavi vrt. Budi kao povjetarac blaga u donošenju odluka, mirisna kao mošus, a u svojim stavovima čvrsta kao planina. I zraci tuge nose sreću sa sobom.

Lukas gleda u Daniela, osjeti toplinu oko srca što su izdvojili vrijeme i došli kod njih.

- Kako se sada osjećaš? Ne izgledaš loše, naravno da od hemoterapije malo si izgubio kilograme, ali vratit ćeš to brzo, loše vrijeme je iza tebe - ležerno sjedeći držeći čašu sa vinom u ruci upita Daniela.

- Samopouzdanje mi je iskreno slabo, ali vjera nije. Više me brine Sophie, previše sebe daje za sve i njeno zdravlje kad-tad bi moglo sve ovo da plati. Marie i ti, dobro ste?- upita spustivši čašu vode pored, gledajući u Adriana dok pokazuje Leu igricu.

- Hm, ne znam šta da ti kažem. Znali smo i za bolje. Probudim se ujutro, pomazim je, vidim vruće tijelo, upitam je šta želiš da jutros uradim za tebe: Kupi Leu pelene, odvezi auto na servis, plati račune, kad pođeš kući kupi mi Chips od paprike. Lukas nije mi do seksa želim da spavam! Ustanem sklonim zavjese sa prozora, gledam tupo vani. Kako ti se čini situacija?- kroz smijeh reče. Da, znam da nije za smijeh, ali ne znam kako više dovraga drugačije. Niti svaki dan pucaju. Ili jednostavno samo isklizne iz kreveta i ide da spava sa Leom.

- To je postporođajna depresija. Sam znaš. Osim toga sve sam to već prošao.

- Jesi!- iznenađeno upita Lukas.

- Naravno, moraš da budeš strpljiv, i bez svađa. Na kraju će svakako seks da dođe sam.

- Nije samo seks, sve je. Pitam se kada je situacija sada ovakva šta da očekujemo za deset godina?

- Takav je život. Tanka je linija između bola i zadovoljstva. Sjećaš se kako si ti meni rekao kada smo tražili Sophie, treba da budem strpljiv? Naoružaj se strpljenjem. Smiri se. Ne vrši pritisak.

- Mislim da sve više gubim živce, sve što kažem drugačije shvata.

- Život je takav pun zavrzlama i preokreta.

- Nemam više volje ni za...

- Smiri se, šta bih onda ja trebao da kažem? Terapije su me iscrpile, ali stanje ide na bolje. Život je Lukas dragocjen i to mnogo. Ako mi ne vjeruješ otiđi u bolnicu i pitaj čovjeka koji zna da će kroz par dana da napusti ovaj svijet, otiđi i potraži njegov odgovor. Vjeruj mi da ćeš se zaprepastiti.

- Čime?

- Količinom života koji ti ljudi imaju u sebi. Naravno da ne možemo svi da budemo srećni ili bez problema, ali jedno možemo, možemo i dalje da nastavimo da volimo. Zaobiđemo prepreke koje nas sputavaju i krenemo dalje. I znaš šta je najveća tragedija u svemu tome?

- Šta?

- Što ljudi sve to spoznaju onda kada kucaju zadnje životne minute. Voljeti ženu ne znači samo držati je za ruku. To može svako. Voljeti je znači biti zahvalan za sve. Na djeci što ti je dala, poštovati njene boli i strahove. Jeste malo komplicirano ali moraš da budeš pravi muškarac. To sve shvatiš tek kada se razboliš i sagledaš stvari iz drugačijeg ugla. Moramo sagledati i svoju tamnu i lošu stranu da bi sve razumjeli. Uvijek sam bio povezan sa Sophie, ali sada, sada čini mi se još više. Mada, nekada imam osjećaj da smo isto malo udaljeni, od svega ovoga. Znaš, svaka stvar ima nešto što je nagriza. Kvari je. Da li je to neki nedostatak, ili je možda počela čisto da od stajanja i zanemarivanja da hrđa. Ono što kvari srce i čovjeka je sumnja. Sumnjamo u sve. Treba baciti karte i otvoreno razgovarati.

Znam teško je. Dajem tebi savjet vjeruj mi, a svoje probleme stavljam pod tepih. Baš kada...

- I o čemu pričate?- Sophie uđe u prostoriju i prekide razgovor. Priđe Danielu sa leđa i zagrli ga.

- Muški razgovori - reče Lukas.

- Danas tu rečenicu čujem već nekoliko puta. Večera je spremna. Adrian večera je spremna.

- Dobro mama- odloži igricu na krevet.
Sophie priđe i uze Lea u naručje.

- Dođi meni... što si mi se ubucio... idemo nešto da jedemo.

- Odlično ti stoji, možda još jedna trudnoća da stoji u planu- reče Lukas i ispi vino noseći čašu u ruci.

- Kako je moja žena?- Lukas poljubi Marie u obraz.

- Za divno čudo, dobro - postavivši zdjelu sa salatom na stol, Marie se smjesti pored Lukasa i uze Lea od Sophie u naručje.

- Čini mi se da jedino Sophie sa tobom može da razgovara i da jedina ti smiruješ njene rastrzane nerve – izusti Lukas sipajući sebi vino u čašu. Uze kečap stavi malo na njen prazan tanjir. Leo uze prstićima da jede.

- Jesam upozorila milion puta do sada Lukas da djetetu ne daješ da jede sam kečap zato što je štetan. Zašto moraš da me nerviraš?

- Rekao sam da je kečap zdrav! U kečapu ima likopena. A likopen je antioksidans. On je nadmoćniji u svim štetnim materijama, i sprečava njihovo stvaranje. Koristi se čak u prevenciji astme. Osim svega nabrojanog, paradajz je dobar za vid.

- Da li sam ja tražila ta istraživanja da nam navodiš ovdje za stolom? Da li dijete ima problem sa vidom, pa mu već sada stvaraš ovisnost za kečapom? Pitaš li se je da li je paradajz koji se nalazi u ovom kečapu pun nekih pesticida sa kojim se njegov organizam ne može da izbori?

- Mama ja sam gladan! - uzviknu Adrian.

- Dobro, da večeramo, šta mislite? Marie, malo kečapa ne može da škodi - reče Sophie.

- Ne samo zbog toga, što nije zdravo, već stvara fleke na odjeći koje je teško oprati. Ali naravno, bitno da je on tata, ne pere, ne kuva, nije se raširio u kukovima, i bitno je da zna šta je likopen.

- Mama – bio je uporan Adrian. Daniel uze piletinu sitno mu isječe i stavi u tanjir.

- Zadovoljan?

- Da.

- Znaš onaj novi kolega Peter, želi da uradi vazektomiju? Ima već četvero djece ali žena želi još. Ne razumijem, ona kao da nema depresije?- već iznerviran ispi još vina i spusti čašu.

- Je l' sada shvataš Sophie?! – uzviknu Marie tako glasno da su se Sophie i Daniel pogledali, a mali Leo počeo da plače. Ne želim više da sa tobom živim! Želim razvod!

Ustavši sa djetetom u naručju uputi se u sobu. Sophie ustade i krenu za njom, dajući Danielu znak očima da ostane sa Adrianom i Lukasom.

- Šta sam sada loše rekao?- sipajući još jednu čašu vina reče Lukas. Želi razvod, jesi ti isto čuo?

- Gdje ima dima ima i vatre, moraju da se smire oboje – izusti tiho Daniel unoseći dječaka u sobu.

Zaspao je. Moramo ga raspremiti - lagano ga spusti na krevet.

Sophie priđe dječijem ormaru i izvadi pidžamu. Pruživši je Danielu sjede na krevet pored dječaka. Dodirnula mu je ruku, on je čvrsto stegnu. Sjetila se trenutka kada je to prvi put uradio, par sati nakon poroda. Kako ju je tada preplavio majčinski osjećaj. Znala je da ništa više nije isto. Svu ljubav i toplinu usadila je u njega. Mrdao je mliječnim usnama, slabašno mahao rukama i nogama, kao da se nešto bunio. Kao da je osjetio da je ovaj svijet borben. Sjetila se kada je prvi put to malo tijelo privila na svoje grudi. Tako jednostavno, kao da je prije toga pohađala neki kurs, o tome kako dobro obavljati majčinstvo. Osjetila je njihovu povezanost istog trena. A sada ima osjećaj da je sve tako brzo prošlo, nestale se one bucmaste noge, nema više malog slinavka, riječi sada lijepo izgovara, nema gutanja slova. Adrian je Danielova slika i prilika. Njegove oči, lice, osmijeh, ali temperament je naslijedio od Sophie. Kada nešto zacrta, tako je ili nikako.

- Ne znam, i Lukas mi je isto čudan. Promjenio se - nastavi, gledajući u Daniela. Izjava za stolom u vezi Petera je nesmotrena - skinu dječaku jaknu i majicu, lagano ga pridržavši, dok mu je Daniel oblačio gornji dio pidžame.

- Zašto bi bio čudan, ako je to rekao nije mislio ništa loše.

- Ne kažem da je mislio loše, ali po svemu sudeći očigledno da mu je samo seks u glavi. Ako Marie sada nije do toga onda treba da je razumije - spakova garderobu i stavi je u ormar, dok je Daniel uzeo dječaka u naručje. Sophie skloni posteljinu smjestivši ga na spavanje.

- Je l' ti nešto rekla?- upitno je pogleda preko kreveta.

- Nije ništa - pokrivši dječaka, spusti poljubac na njegovo čelo.

41

Nego, spomenuvši Petera, izvukla sam taj zaključak. Čak mi se više čini da postoji mogućnost da Lukas možda ima ljubavnicu čim se tako ponaša.

- Šta! Oh, Bože! -poljubivši dječaka Sophie se uputi za njim. Lagano zatvori vrata i zadrži se pred njima.

- Dobro o čemu ste Marie i ti onda pričale?

- Ni o čemu važnom, neke ženske priče - blago se nasmija.

- Ljubavnica nije opravdanje za njegovo ponašanje, treba im odmor od svega.

- I nama isto, ako se slažeš - odmaknuvši se od njega uputi se prema sobi.

- Od početka njihove veze Lukas je iskren, poznaješ ga dobro, da mu prišivaš ljubavnicu to od tebe ne bih očekivao.

Nastala je tišina.

- U suštini, Marie je slobodan duh. Možda je i to problem. Voli stabilnost, ali isto tako poželi da izađe iz tih okova i okusi ponovo slobodu. Seksualno nezadovoljstvo je tajanstvena bolest, zato što je nevidljiva golim okom, i teško ju je dijagnosticirati. Drugi samo mogu da nagađaju, ali to osoba najbolje osjeti na sebi - skinuvši majicu i ostavši u grudnjaku, priđe ormaru.

- Da li to znači da si ti isto nezadovoljna sa svim?- skinuvši jaknu, lagano poče da otkopčava dugmad na košulji, ali pogled mu je odlutao na njeno tijelo. Na kutovima njegovih usana pojavio se osebujan osmijeh. Čuo je šuškanje njene odjeće koju je pakovala.

- Želim da kažem da je u vezama sve lijepo i šarmantno, nekako primamljivo, dok se s vremenom sve to ne izgubi. Vodimo ljubav, a kasnije se sve svodi na puko izlivanje napetosti – okrenu se njemu držeći se za vrata ormara.

- Puko izlivanje napetosti? Pričaš gluposti! Da li to znači, da bi ti tada pronašla ljubavnika? Kada već Lukas ima ljubavnicu u svim ovim problemima. Otkopčao je drugo dugme na košulji u očima mu se pojavo čudan sjaj.

- To sada već nije šala već ogorčenje - uze spavaćicu skoro se provukavši pored njega, navuče je na sebe i uputi se prema kupatilu. Danielu je lupalo u glavi poput bubnjeva. Prsti mu se ukočiše na dugmadima košulje. Zašto su uopšte krenuli da analizi-raju Lukasov odnos, kada to njih ne treba da se tiče. U redu, prijatelji su i sve, ali nekada pomoć, čini odmoć. Ušavši u kupatilo pogledao je Sophie dok je skidala ostatak šminke sa lica.

- Nisam mislio da te uvrijedim, izvini. Jesi li dobro?- zatvori vrata kupatila, osjeti kako je njegove ruke obavijaju od pozadi. Nasloni bradu na njeno rame.

- Ne, nisam dobro. Odmaknuvši se malo od njega. To je zanim-ljiva teza – izgovori prelazeći preko lica vlažnom maramicom. Bra-niš Lukasa kada pominjem mogućnost ljubavnice i još meni kačiš ljubavnika. Naravno žene su krive za sve – okrenu se prema njemu ljutito. Nezadovoljni ste seksom, žena je kriva, nije košulja opeglana žena je kriva, dijete plače, žena je kriva. Pored svega toga, još prili-kom seksa maštate o drugoj ženi, fantazirate prije braka, fantazirate u braku.

- Šta? O, Bože, od Marie je bolest prešla na tebe - nasmijavši se reče joj. Prišavši ormariću izvuče vlažnu maramicu i sa desne strane lica poče da briše umazanu maskaru. Pusti svezanu kosu da joj pa-dne na ramena. Na svjetlu kosa joj je sjajila poput zlata.

- Ne znam za tebe. Ja nisam imao tih fantazija – povlačio je rukom nježno maramicu po njenom licu. Po Bofortolovoj skali, koji nam je intenzitet svađe?

- Ne znam - tiho izusti. Izvini, samo sam umorna od svega. Strah me. Koliko se dugo poznajemo? Sjećaš se kada smo se dogovorili da smo Jin i Jang i da tvoja struja treba da kovitla mojim tijelom da us-postavimo ravnotežu. Zašto imam osjećaj da nam se ta vatra gasi, kao kod Lukasa i Marie? Već se dugo vremena nismo ni dodirnuli kako treba!

Daniel je bio zaprepašten bujicom riječi koja izlazi iz nje, sam ne znajući kako da ukloni taj klin koji je uklješten između njih dvoje.

- Svi se ponekad raspravljaju, nije dobro uvijek se slagati. Osim toga, ti si dosta pretrpana poslom i sve to utiče. Kada bi računali koliko si vremena provela kući, odgovor bi bio jako malo. Znaš to - prijeđe joj prstima preko usne. Dovoljno dugo se znamo, da znamo sve jedno o drugom. Pokretom mekim kao pero dotaknuo joj je sljepoočnice. Prsti su mu bili meki i laki.

- Prošle sedmice sam se našla u razmišljanju. Vidim našu proš-lost a budućnost me plaši. U svom ovom životu izgubili smo sebe, ne djelimo više ništa osim onog kreveta i to što svako spava na svo-joj strani. Ne razgovaramo više kao prije. Prije sam znala svaki ku-tak i svaku jamicu tvog tijela. Ali kako je sve brzo došlo, tako se još brže rasulo i nestalo. Sve ono što smo smatrali čvrstim sada se ras-pada i drobi u prah. Tijela su nam samo mjesto u kojem živimo, a ne istražujemo ga. Nedostatak vremena, to se tako kaže u modernom svijetu.

- Možda bi trebalo da nađemo dadilju da nam pomaže? Neko ko može da radi puno radno vrijeme da se ti malo oslobodiš. Mislim da bi to isto Lukas trebao da uradi.

- A ne, to nije potrebno - uze maramicu iz njegove ruke okrenu se prema ogledalu, nastavljajući da skida preostali dio šminke. Iako sam trenutno rastavljena, niti mogu da pronađem način kako da se spojim, mislim da nam dadilja nije potrebna.

- Zašto da ne? Dadilje stvaraju dobre navike kod djece.

- Moje dijete ima sve dobre navike, i druga ženska osoba ovoj kući mislim da nije neophodna.

- Naše dijete. Oh Bože, pa ti si ljubomorna - zagrlivši je s leđa jako, utisnu joj poljubac u vrat.

- Nije to ljubomora, već mislim da nemamo potrebu za tim. Ad-rian je inteligentan i zna šta treba da radi sam. Drugo da imamo drugu bebu, ali i tada kao i sada izborila bi se sa svim obavezama.

- I sama znaš šta si sve prošla sa prvim porodom: mlijeko koje curi, upala dojki, krvavi krateri na bradavicama, glavobolje...

- Da ali sve to prođe. Kada vidim Adriana zaboravim na taj tre-nutak. Večeras dok sam držala Lea poželjela sam još jednu bebu - tiho reče uputivši mu pogled.

- Sama si rekla da se sa bebom teško putuje, velika je obaveza i odgovornost.

- To je bilo na početku trudnoće. Bebe su lako prenosive. Adrian je imao samo četiri mjeseca kada smo putovali za Norvešku. Snašli smo se po pitanju svega. Osim toga ti si čovjek koji se lako snalazi sa obavezama.

Prolaze sekunde ćutanja.

- Ti to ozbiljno misliš?- začuđeno je pogleda.

Cijelo tijelo joj je zatreperilo na njegovo pitanje. Prisjetila se kako ju je nekada nagovarao da imaju bebu, a sada ona to upravo radi njemu.

- Da. Odrastala sam sama i ne želim da to isto prolazi Adrian - progovori.

Daniel ju je gledao zamišljenim i zabrinutim pogledom. Prođe joj rukama kroz kosu, zaustavivši se na vratu lagano masirajući napetost.

- Zaboga! Osjećam se kao da me upravo udario brzi voz.

- Naravno sada vidim da nemaju samo Marie i Lukas probleme, već imamo i mi. Možda samo trpamo stvari suviše dugo pod tepih. Život nam je svima postao jedna ogromna žabokrečina, samo se svi tješimo da nije tako.

- To je utopijska vizija ako vidiš sve tako – odmaknuvši se od nje, pogleda svoj odraz u ogledalu.

- Idem da spavam - potapšavši ga rukom po ramenu tiho reče. Znam da zvuči sebično, ali samo mi treba mir od svega, da razbistrim misli.

Nisam ja nju zavolio zato što ona posjeduje nešto materijalno,
već što mi pored nje srce drugačije kuca.
Jelena Nikolić

Ta žena je nevjerovatno lijepa, pametna i ima sve ono što svaki muškarac rado želi da vidi. Tiha, ljubazna, uredna, zgodna, školovana. Ona je visokoškolovana žena, ima oznaku iza svoga imena, i ima lijep život u Parizu iako to ničim ne pokazuje, ne otkriva. Prirodna je. Potpuno odsustvo izvještačenosti u društvu. Povučenost je njeno prirodno stanje. Ona je žena koja zaista voli ljude, i trudi se da svima pomogne, ako je to moguće. Ona nije nalik ni jednoj ženi, koje je u prethodno vrijeme, nakon smrti supruge upoznao. Nije ona tip žene „Daj da te što brže skinem, završi se seks i svako sebi" Ona je žena da se voli, i ima pored sebe. Jedan njen pogled, i razum mu je već pomućen. Čovjek bi je satima mogao gledati i posmatrati. Seksipil i spoljašnja ljepota zarobe muškarce, ona jeste lijepa, možda čak više od dozvoljenog, ali pored svega toga ona je inteligentna. Inteligente žene su mu mnogo privlačnije. Nose u sebi jednu dozu misterije, i svakako razmišljaju svojom glavom. Bila je tako blizu njega, da je svojim dahom parala vazduh. Preveliko je njegovo interesovanje za nju. Poželio ju je jednostavno zgrabiti za ruke i privući k sebi. Želio je da osjeti njene usne na svojima. Njihov oblik i ukus. Gledao je u njenu kosu, i lijepo oblikovane crte lica. Jutros je opet promjenila odjevnu kombinaciju. Uska suknja crne boje, bijela košulja, crne štikle sa crvenim potpeticama, pa čak i ove njene hulahopke nisu mu dale mira, kao da su odašiljale neki miris. Njeno smiranje držanje dovodilo ga je do ludila. Osjetio je kao da gubi tlo pod nogama, val vrućine iznenada se prošarao njegovim tijelom. Ona ga, kada je u njegovoj blizini, steže, kao kakvo uže. Ova žena je vladala sobom, a to je tip žena koje on voli. Prošle sedmice prekštila

je vitke noge na konferenciji, svojim pogledom po sali kao da je
streljala muškarce. Šteta je što sve to ona ne primjećuje. Iskusan je
on muškarac, nije klinac, i zna da ljubav koja se brzo rasplamsa isto
tako brzo se gasi. Ali on je nije ni zavolio brzo. Išao je korak po
korak, ili bar tako misli. Može li se to uopšte predvidjeti? Gdje mu je
bila pamet, kada se ovako zaljubio? Ona ga privlači kao promrzlog
putnika hotelska soba. Muž joj je bolestan, a on je vuk samotnjak.
Voljet će i njeno dijete kao što voli i nju. Njezin osmijeh ga je očarao,
nosi ga u svojim mislima svuda sa sobom. Da li se zaljubio u nju kao
osobu ili u njen osmijeh? Mogu li ljudi da se zaljube samo na osnovu
osmijeha. Da li zato što ga podsjeća na bivšu suprugu? Njenu smrt
ne može da izbaci iz glave. A tek nerođeno dijete koje je odnijela sa
sobom. Uzdahnula je i izgovorila njegovo ime.

- Davide, jesu to nalazi?- vrati ga njen glas iz hipnotiziranosti u
stvarnost. Netremice ju je gledao. Zapazio je njenu staloženost, i
nježnu ruku koju je pružila.

- Da – nehotično dodirnuvši joj ruku pruži joj fasciklu. Najbolje
je da je ne dodiruje nikako. Prsti su mu zabridjeli od njenog dodira.

Temeljna do srži, zabrinuto prelista dokumente. Pročitala je jed-
nom, pa onda još jednom iznova. Zabrinutost se ogledala na cijelom
njenom licu. Pored obaveza koje je zatekla, u glavi joj je bio Daniel.
Nije voljela da se svađa, zapravo ako je to uopšte bila svađa. Ako se
riječi ne izgovore, ostavljaju prazninu, tamu, tugu, tupo paraju srce
i mnogo boli. Voli ga, a on to kao da ne vidi. Izgubilo se sve. Zar ne
vidi da joj je zrak i dalje sladak u njegovoj blizini, da ne hoda po tlu,
već lebdi? Zar ne zna, da se još sjeća poljskog cvijeća što joj je brao?
Da li je još jedna beba uopšte neophodna? U pravu je, nervoza sa
Marie je prešla na nju. Zastala je na trenutak duboko se zagledavši
u nalaz, zadržavši pogled na njemu:

- Ne razumijem zašto me ta žena ne sluša kada kažem da stres i
trudnoća ne idu u paketu - uzdahnuvši pogledala je Davida, a onda
ponovo posvetila pažnju fascikli.

- Vi ste najbolji doktor u državi, u najboljim je rukama.

Ona se na njegov komentar blago nasmiješi, ali osmijeh joj brzo
nestade kao što se i pojavio.

- Dehidrirala je, za Boga miloga da li je ta žena normalna? Šta misle ako ne piju vodu i ne jedu spriječit će debljanje, ili od svih obaveza nema vremena da pije?

Sada se već osjećaka frustrirano, kada svi njeni savjeti i sav njen trud pokažu se uzaludni kod ove vrste pacijenta.

- Ne znam šta da vam kažem.

On gurnu ruke u dzepove da smiri nervozu. Nemogućnost kontrolisanja seksualnog nagona nije mu bio problem, ali pored ove žene to je postalo skoro pa nemoguće. Osjećao je kako gubi samopouzdanje i pada mu koncentracija.

- Na operacijskom je stolu, samo čekaju Vas - blago se osmjehnuvši, više ohrabrujuće.

- Sara je dala neki prašak u vrećići da nadoknadimo elektolite?

- Jesi provjerio sastav praška?

- Ja... David poče da zamucuje.

- Znaš da je Sara samo na praksi, ovdje nešto treba da se mijenja, ne može asistent za tebe da radi! Blago povisi ton. Kažeš na stolu je?

- Nisam želio da gubimo vrijeme, pa smo sve pripremili.

- Odlično. Bolje da ne gubimo vrijeme – ljutog pogleda na licu, uze faciklu i izađe van.

Miris njenog parfema je ostao u zraku. Taj miris ga je proganjao od kada je zakoračio prvi put u njenu kancelariju. Ne, to nije dobro, znao je, ali kako da se otrgne.

- Davide, ideš li?- začuo se glas pred vratima, vrativši ga u stvarnost.

- Da, zamislio sam se .

- Bolje da se razbudiš, trebaš mi pri svjesti. Visoko rizični poslovi se ne rade u stanju pospanosti. Moramo misliti na pacijente ove klinike i imiđž koji stvaramo.

- Dobro sam. Sve je uredu.

Ušavši pripremljena u salu, ugledala je ženu.

- Ah, Leonie...

- Doktorice...

- Rekla sam Kegelove vježbe da izvodiš, udobne tenisice i što više van, što manje mozak da opterećuješ i teret da ne dižeš. I za Boga da piješ vodu, sve što sam rekla kontra si uradila.

David je pažljivo gledao i slušao šta priča. Razmišljao je o tome kako je do tako velikog uspjeha došla, najplaćeniji doktor u zemlji, razmjeri njenog uspjeha su ogromni. Iz obične porodice, sa malo novca vinula se visoko. Ambiciozna je. Pomisli.

- Pritisak? – upita gledajući u sestru. Davide, rukavice, kimnula je.

- 150/90- izusti sestra.

- Odlično je sve prošlo. Ostavite je malo sa bebom, kasnije bebu prebacite u inkubator.

David je obrisao čelo rukavom. Još uvijek je osjećao strah.

Skunuvši rukavice i hiruršku kapu sa glave uputi se za njom hodnikom. Išao je pored nje sasvim blizu, s mukom se savladavao da ne zatvori oči i udahne njen miris.

- Moraš da se opustiš Davide – rekla je Sophie ušavši u kupatilo, skinuvši rukavice od lasteksa, odvrnula je vodu na slavini, uzevši sapun da opere ruke. Naborala je malo desnu obrvu. Pogubio si se kada si vidio trudnu ženu na stolu, dijete koje čeka da dođe na ovaj svijet. Razumijem te. Ali ne smiješ dozvoliti da te strah paralizuje – povukavši rolnu sa papirom za ruke obrisa ih, pogledavši ga. Skinu hiruršku kapicu, skidajući zelenu uniformu, baci sve u kantu za smeće.

David je prešao rukom po čelu zavrtivši glavom. Vidjela je paniku u njegovim očima, u trenutku kao da je osjetila žalac tuge, što je možda previše oštra prema njemu, ali njena blagost svakako neće mu pomoći.

- Krivnja te izjeda ali kada shvatiš da nisi ti kriv, da to može da se desi sutra isto i meni, biće ti lakše. Ovdje nemamo vremena za krivicu. Mislim da si ti nevjerovatan čovjek, koji ima toliko toga da pruži i pokaže, zbog toga pokreni se. Na poslu ne želim nikakve špekulacije o ishodu za vrijeme trajanja operacije. Time se samo unosi nemir u cijeli tim. Želim rezultate! Rezultate! Želim snažan tim, koji misli svojom glavom i opravdava diplomu koju ste svi vi ovdje donijeli na ovu kliniku!

- Razumijem - pognuvši glavu tiho reče. Rukom protlja bradu. U glavi mu se sve vrtilo od silnih informacija.

Nije želio da prizna, ali bila je upravu. Ovo mu nije trebalo ni najmanje. Da ga čita tako dobro kao otvorenu knjigu. Kako ne može da vidi njegove emocije prema njoj? Možda i vidi ali jednostavno je ne zanima, ili zanima, ali ne želi ništa da kaže? Izašla je van, ostavivši ga zamišljenog.

Idući prema kancelariji čula je dječiji odjek hodnikom.

- Mama!

Okrenuvši se ugledala je Daniela i Adriana. Adrian joj je trčao u naručje.

- Kakvo iznenađenje!- sagnuvši se odiže ga i zagrli jako. Osjeti njegov dah na svome vratu.

- To je bila tatina ideja, zar ne?- pogledavši u njega reče dječaku.

- Zdravo – nasmijavši se blago, priđe joj bliže. Dosadno nam je bilo kući.

- Zdravo i tebi - nasmijavši se priđe mu sa Adrianom u naručju naslonivši glavu na njegova prsa duboko udahnuvši.

- Težak dan?- zagrli je jako stegnuvši je rukama.

David je na hodniku posmatrao prizor zaklonivši se iza zida, osjećao je kako mu ljubomora pali grudi poput kiseline.

- Ne pitaj – odmaknuvši se od njega spusti Adriana, uze ga za ruke i otvori vrata kancelarije.

- Wow, jednog dana ću da budem doktor i da ovako imam svoju kancelariju –potrčavši sjede na Sophinu stolicu pored stola. Daniel uđe za njima zatvorivši vrata.

- Beba je dobro, stavit ćemo je u inkubator, da dobije na kilaži – sjedne preko puta stola gledajući u Adriana. Ne mogu da shvatim ljude, koji se ne pridržavaju uputstva koje im dam.

Daniel sjede pored nje uhvativši je čvrsto za ruku.

- Odlično ti ide. Želim da ti kažem za ono sinoć...

- Ne – pomilova mu bradu rukom. Izvini, ja želim tebi da kažem. Mislim da si u pravu. Možda sam se previše iznervirala cijelom situacijom sa Marie i unijela u njihovu priču, koja nema veze sa nama.

- Želiš da malo pišeš?- ustavši krenu prema Adrianu, otvori ladicu i izvadi papir i olovku.

- Wow, super. Hvala mama!- sav uzbuđen zanio se pisanjem.

Sophie je uzdahnula, odmaknuvši se prošeta do prozora. Daniel ustade i stade pored nje. Okrenuvši se posmatrala je Adriana dok se igra.

- Mislio sam, da se svi večeras spremimo i idemo u kino. Ako nisi previše umorna- popravi joj pramen kose koji je štrčio, Sophie se nasmiješi.

- Ne mogu da razmišljam jasno, slabo sam spavao prošle noći. Ne volim kada imamo razmirice. Sophie ga tužno pogleda oborivši pogled, čime je stavila do znanja da osjeća isto. Uzeo je njenu ruku privukavši je bliže sebi.

- I?

Obgrlila ga je oko struka zagrlivši ga snažno, naslonivši glavu na njegovo rame. Nježno joj je rukama dodirivao leđa.

- Volim te. Mrzim sebe kada nismo dobro.

- Da li to znači da idemo?

- Samo ako nam kupuješ po dva paketa kokica svima?

Kucanje na vratima, prekinulo je tišinu. David otvori vrata.

- Izvinjavam se, mislio sam da...

- U redu je Davide. Uđi.

Pritvorivši vrata zakorači u kancelariju.

- Ovo je Daniel, moj suprug, a ovo je Adrian naš sin. Ovo je David, David Fabron novi radni kolega.

- Drago mi je – pruži Danielu ruku. Toliko toga sam čuo o Vama i o Vašem radu u Americi.

Daniel pruži ruku blago se nasmiješivši.

- Drago mi je.

- Moj tata je poznati doktor. Zar ne tata?- reče Adrian gledajući u njega šarajući po papiru. Sophie se nasmiješi.

- Došao sam samo da pitam, možda želite čaj, nakon zahvata da se malo opustite, ili nešto drugo da donesem svima?

Sophie mu se nasmiješila.

- To je baš divno od tebe? Meni može čaj, još imam obaveza ovdje. Želiš ti nešto pogleda u Daniela?

- Ne, hvala – reče ozbiljno.

- Adrian želiš nešto da piješ?

- Ne, poslije me tata vodi da kupimo Fifu 20. Možemo onda zajedno da igramo.

- Još jedna igrica?- pogledala je u Daniela.

- Kupit ćemo i tebi knjigu?- privuče je sebi i stavivši ruku preko struka, poljubi joj čelo.

- Volite da čitate?- upita David.

- Davide rekla sam ti da prestaneš da me persiraš, nisam toliko stara - nasmija se. Volim, obožavam knjige.

- Toliko da nam je kuća puna knjiga - doda Daniel. Zadubi se u knjigu i pogled ne diže. Naravno, kada ima vremena. Sto puta treba da ponovim: Sophie podesi svjetlo da ne naprežeš oči. I onda nastupa scena, knjige kao da počinje da jede, doslovno stranice guta, malo gdje na licu joj se očita poneka bora. Zuri u knjigu i brzo okreće stranice. Duboko udahne i uzme gutljaj čaja. U svemu tome je dobro samo to, što sebi prije čitanja sve pripremi, tako da je niko više ne može ometati.Vidjevši taj pogled, pomislim koliko je to samo ozbiljan sadržaj, i o čemu se tu konkretno radi - izusti Daniel.

- I ja volim knjige, David počeša lijevu ruku, gdje Daniel uoči par ožiljaka. Dobro onda, idem po čaj. Kamilica bez šećera - klimnuvši glavom izađe van.

- Da, - reče Sophie iznenađeno. Hvala David.

- Izgleda mi malo pogubljeno - zamišljeno reče Daniel.

- Kako i ne bi, danas sam morala da mu skrenem pažnju na to, jednostavno nemam vremena da sve kontrolišem, ali na odboru smo se saglasili da ćemo prije zaposlenja da uzimamo u razmatranje bivše iskustvo, i sve ostalo. Nažalost, ovaj čovjek kao da nema dana radnog staža. Morat ću da se pozabavim ovim slučajem i tragedijama koje su se desile.

- Tragedije?

- Da, izgubio je suprugu i njihovo dijete. Zapravo bila je trudna šest mjeseci – uzdahnu zamišljenog pogleda. Nije sposoban još da radi. Kao da se cijelo znanje negdje izgubilo, zamrznulo, nevjerovatno. Sve moram da objašnjavam kao da je student. Sara radi većinu njegovih poslova. Previše stresa.

- Dok nas smrt ne rastavi, očigledno je to bilo kod njega.

- I mi smo dali taj zavjet – osmjehnuvši se tiho reče.Privuče je bliže sebi i pomilova joj obraz.

- Da, i svake sekunde pomislim koliko sam srećan. Vidim ženu koja me voli i ne odustaje od mene.

- Šta još vidiš?

- Vidim ženu koja je divna supruga, brižna i požrtvovana majka. Vidim ženu koju volim!

Spusti joj poljubac na usne.

- Nema više svađe – tiho izusti i pogleda je za trenutak.

- Obećavam.

Zvuk telefona prekinuo je razgovor. Adrian izvadi njen telefon iz ladice. Brzim korakom potrča prema njoj pruživši joj.

- Marie je! – uzviknu vrativši se ponovo za stol .

Daniel i Sophie se pogledaše. Sophie pogled spusti se na displej, pritisnuvši tipku za javljanje.

- Halo..

- Da, na poslu sam - odgovara. Šta!- pogleda zabrinuto Daniela mahnuvši rukom. Ne, nisam ga još vidjela. Dobro, gledat ću da dođem.

- Osmijeh joj je splasnuo, prekinuvši razgovor stavi telefon u džep od mantila.

- I?

- Nema „I", Marie je ostavila Lukasa.

- Molim!

- Pozvala me da dođem, kod oca je trenutno, što je najgore od svega, Lukas to još ništa ne zna.

Posmatrala je njegovo lice kako postaje napeto.

- Ne mogu da vjerujem. Stvari se ne rješavaju bijegom.

- Pričaj mi o tome – uzevši ga za ruku povede ga prema stolicama gdje sjedoše.

- Moramo da im pomognemo. Da popričaš malo sa Lukasom – držeći ga za ruku, tužno ga pogleda.

- Jesmo pričali? Šta smo postigli, donijeli smo njihove probleme svojoj kući.

Dva puta pokucavši na vrata, David ih lagano otvori. Držeći čaj u ruci, lagano ih zatvori.

- Čaj je gotov – spusti ga pored Adriana.

- Šta crtaš?- upita gledajući u njegove crteže.

- Spider- mana. Trebaju još boje da bih mogao da mu obojim odijelo. Ali kod kuće je moja soba kao kod Spider- Mana.

- Wow, pa ti si onda pravi Spider- Man.

- Tako nekako- mlatnuvši glavom vrati se crtanju.

- Bolje da krenemo – reče Daniel, držeći je za ruku, na šta je David obratio pažnju.

- Idemo po novu igricu - pogledavši Adriana baci pogled na Davida. Blago se zacrvenuvši David skrenu pogled. Adrian ustade, i priđe Sophie obgrlivši je oko nogu. Ona ga podiže prema sebi.

- Već si otežao Spider - Manu - zagrli ga jako i poljubi u obraz.

- Volim te puno!

- I ja tebe mama.

- Više od tate?- pogledavši u Daniela koji se blago nasmijao na to pitanje.

- Hm.. isto vas volim, samo tata je bolji. Ti nisi htjela da mi kupiš igricu.

- Kupit ću ti nešto drugo sutra.

- Šta je to?

- Iznenađenje. Budi dobar i slušaj tatu.

Pozdravivši pogledom Davida, Daniel i Adrian zatvoriše vrata kancelarije. Dajući znak dječaku da ćuti, zadržaše se ispred vrata.

- Davide hvala za čaj - sjednuvši za stol izusti Sophie.

- Bila si danas u pravu za strah. Žao mi je, nekada osjećam da sam izgubio svoj put.

Pokazavši mu da sjedne Sophie otpi malo čaja.

- Ne treba da ti bude žao. Pronalazak puta nekada nije jednostavan, ali na kraju čovjek nađe načine da ga otkrije.

- Možda je to lako reći nekome ko ima porodicu, ali neko ko nema ništa, sve to teško shvata. Nadam se da ću i ja da pronađem svoj put.

- Naravno da hoćeš, i da smanjiš kašnjenje na posao - nasmija se blago.

- Znaš, bolnica ima bezbjednosne propusnice i kodove, nekoliko mjeseci unazad mjere su pooštrene. Naravno sve zbog većeg broja pacijenata kojih imamo svaki dan. Ne mogu da se brinem da li si stigao na posao ili ne, kada imamo hitan slučaj. Danas si postupio dobro, pripremio si sve, naravno ne sam, Sara radi dosta za tebe, još malo više da se opustiš vratit ćeš se u normalu.

Daniel uze Adriana za ruku lagano ga vodivši hodnikom, prema izlazu. Odahnuo je sa olakšanjem. Vraćaju se normalnom životu. Pokušat će Lukasa da upozori da bude više obazriv, Marie je sada jako osjetljiva.

- Dovraga, otišla od kuće – izusti sebi u njedra zabinuto, dok je Adrianu kačio pojas u autu.

- Došlo je do incidenta?- izusti zabrinuto Sophie sjedajući preko puta njega.

- Jedna riječ je vukla drugu, uspavala je Lea, pokušao sam da do nje doprem, rekao sam joj da ćuti. Ona se još više na to razbjesnila. Meni je ispala čaša sa vinom, ne znam...- odmahujući rukama, kako je onda ona to protumačila, sledeće čega se sjećam da me gađala vaznom za cvijeće.

- Molim!- zabrinu se Sophie uplašeno.

- Da. Poslije toga ja sam izgubio kontrolu. Bacio sam tanjir, u svemu je dobro što se Leo probudio i počeo da plače. Tako da je sve dobro završilo. Nego, želim da se izvinem, dobro je što si došla...

- Nisam došla zbog toga - prekinuvši ga reče. Marie je uzela Lea i otišla od kuće.

- Molim! – skočivši od stola, uhvati se za glavu. To je nemoguće. Uzdahnu duboko, razočarano. Zašto imam osjećaj da teret koji smo ponijeli na svojim leđima, odjeća koju nosimo, ne odgovara i jednom i drugom. Ne, to je nemoguće da je otišla!

- Mislim da je moguće. Daniel je bio kod mene kada me nazvala, i pitala za tebe da li si na poslu. Vjerujem da je već tada bila stigla kod oca.

- Užas! Ne znam šta je gore, da se udavim u vodi, ili gorim u vatri. Takva je situacija! Šta je ovo, šah- mat za Marie?!

- Znaš nije u redu da se mi uplićemo u vaš život i vaše probleme, ali ako vam treba razgovor znate da smo uvijek tu. Lukas, molim te da se smiriš. Zato što znam kroz šta Marie sada prolazi.

- Do vraga više sve! Moje slutnje da je totalno poludjela su se obi- stinile. Osjećao je da je uradio nešto zbog čega će zažaliti, ali nije bio siguran da je to odlazak od kuće. Zalupnivši vratima izleti van.

- Auch, - opsova Sophie kad se saplete u hodniku na figuricu od Spider-Mana i autić od Carsa. Zavrte glavom.

- Oh Bože da li je ovo moguće?- uze autić sa poda gledajući u njega.

Koliko sam suza zbog tebe prolila, i sada tek tako da se preda mnom stvoriš? - ljutito ga stavi u džep.

Daniel i Adrian su je čekali spremni ispred upaljenog TV-a.

- Igračke se nisu pokupile?

- Postoje preče stvari u ovom trenutku?- ustade Daniel i priđe joj blizu. Uze je za ruke i privuče bliže sebi. Šake su mu bile tople, zbog čega ju je obavio istinski osjećaj strasti. Kao da se vratila, a imala je osjećaj da se izgubila. Gasi se povremeno kao vatra, sa naletom vjetra ponovo se razuzda.

- Kao na primjer? Znaš koliko sam suza prolila zbog ovog autića, i sada me dočekao pred vratima.

- Tata ga je našao, u mojoj torbi.- potrčavši, Adrian uze autić od nje.

- Mi smo spremni. Gledamo Lady and Tramp.

Stomak joj zatreperi na njegov dodir, misli joj poletješe unazad.

- Na brzinu se istuširam i stižem za deset minuta. Nadam se da je nešto dobro. Prelijepo ste se sredili – pogleda dječaka i njega.

Svukla se otišla u kupatilo i stala ispod mlakog tuša naginjući glavu na jednu stranu da ne pokvasi kosu.

- Kape za kosu kao da neko u kući jede - pomisli.

Izašla je iz kupatila osjećajući se bolje. Par kapi je uspjelo da joj smoči kosu, koja se sada uvijala i pravila blage uvojke. Nanijela je malo pudera da ublaži sivilo koje se od umora naziralo na licu. Nanijela je par kapi Narciso Rodrigueza na vrat i zapešća.

- Stvarno je divan - pomisli osjetivši miris koji se lagano širio nosnicama.

Izvadivši Hilfigerove farmerice, iste marke patike, bijelu majicu, navuče kratku crnu kožnu jaknu. Kosu rastrese, stavivši još malo rumenila, i maskare na lice. Za to vrijeme Adrian je brzim pokretima ubacio preostale igračke u kutiju.

- Daj pet!- Daniel pruži mu ruku i privuče dječaka sebi poljubivši ga.

- Spremna sam!

- Au, imam osjećaj da sa djevojkom idem van.

- Još imam mladalačke krvi u sebi. Može ovako?

- Klarina mama se isto tako oblači, tata.

- Hm.. današnje žene.

- Pozvala sam i Marie, nadam se da se ne ljutiš. Malo da se smiri.

- Nadam se da će Leo biti miran i da neće pravi buku.

- Hoće, Leo voli crtiće, to mi je Lukas pričao.

Lagano su izašli iz stana. Ispred stana je bila gužva, ljudi su tražili mjesto za parkiranje.

- Svaki dan je sve gore – otvori vrata i smjesti Adriana na zadnje sjedište u dječiju stolicu svezavši pojas.

- Nemoguće je – Daniel uđe u auto i okrenu ključ. Sreća da imamo svoju vlastitu garažu.

Sophie sveza pojas, još jednom okrenuvši se prema Adrianu provjerivši da li je sve u redu.

- Mama?

- Molim – Sophie je gledala u kolonu auta ispred njih, koji su se pomerali poput puža.

- Kako nastaju bebe? Klara kaže da je njena mama rekla, da tate imaju previše leptira u stomaku, i da to daju mamama, i da mi dolazimo iz leptira. Nisam joj povjerovao. Rekla je da pitam tebe ti si doktor.

- Da pitamo tatu ima li leptirića u stomaku?- pogledaviši u Daniela nasmija se.

- Ali mama to onda znači još beba! - uzviknu.

- Zar ne bi bilo lijepo da imamo još jednu bebu u kući.

- Ne želim sobu da dijelim ni sa kim! Kako da spavam ako se beba noću budi? Još sam mali da se brinem o bebi. Naduri se.

- Vidiš kako je pametan, daj pet - osmjehnu se Daniel.

- Hm, vas dvojica ste se baš udružili.

Zvuk telefona prekinuo je razgovor. Sophie je prebirala po torbici izvadivši telefon.

- Marie.

- Da, krenuli smo. Pa ...

- Za petnaest minuta...- odgovori Daniel.

- Čula si - reče Sophie.

Bez poštovanja nema ljubavi.
Immanuel Kant

Blagi večernji povjetarac milovao joj je lice. Gledala je u noćne ptice što visoko nadlijeću nebo. Pravile su čudnu panoramu. Vrtila je po prstima povlaku rajsferšlusa na jakni. Nebo je sijalo nekom čudnom večernjom energijom šaljući im svima neki nevidljivi optimizam. Pogled skrenu na Marie.

- Razmišljala sam da sutra ako si slobodna zajedno sa Chole, organizujemo žensko veče. Već sam kontaktirala Chloe i oduševljena je, izusti Marie.

Držeći Lea u naručju Marie ju je posmatrala.

- Otići u kino je ok, ali mislim da nismo dugo ostale same. Nazvat ću Lukasa da čuva Lea.

- Znači ne planiraš da se vraćaš kući - izusti Daniel zaprepašteno držeći Adriana za ruku.

Ljudi su se gurali da što prije izađu iz dvorane, praveći gužvu. Išli su neki pješice, neki se lagano uputivši svojim autima. Iako je jesen davno nastupila, noć je bila topla. Mjesec je okupao ulice svojim sjajem. Bile su žive. Djeca potrčaše rastjerujući golubove koji su se okupili, neko im je bacio ostatak kokica iz vrećice. Neki visoko dignutih glava žure, kao da glavama paraju nebo i kao da su se zaputili ka nekom cilju samo njima znanom. Drugi, pak samo onako kao da besciljno hodaju, stopljeni sa masom, u moru izgubljenih snova, ali zato nekih novi započetih. Sa nekim novim nadanjima, dok na kraju ne shvate da je nada luksuz, da za nju nemaju previše vremena. Tako s vremenom htjeli oni to ili ne, prestaju se nadati onome što su dugo priželjkivali, gubili vrijeme, energiju. Promjene smjer, kao brod koji mijenja kurs. Čini se da je lako, ali zapravo je mnogo teško.

- Ne!- reče odrečito.

- Oh, Bože nećemo sada ovdje o tome. Marie, iskreno ne znam, ne ostavljaju mi se momci kasno sami kući.

- A oni kada izlaze to se ne pitaš?- gledajući u nju prodorno reče Marie. Osim toga to je sada i ko zna kada ćemo opet da organizujemo, Chloe također ne može zato što znaš da je samohrana majka, i mora da se sa bivšim dogovori oko čuvanja djeteta. Mada je Andreas već veliki.

- Što se mene tiče nije problem, možda je Marie u pravu, malo da mozak odmorite od svega. Može Lukas da dođe do nas.

- To mi je previše komplikovano, morat će da dođe do moga tate, ne mogu da gnjavim Lea sa vožnjom kada zaspi. I šta kažeš, dozvolu imaš - osmjehnuvši se reče Marie.

- U redu.

- Idemo u Boutary u 20:00, može? Dok je još lijepo vrijeme, znaš da mrzim kišu, a njeno vrijeme stiže. Proklinjem kišu i hladno vrijeme što stiže.

- Može. – reče Sophie uzevši Daniela za ruku. Ništa što pada sa neba ne bi trebalo da proklinjemo.

- Da, treba da budem srećna što mi voda pada više glave.

- Probudila me kiša koja je bubnjala po krovu i zvuk tepsija u kuhinji - iznenađeno je rekla Chloe.

- I?- uzviknuše Marie i Sophie radoznalo.

- Bosih nogu, polugola uputila sam se laganim korakom prema kuhinji. Prvo sam mislila možda je provalnik. Ubio je Felixa, i traži mene. Krv mi se zaledila.

- I?- otpivši gutljaj vina upita Marie. A Andreas?

- Bio je kod oca. Vrati se u krevet . Gladan sam - reče mi Felix dok je stajao kao od majke rođen u mojoj kuhinji spremajući jelo, poslije ponoći.

- Šta, ne mogu da vjerujem?!- izusti Sophie.

- A tek ja? – reče Chloe.

- Oprostite gospođo, želite li šta popiti? – osjetivši konobarovu ruku na svom ramenu Sophie se okrenu i pogleda u njegovu uredno ispeglanu odjeću, lijepi osmijeh, lijepu građu i urednu frizuru.

- Gospodin preko puta vas časti - tiho izusti.

Osvrnuvši se na brzinu po unutrašnjosti restorana uočila je Davida.

Marie i Chloe su se okrenule. Očima krenuše u pravcu konobarovog pogleda.

- David? - začuđeno reče Sophie.

Klimnuvši glavom ustade da je pozdravi.

- Dobra veče, žensko veče?- upita radoznalo pogledavši u Marie i Chloe.

- Da, nakon dužeg vremena. Ovo je Marie, ovo je Chloe.

- Drago mi je, David.

- Ti si...

- Došao sam na večeru, čekam prijatelja. Da vam ne smetam, popijte nešto i na moj račun.

- Naravno da hoćemo - izusti Chloe kroz smiješak.

Pozdravivši se David se vrati za stol.

- Šta je ovo? Rimski Bog? Visok atraktivan, sa osmijehom koji plijeni, i još pored svega toga, doktor. Wow! Nemoj mi samo reći da radi zajedno sa tobom?- uzbuđeno reče Chloe.

- Da, ginekolog je.

- Odmah pregled da zakažem - nasmija se malo glasnije.

- Mislim da nećeš moći još u skorije vrijeme - lagano ispivši vino izusti Sophie. Kako je izgubio suprugu i dijete još ne radi punim kapacitetom. Sophie povremeno pogleda na sat, mislima lutajući da li je kod kuće sve u redu. Izvadivši telefon poslala je Danielu poruku.

- Nemoj mi samo reći da to radiš?- reče Marie.

- Zabrinuta sam. Tako radim i kada sam u noćnoj smjeni.

- Ne želim da šaljem ništa, osim toga doktori su, neka vide kako je sa djecom. Za Daniela i nije problem, svakako je sada sa Adrianom, većinu vremena. Moj prijatelj psiholog Rene, poznaješ ga, rekao je da žene postaju nedužne žrtve zbog svega toga što radimo. Zato što sve same prebacujemo na svoja leđa. Juče sam razgovarala opet sa njim – zapali cigaretu nestrpljivo uvukavši dim u pluća.

- Zar ovdje nije zabranjeno pušenje?- upita Sophie.

- Jedna cigareta još nikoga nije ubila.

Chloe je piljila u praznu čašu pored sebe. Konobar donese drugu bocu vina na Davidov račun.

- Pritom mi je rekao da nije čudo što sam ugrožena, da me razumije, zato što sve više muškaraca odlučuje da bude gay -nastavlja Marie.

- Pa to baš nema nade za nas- izusti Chloe.

Sad mi je žao što nisam više sobu koristila sa Felixom, ako je situacija tako alarmanta. Ovako četiri puta sedmično samo.

Od čuda Marie i Sophie se zagrcnuše vinom.

- Da, uvjerio me da mu ni sa jednom ženom nije bilo takvo prosvjetljenje kao sa mnom. Znaš šta mi je rekao: Žene su kao konji, možete da ih odvedete do vode, ali ne očekujte da će je i piti.

- Možda bi to i Lukasu pošlo za rukom da nekoga nađe pored mene, ako već i nije. Oni se uvijek prosvijetle pored drugih žena, samo sa svojom ne mogu. Odnos im je energičniji i drugačiji. Rene mi je rekao da je seks multidimenzionalno iskustvo. Povezan je sa glavom isto toliko koliko i sa tijelom. On kaže kada se zaljubiš u neku osobu, ti zapravo nisi zaljubljen u nju, nego u život koji se nalazi u toj osobi.

- Možda je bolje da ne izazivaš sudbinu, dok stvari idu u dobrom smjeru - doda Sophie.

- Mene uvijek privlače muškarci sa greškom, opasni tipovi. Ja sam razvedena, Marie po svemu sudeći uskoro ulazi u klub, kako kod tebe ide Sophie?- izusti Chloe.

- Volim Daniela, pružio mi je stabilnost kakvu sam željela. Nije uvijek sve sjajno, ali... mislim da svaka žena voli muškarca sa izvjesnom istančanošću. Daniel je...

- Daniel se razlikuje od Lukasa - izusti Marie. Mislim da bi bolje uspjela sa Danielom nego sa Lukasom. Sa Lukasom svaki dan imaš osjećaj da je pitanje života i smrti kakvu on nervozu napravi u kući. Svako jutro ustanem, i razmišljam kako da pređem na sledeći nivo, kao u nekoj igrici - ugasi preostali dio cigarete u pepeljari. A tek njegova mama! Puna je sebe.

- Meni se čini draga osoba.

- Ne poznaješ njene skrivene mane. Hvala Bogu ne dolazi tako često. Otac mu je dobar čovjek, ali ona je živo zlo. Ona priča da se ne slažu snaja i svekrva, to je definitivno rečeno za nas dvije.

- Oh Bože – tiho izusti Sophie.

- Osim toga, nastavi Marie, nous n'avons pas besoin d'entendre des <je t'aime> nous avons besoin de sentir que nous sommes aimés. L'amour c'est des actes pas des paroles qui disparaissent des qu'elles sont prononcées![3]

Sophie kao da je bila zgrožena njenom izjavom.

- Nouns avons besoin d'entendre des je t'aime, ainsi que de les sentir, l'un n' empêche pas l'autre. Votre propos est d'une justesse infinie, mais l'amour passe aussi parfois par la parole. Je t'aime

---

[3] Mi ne treba da čujemo „Volim te" mi treba da osjetimo da smo voljeni. Ljubav je akcija, ne samo riječi koje kada se izgovore brzo nestanu.

même si, c'est difficile de le dire-[4] nasmiješi joj se blago. Osim toga, sama znaš da je život takav, sve stavlja na test.

- Dobro šta je sa tebe i Felixa sada?- okrenu se prema Chloe.

- Odvojiti žito od kukolja kod mene je nemoguće - ispi gutljaj vina. Spavao je uporedo sa još dvije žene. Baš kad sam mislila da sam izgubila onaj odlučni dio mene, on se tamo u daljini negdje aktivirao. Tako da sam ga najurila na vrijeme. Rekla sam mu da ću u inat naći ljubav i biti srećna. Znaš šta je on meni odgovorio:

- Ne u inat meni, već budi srećna! Koji kreten, još je kao postao i neki filizof.

- Taj je baš prava mašina - izusti Marie dok je Sophie sve slušala zatečena, u čudu.

- Sreća da sam saznala sve na vrijeme.

- Kako si saznala?- sada već radoznalo upita Sophie.

- Tako što je jedna od bivših zalijepila njegove gaće na vrata stana, pri tom napisavši bolje rečeno knjigu a ne pismo.

Marie zapali još jednu cigaretu.

- Možeš imati koga god poželiš vjeruj mi – pripalivši cigaretu povuče lagano dim osjećajući njegovu toplinu dok joj se širi plućima.

- Svakako je malo bio iritantan i pretjerano samouvjeren.

Konobar priđe i upozori je da je pušenje u objektu strogo zabranjeno, na šta ona frkne, klimne glavom ali pepeljaru i cigaretu stavi pored svojih nogu. Sophie začuđeno pogleda.

- Zar misliš da neće da primijete dim?

- Ne vjerujem, ne pada mi napamet da gasim cigaru čisto radi njegovog upozorenja. Spustivši se pored stola uvuče još jedan dim. Pametnjakovići, zabranjeno pušenje a postavili pepeljare.

- Zar ne znaš zbog čega? - izusti Chloe.

- Što, šta su izmislili?

- Prikače ti kaznu uz račun, uz obrazloženje da natpis stoji na

---

[4] Mi treba da čujemo „Volim te", isto tako to treba da osjećamo, jedno ne može bez drugoga. Tvoje riječi su tačne, ali ljubav nekada dolazi kroz riječi. Volim te, je ponekad teško da se kaže.

vratima objekta da je pušenje zabranjeno, a pepeljare su kao deko-racija.

- Još su mi ove male stvari ostale da u njima uživam, i ne plani-ram da ih se odričem. Previše se u životu svega odričemo, na kraju sam došla do zaključka da te na oko male stvari, su nekada tako ve-like. Ne možemo to sebi da radimo – uzrujano reče Marie.

- U šoku sam šta se sve dešava - izusti Sophie.

- To je zato što je kod tebe sve još idealno – reče Marie držeći cigaretu u ruci i pogled baci na konobara.

- Rene mi kaže da bi možda, ali samo možda, ako je već takva situacija sa Lukasom, trebala da razmislim da se upustim u neku vr-stu avanture. Dobro ne baš avanture, nekoga ko me razumije, dok se Lukas ne oporavi. Najveće mogućnosti da nekoga upoznamo, do-gađaju se upravo kada se najmanje nadamo.

- Ne mogu da vjerujem da ti to savjetuje - reče Sophie zaprepaš-tena.

- Da, što je najbolje, u vrtiću gdje vodim Lea, pojavio se jedan tata. Čak me pozvao i na kafu, ali nisam imala vremena zato što me kod kuće čeka brdo posla.

- Wow, trebala si sve da ostaviš, i ideš. Najteže je samo odlučiti, djelovati. Ostalo je samo stvar upornosti. Ne trebaš paničariti. U tom slučaju smatraš da trebaš Lukasa da prevariš...- reče Chloe.

- Mislim da ne bi trebala da remetiš definiciju braka..uzvrati Sophie.

- Kod nas se definicija davno pogubila. Možda je bolje odustati na vrijeme od svega, sa minimalnom štetom. Ovako imam osjećaj da pravim korak naprijed, dva nazad. Rene mi kaže da se afere upravo događaju iz tog razloga, da se u njima upotpuni što u braku fali.

- Ne mogu to da vjerujem. On je definitivno prolupao.

- Svakako nismo baš previše pričali, ali kada mi je skinuo kapi kiše sa kaputa, nisam se baš osjećala lagodno.

- Šta! - pa to mi nisi ništa rekla kad smo bile u kuhinji.

- Ne mogu da kažem zato što Lukas zna da se ušunja lagano.

- Mislim da ne treba da se upuštaš u to. Možda se na početku čini da je izdaja se u redu, ali kasnije poput magle te obavije, i jednostavno ne znaš gdje si, i kojim putem da kreneš – reče Sophie zbunjena cijelom situacijom promeškoljivši se na stolici i blago pogledavši prema Davidovom stolu, gdje je sjedio sa njoj nepoznatim likom.

- Mislim da treba da ideš na kafu sa tim likom. Ima tu reakcije meni se čini, a gdje ima nje ima i privlačnosti. Ne kažem da treba da bude nešto, ali možda isto ima nerazumijevanje sa ženine strane. Ne volim kada ljudi žive sigurno, mala doza da se unese opasnosti u život pa čak i prevara čini život veselijim.

- Chloe!- uzviknu Sophie ljutito. Marie je još u braku, zašto da ga prije vremena ruši.

- Imam osjećaj da Lukas i kada bi saznao za tako što, bilo bi mu svejedno. Kao da želi da se tako nešto desi. Problemi u našem braku su počeli kao kapljice kiše, a onda su se te kapi pretvorile u jednu bujicu, koju ja ne znam kako da zaustavim.

- To je samo tvoja pretpostavka. Za Boga Marie! - viknu Sophie s dubokim uzdahom, koji je sada odavao njenu zabirnutost za njihov brak.

- Sophie, ona živi sa Lukasom ne ti. Bolje ga poznaje u ovom slučaju od tebe - prevrnuvši pogledom uzvrati Chloe.

- Oko koje voli zanemarit će nedostatke koje njegov partner ima, ono koje ne voli, i loše i dobro istim vidi. Možda se trenutno promjenila suština njihovog života, ali to ne znači da treba da ga ostavi, ili se baca nekome drugom tek tako u naručje. Nije lijepo što joj to sugerišeš Chole!

- Vjerujem da je taj tata otvoren za razne seksualne stvari - namignuvši Marie nastavi Chloe. Mala svakodnevna doza uzbuđenja važna je za našu sreću. Njen glas bio je ispunjen sarkazmom.

- Kvalitetan seks ne čini ljubav - reče Sophie.

- Nego šta ga onda čini? Meni se brak raspao zbog nedostatka seksa - povisivši ton uzvrati Chole, ljudi su lagano skrenuli pogled ka njima. Sophie je opazila kada je David klimuo glavom: Da li je sve u redu? Potvrdno vrativši pogled blago se osmjehnuvši uzvrati: Sve je u redu.

- Izvinjavam se- tiho reče Chloe. Ali ti nas ne razumiješ. Je l' tvoj sekusalni sat usklađen sa Danielom?

Obije su je radoznalo pogledale.

- Ne bih rekla - progovori Marie, ugasivši cigaru pogleda u nju. Sama si to rekla

- Da... ali... ispi gutljaj vina..

- Nema ali.. – nastavi Chloe. Kada je zadnji puta bilo seksa?

- Ne možete da poredite sebe i mene. Svakim danom sve više raspoloženje mi je introspektivno. Moja potreba za samoćom u poslednjih nekoliko dana je... Prije svega Daniel je bolestan, dijete, posao....

Sophie zaključi da je možda najbolje da drži distancu od situacija u koje nije direktno umiješana. Dovoljna je jedna kap da stvar izmakne kontroli sa Marie. Ljudi najbolje i uče na sopstvenim greškama. Osjetila je dozu rezignacije zaključivši da je najbolje da lagano počne da se povlači od davanja savjeta. Više nije mogla da se osmjehuje, glas joj je pored sveg ispijenog vina vratio dozu ozbiljnosti. Sada je jedva čekala da ide kući.

- Ne, ne... ne traži opravdanja. Izgleda da to nije baš bilo dugopogledavši u nju reče Marie.

- Ja se više ničemu ne čudim, otvoreno sam sve svoje rekla. Trenutno razmišljam o onom tati.

- Ti imaš pored sebe onakvog ginekologa, i ništa ne radiš zaboga – više u šoku reče Chloe.

- Ne mogu to da uradim, jednostavno osjećala bi krivnju kada bi stigla kući. Osim toga, uopšte ne obraćam pažnju na Davida, da bi razmišljala kakav je seks sa njim. Svaki dan dođem udahnem miris Adrianove kože, milujem pramenove njegove kose, i da tako nešto uradim izdala bi sve. I da učinim tako nešto trebala bi da osjetim iskru nečega, a to nešto osjećam samo prema Danielu.

- Mijenjamo temu.- reče Marie. Chloe, kako je u galeriji?

- Čula si za ono samoubistvo što je bilo...

- Leonard de...

- Taj da... cijena slika je skočila čak za šezdeset posto. S obzirom da imaš novca na bankovnom računu možda je bolje da ga sada uložiš u kupovinu jednog ovako vrijednog djela.

Cvijet na suncu cvjeta, a čovjek u ljubavi postaje čovjek.
Phil Bosmans

Stigla je kući poslije ponoći. Već je osjećala tragove umora, i koju čašu vina više. Otključavši lagano vrata ušunjala se hodnikom. Bilo je mirno i tiho. U dnevnoj sobi na ormariću Tifanijeva lampa je lagano bacala svjetlo. Lagano se prišunjala Adrianovoj sobi otvorivši vrata, ali krevet je bio prazan. Kroz srce joj prođe strah i nelagoda. Nasmiješila se vidjevši pored vrata zalijepljenu novu trakicu za mjerenje, par centimetara je još viši nego prošli put - Daniel je zakačio novu trakicu večeras, pomisli. Krenu prema spavaćoj sobi zaustavivši se pred vratima, tiho ih otvori, ugledavši njega i Daniela razbacane po krevetu. Preplavi je olakšanje. Adrian spava na stomaku, ruka mu je obavila Daniela, dok u drugoj drži autić od Carsa. Otkrili su se u snu. Lagano prišavši nježno ih ušuška. Gledajući ih kako spavaju obeća sebi da nikad neće dozvoliti da neko ili nešto uznemiri njihove snove. Noćna lampa na ormariću je bila upaljena. Njegov telefon je stajao pored. Uzevši ga lagano vidjela je svoje nepročitane poruke. Nasmiješi se. Priđe prozoru spustivši torbicu na stolicu pored, skinuvši jaknu duboko uzdahnu. Emocije su joj od svega bile pomiješane. Sjela je na stolicu, zapljusnu je val olakšanja što je kod kuće, rukama obgrli noge gledajući njih dok spavaju. Nije se pomicala nekoliko trenutaka, posmatravši taj trenutak. Prije sedam dana otkrila je prvu sijedu vlas u svojoj kosi. Cijela ova situacija je dovoljno depresivna da će na kraju sva kosa da joj pobijeli. Sjetila se silnih briga koje oboje nose na svojim leđima. Ali svako nosi svoje breme na ovom svijetu. Nečije je veće nečije manje. Analizirati stvari, kako onda da čovjek ne dolazi do rješenja, već se samo stvari još kompliku. Njih dvoje su uvezani, kao pupčana vrpca i dijete. Voli ga. Ljudi trebaju da su zajedno i kada je loše i kada je dobro.

Ovo je trenutak koji vjerovatno pogađa sve brakove. Mora da prizna da je bila pretežno njena krivica kada se pogorša situacija. Skrenula je pogled na trenutak. Možda je najbolje da prestane više koješta izmišljati. Prekomjerno razmišljanje joj je jedna od najvećih mana. I Adrian razmišlja previše za svoj uzrast. Idući prema kupatilu spotakla se od lego kocke.

- Auch!

Istisnu više paste za zube na četkicu, nego uobičajno. Hladnom vodom osvježi lice, skinuvši preostali ostatak šminke.

- Stigla si - začu glas iza sebe i trgnu se. On se nasmija vidjevši njenu facu. Cijelo kupatilo je mirisalo na nju. Na proljeće i ljeto, na lavandu nošenu blagim jesenjim vjetrom. Bez riječi joj priđe bliže, uzevši njenu ruku u svoju. Rukom joj pređe preko usana. Nježno joj je pomakeo mali pramen kose koji joj je pao preko očiju. Uronila je lice u njegov vrat duboko udišući njegov miris. Imala je osjećaj da je komad gvođža koji privlači jedan ogroman magnet. Njihova energija je isijavala poput sunca.

- Mnogo si lijepa.

- Mnogo, nasmija se, pogledaj kako izgledam, malo sam popila - tiho izgovori. Mislila sam da spavaš?

- I jesam, dok se moja divna žena vjerovatno nije spotakla od lego kockice, što se i meni par puta dešavalo. Nasmijaše se oboje.

U glavi joj je lagano bubnjalo. Osjećaj je bio zanimljiv ne neugodan, nakon dugo vremena opet ga je osjetila. Počela se smijati da se od smijeha zakašljala. Privukao ju je još bliže sebi obgrlivši je rukama. Osjetila je kako joj njegova ruka lagano klizi po leđima. Osjećala je blago dejstvo alkohola, ali svidjelo joj se. Toliko da je pomislila, kako treba češće da se nalaze, ali bez tema kako da se naruši Marie brak.

- Sve je za ljude. Znači bilo vam je lijepo? Prepleo je svoje prste sa njima.

- Tak- tak- glavu je zagnjurila na njegovo tijelo. Toplina njegovog tijela djelovala joj je opuštajuće, osjetila je kako joj se krv spušta u prepone.

Milovao joj je kosu.

- Adrian je u našoj sobi, znaš da sam rekla..

- Propisi su tu da se krše - nasmijao se.

Odmahnula je glavom.

- Prilično obeshrabruje kada si dobar u onome što radiš. Jedan nula za tebe za argumente. Nastavila je da se smije, i on sa njom. Obrva mu se blago podigla.

- Očekujem da rezultat izjednačiš.

Na kratko kao da joj je zastao dah, blago je otpuhnula. Obavila je ruke oko njegovog vrata. Nasloni glavu na njegovo rame udišući njegov miris. Ruka mu je kružila po njenom struku. Umirena je njegovom blizinom, srce joj je luđački tuče, a ni njegovo ne zaostaje. Bila je priljubljena uz njega, osjetio je vrućinu njenog tijela. Pomilovao ju je po kosi, spustivši usne na čelo, udahnuvši njen miris. Miris čistiji i stvarniji, od bilo kog drugog. Provukla je prste kroz njegovu kosu. Osjetio je njenu želju, osjetio je da želi kao i ona da se prepusti osjećanju koje dugo nisu osjetili.

- Volim te Daniel! Toliko te volim, da se bojim, bojim se da te ne izgubim, da ne izgubim nas. Ponašam se glupo, ali od straha. Živčana sam. Bojim se, da će se prekinuti uže koje nas spaja.

- Mislio sam kada si živčana, da pjevaš, ali sve češće se svađaš. Nasmijali su se oboje.

Njeni polagani, oklijevajući pokreti izludili su ga.

- Šta to radiš?

- Ispitujem svoja čula dodira, sutra radim nekakav test na tu temu.

On se nasmija na njeno zadirkivanje. Uhvatio joj je zatiljak, i nježno spustio usne na njene. Poljubac mu je krenuo pravo iz srca, poput zrake sunca. Usne su joj bile tako meke, nježne, sočne. Imao je osjećaj kao da je ljubi prvi put. Noge kao da su je izdale, osjetio je to. Podigao ju je u naručje i ponio prema Adrianovoj sobi.

- Ne misliš valjda? - nasmijala se.

- Šta da radim, kada nam je zauzeo sobu.

- Daniel mislim da to možda i nije pametno?

- Nije pametno, pa draga moja ne možemo uvijek razmišljati šta je pametno ili ne.

- A šta ako Adrian dođe?

- Mislim da trenutno spava čvrsto kao medo. A to je više nego dovoljno da se uživa u ovom trenutku.

Usnama je prelazio preko njenih, nježno je izazivajući. Nježno je ljubio po vratu, i prožeo ju je nalet uzbuđenja. Čuo je lagani uzdah kada se malo duže zaustavio. Um joj je bio prazan, spreman da se preda čulnom talasu. Spustio ju je na krevet, brzim pokretom vratio se i zatvorio vrata. Za tren se našao pored nje. Prstima joj je prelazio preko grudnjaka, i jednim potezom ga oslobodio. Nježne krivine i meke obline stajale su pred njim. Njene usne su se spustile na njegove gutajući uzdahe zadovoljstva. Imala je osjećaj da je poljubac mirisao na rascvjetale latice ruže. Cijeli svijet je u tom trenutku stao. Dva svijeta su se sudarila, i u vrućini koja se zadesila izgorjela. Tiho, poput kakvog povjetarca izgovarao je njeno ime. Njegovi prsti su joj zadirali u nježnu kožu bokova, koža joj je bila vruća. Osjećala je kao da gori. Zbog njega je njeno srce još kucalo snažno, i nije gubilo nadu. Položila je njegovu ruku na svoje srce.

- Samo kuca za nas, za Adriana i tebe.

On joj poljubi ruku i spusti njenu na svoje grudi.

- Osjetiš ovo dobovanje? Isto kuca, u istom smo ritmu, za istu svrhu. Dao joj je to srce, još davno, tačno se sjeća kada. Uvijek te želim! Dah kao da mu je stao, i mogla je da osjeti napetost koja svake sekunde sve više raste. Čini mi se da ne prođe ni sat da ne pomislim na tebe. Prelazio joj je prstom preko čvrste, osjetljive bradavice. Zabljesnula ga je osmijehom. Spustio se nad nju, usnama joj ljubeći dojke koje su već bile nadražene. Grudi su je boljele i gorjele, tražeći još njegovih dodira. Njena ljepota se uvijek odlikovala na tren tako krhko, a u momentima tako jako. Iz grla joj se otelo njegovo ime. Njena predaja mu je tako slatka, da mu je pomutila sva čula. Mogao je da osjeti svaki otkucaj srca, kada ju je dodirivao. Njezin dah je strujao po njegovom licu, vlažan, topao, brz. Srce mu je pumpalo sve brže i brže, silovito udarajući u rebra. Ponovo ju je poljubio, lagano skliznuvši na dno kreveta. Prstima je osjetio njenu vlažnost. Lice zagnjuri u nju, osjeti kako se lagano izvija, blago trza, nogama pokušava da se odgurne, dok ih na kraju ovija oko njegove glave. I prije nego što se snašla, ušao je jednim prodornim pokretom, preplavivši ih oboje slatkim osjećajima. Čvrsto je ovila bedra oko njegovih leđa, primajući njegovu težinu na sebe. Uzdahnula je duboko, tako ženstveno, uzbudila je svaki njegov živac. Borio se protiv sebe i svojih osjećanja, pustivši nju da odredi ritam igre. Bio je to ritam od koje mu je unutrašnjost izgarala, a strast se razgranala poput izbujalog drveta. Ovakve intimnosti prije kao da se sramila, ali sada je sramežljivost prerasla u potrebu, na koju se navikla. Vitko tijelo joj se izvijalo pod njegovim. Utišano je vrisnula, izgovorivši njegovo ime, jedva uspjevajući da diše, podigao je svoje ruke obujmio joj glavu, utisnuvši joj poljubac na usne. Vrhunac joj je protresao sve mišiće, koji su se prvo stezali, kasnije pretvarajući u taljive grčeve. Prelazio je po njenoj koži kao da je ima prvi put. Oči su mu zadovoljno svjetlucale. Volio je njeno tijelo, nju. Laskalo joj je to sve. Sve to je isto osjećala prema njemu. Imali su samo jedno drugo. Svjetlo je bilo ugašeno, tama je bila prošarana jednom Spider - Man lampom. Osjetila je njegov topao dah. Micala se uz njega, njegove usne su gutale uzdahe zadovoljstva. Nije više mogao da čeka, čvrsto joj je šakama stegnuo zglavke. Silna želja, toliko jaka da je imao osjećaj da ga prži izlila se u nju. Njene oči susrele su se sa njegovim. Povukao je pokrivač i pokrio je, drhteći zajedno sa njom od glave do pete. Obnažen bok i bedro su joj malo bili razotkriveni, usnama joj lagani dodirnu vrat i privuče je još bliže sebi. Krevet je bio manji, skupili su se skroz jedno uz drugo da ne padnu. Privukao ju je sebi na prsa. Svjetlo je bacalo žuti odsjaj na zidove, projicirajući njihove apstraktne sjenke. Rukama je prelazio po njenoj koži. Topla soba doimala se poput nekakve čahure. Samo njih dvoje, kao da je cijeli svijet stao, i ništa drugo ne postoji. Udisao je miris njene kose, u glavi mu se vratiše slike iz ne tako davne prošlosti, kada su ljetovali u Cancunu a sunce je obasjavalo cijelo njeno tijelo. Blago se nasmija sjetivši se Marie i njenih dogodovština.

- Čini mi se da ova soba ima neki mističan učinak? - sanjivo je prelazila rukama po njegovim prsima slušajući otkucaje njegovog srca. Zvuk života, pomisli.

- Ne znam do čega je, ali imam čudan osjećaj mira. Disanje mu se smirivalo. Kao da mu je sjedinjenje s njom, izbrisalo bol i tugu koju je u poslednje vrijeme nosio u sebi.

- Nekada pomislim da možda nisi dovoljno srećan, i pitam se šta mogu da učinim da to promjenim.

On uvuče ruku u njenu kosu, prstima nježno prođe kroz novoformirane kovrdže. Glas joj je bio tih, slabašan.

- Dok današnje žene zanima kako da naprave korak u karijeri, ti razmišljaš kako mene da učiniš srećnim. Već jesi. Mislim da previše dugo misliš na svoju desnu ruku, mene, da si zaboravila da imaš lijevu ruku, sebe. Srećan sam, ne brini toliko. Uzela si mi ono, što niko prije tebe nije uspio, srce. Riječi su mu bile prožete emocijama.

Privukla se još bliže njemu.

- Želio sam da te pitam nešto, ne znam da li ćeš da pristaneš na to...

- Prvo da čujem o čemu se radi - blago podignuvši glavu pogledavši ga sa smiješkom.

- Želio sam da Amirovu radnu sobu pretvorim u mračnu komoru. Znam da je to još dio ..

- Nisam znala da želiš da se baviš fotografijom - reče iznenađeno.

- Nisam ni ja, ali kako sam kući dosta sam istraživao, osim toga uradio sam par slika sa Adrianom mojim Leica aparatom, i želim da ih sam izradim. Znam koliko ti ta soba znači...

- Nije do sobe, prosto sam iznenađena da želiš to da radiš. Amir će uvijek da ima jedan dio mene, svakako živimo u stanu koji nam je dao, sa sobom ili bez nje, osjećam da je tu. Više me brine šta da radimo sa silnim knjigama – spusti glavu na njegova prsa, lagano jagodicama kao da mu iscrtava samo njoj znane figure.

- Razmišljao sam i o tome, možemo da poklonimo biblioteci jedan dio, naravno treba da knjige razvrstamo zato što ima zaista skupih djela. Napravio sam procjenu troškova kako ne radim..

- Oh, uštipnula ga je za stomak, naravno da ćeš da radiš opet.

- Znam, ali kako sam godinama u pokretu, izgubio sam tu sposobnost da se opustim. Imam osjećaj kao da sam na odmoru kojem se ne nazire kraj. Najgore od svega što nisam birao ovaj ritam života, već mi ga je život sam nametnuo. Dosadno mi je, ali u jednu ruku i lijepo mi je. Čak sam počeo i da pišem.

Sophie se ponovo pridiže sada još bliže njemu da je usnama okrznula njegovu bradu blago ga gricnuvši.

- Dosada je dobra za umjetnost. Ko zna šta iz nje može sve da proizađe. Osjećam da će tvoj novi posao da bude uspješan, naravno, ništa nije lako, ništa ne dolazi samo.

- Dobre stvari nekad nastaju kasno, za sve treba vrijeme. Neću sigurno biti uspješan kao Rembrandt, kao što je on naslikao „Noćne straže" ali vrijedi pokušati. Osjećam se čulno, oslobođeno, a bogami sada i seksi.

Nasmijaše se oboje na tu njegovu izjavu.

- Iznenadio si me sa pisanjem, o čemu je riječ, roman, poezija, fantastika, naučni rad, da čujem, nemoj dalje da nabrajam, da li si likove osamostalio, jesu li počeli već da nameću svoje želje ili držiš konce pod kontrolom? Nemoj sada da budeš nemilosrdan prema dobrima, u svakom slučaju trebaš savjet, znaš da možeš da me pitaš, ali da bi se to desilo treba da znam radnju knjige?

- A to ne, ne možeš još da znaš. To još ne želim da otkrijem. Pitao sam za sobu, ne želim da otkrivam tematiku pisanja.

Sophie ga bocnu laktom u rebra, na šta se on blago trznu.

- Hm, pa sobu gospodine možete da dobijete - gricnu mu bradu još jednom. Vjerujem da će knjiga biti prevedena na mnoge jezike, čitat će je ljudi širom svijeta.

- Hm, pa sad, nisam baš toliko optimističan. Znaš šta kažu za pisce?

- Šta?

- Kada razgovarate sa piscima, morate neprestano imati na umu da to nisu normalni ljudi.

- Dovraga, ko je tako nešto izjavio?

- Džonatan Kou.

- Možda je on bio malo šašav? Možda tvoja knjiga nekom postane mapa života, nadam se da imaju neka uputstva.

- Uporna si da saznaš o čemu se radi, ali ovaj put neće ti to poći za rukom.

- Iznenadio si me sa tim svojim novim poduhvatima, kada već

pišeš napiši da nije radost u stvarima, već u nama samima.

- Dobro šefice, kada završim dobit ćeš rukopis na čitanje. Želim da žena koju volim vidi da znam da radim i greške, da nisam tako savršen. Nasmija se.

- Moramo da se raspitamo za preuređenje.

- Sve sam već uradio, samo sam trebao zeleno svjetlo.

- A zbog toga je bio ovaj seks večeras, da me potkupiš.

- Tako nekako, ali ovo nije bio samo seks, niti ispucavanje nekih hormona kako ti to voliš da kažeš, već smo vodili ljubav.

Ona se nasmija, on pritisnu svoje usne na njene, da po ko zna koji put osjeti njihovu slast i punoću, naslađujući se njima.

Da biste osjetili punu snagu radosti, morate imati nekoga s kim
ćete je podijeliti.
Mark Twain

- Da li je vođenje ljubavi dio tjelesne ili samo uzvišene sfere? - skupivši hrabrosti upita David idući pored nje, na šta se ona brecnu na njegovo pitanje. Da znam da je čudna tema, ali razgovarao sam sa prijateljem na tu temu – posmatrao je njen pogled i oči koje su jutros imale drugi sjaj. Kao da je na posao stigla sa nekom euforijom.

- Hm, malo čudna tema - osmijehmu se Sophie blago se zacrvenuvši. Pomisli na prethodnu noć i na Daniela.

- Mislim da je ipak uzvišena, naravno mišljenja su različita pa tako i odgovori. Mislim da ipak nije dobro da dajem nekakvo svoje mišljenje na tu tematiku. Bolje da ostanem suzdržana.

Primjetio je da se blago zacrvenjela.

- Danas izlazim ranije, tako da morámo malo da ubrzamo – reče mu idući žurno hodnikom.

- Neki planovi? – upita idući pored nje, na šta ga ona pogleda.

- Oh Bože, žao mi je, nije moje da pitam- reče joj postiđeno.

- Sve je u redu, ne brini. Kupila sam karte online, želim da iznenadim Daniela i Adriana idemo u Disneyland. Bili smo već dva puta, jednom Daniel i ja sami, jednom sa Adrianom, ali mislim da treba više vremena da provodim sa porodicom. Djeca tako brzo rastu. Ne mogu da predvidim šta Adrian želi, dječiji um je prava nepoznanica, ali mogu da se potrudim.

Kakva žena, pomisli David u sebi, mada sada već snuždenog lica. Više vremena provedenog sa porodicom, znači manje vremena provedenog sa njim. To mu se već nije sviđalo. Osim toga jutros je došla jako raspoložena, nešto je moralo da utiče na njenu odluku, samo šta.

Otvorivši vrata sobe, Sophie ugleda ženu. Muž je stajao pored nje. Žena je već ležala na krevetu. Sophie joj lagano povuče majicu preko stomaka, žena se lagano trgnu.

- Izvinjavam se, nasmija se, zaboravila sam da kažem da je gel hladan. Da vidimo onda šta se ovdje zbiva? Sondom je prelazila po stomaku, gledajući u snimak na monitoru pored sebe.

Muž pokuša nešto da kaže ali žena ga upozori da ćuti.

- Doktorica će sada da kaže.

- Ne razumijem? - pogleda ih Sophie oboje zbunjeno.

- Kladili smo se u pol djeteta, ako bude djevojčica ja dobijam, ako bude dječak ona - odgovori muškarac.

- Zanimljivo - izusti David.

- Davide, šta misliš ko je pobjednik? - upita Sophie okrenuvši se prema njemu.

- Otac.

- Kako muškarci naginju uvijek na stranu muškarca -nasmija se žena.

- Da, interesantno - reče Sophie. Davide šta vidiš na snimku?

On se malo uskomeša, pogleda u ženu pa u muškarca.

- Hm, meni je snimak malo nejasan.

Sophie se okrenu prema njemu, pogled baci ponovo na snimak, prelazeći sondom po ženinom stomaku.

- Žao mi je što gubite.

- Molim - izusti muškarac.

- Da, dječak je. Još jednom prijeđe sondom po stomaku gledajući snimak.

- Znala sam - uskliknu žena.

- Dobro, to smo riješili, mjerenja i razvija li se beba dobro, ću da prepustim kolegi. Davide, izvoli - ustade sa stolice oslobodivši mu mjesto, na šta on sav zbunjen pogleda. Priđe ženi blago joj stegnuvši ruku.

- Ne brinite ništa, David je odličan doktor, odlično zna šta treba da radi - pogleda ženu i muškarca mekim pogledom.

Žena se toplo osmijehnu. Upravo ovakvi postupci Sophie su

svrstali na top ljestvicu. Nije joj samo bilo stalo do posla I marketinga bolnice, već iskreno do pacijenata.

- Sara dolazi kroz par trenutaka, javila sam joj. David sjede, Sophie ga potapša rukom po ramenu i laganim korakom izađe van.

- Upravo sam tebe tražio! - Lukas se nađe pored nje, na šta ona ustuknu. Žuriš negdje? - pogleda je zbunjeno.

- Jednu vizitu odradim i idem kući. On je iznenađeno pogleda.

- Kupila sam karte za Disneyland online, želim da iznenadim Daniela i Adriana. Smanjujem posao, još malo kada Sara završi, sve će da bude drugačije. Osim toga, Daniel mi kaže da se sada zanima za fotografiju, pa tako da neke lijepe momente uhvatimo skupa - krenu hodnikom a Lukas za njom. Posao me strahovito iscrpljuje u poslednje vrijeme.

- Čuj fotografija? - reče iznenađeno.

- Znam, isto sam to pomislila, ali stvar je izgleda ozbiljna, čim želi da Amirovu radnu sobu preuredi u mračnu komoru, za šta sam sinoć dala zeleno svijetlo.

- Iskreno iznenađen sam, ne bi se to nadao od njega.

- Ne samo to već piše i knjigu – nasmijala se gledajući Lukasovu facu. Ne pitaj me za tematiku ni sama ne znam, nije htio da kaže.

- No dobro - otvorivši joj vrata da uđe u kancelariju, uđe za njom i zatvori vrata.

- Sjedi. Želiš kafu? - upita Sophie.

Sophie sjede, steže naslon stolice koja je imala mekani naslon za leđa jednom rukom. Opusti leđa i zavali se skroz.

- Biću kratak - sjede na stolicu preko puta nje.

- Ne da me zanima kako vam je bilo, naravno u ženske razgovore ne bih da ulazim, ali da li ti je šta Marie rekla, kada će da se vrati kući? - zabrinut sam.

Sophie lagano uzdahnu, nadajući se da on to nije primjetio.

- Iskreno nisam to uspjela da iščačkam, kako je Chloe bila..

- I Chloe je bila? - upita iznenađeno.

- Aha..

- Mislio sam da idete samo vas dvije.

- Ne bi nam bilo tako duhovito, Chloe je ipak duhovita i zna da...

- Da, ali ne sviđa mi se - reče otresito ustavši sa stolice naglo, na šta se Sophie iznenadi. Mislim da Marie pada pod njen uticaj. Okrenu se prema Sophie, stavivši ruke u džepove mantila. Vjeruj mi ta žena je sve, samo ne dobrica.

- Čini mi se da ti to baš dobro znaš? – posmatrala je njegov pogled.

- Jesi li čula ikada urlik iz dubine nečije duše? Urlik očaja, nemoći, tuge! Dođe mi da vrisnem, ali kao da nemam snage, hrabrosti. Ne znam smijem li da ti vjerujem? Pogleda je sumnjivo. Zakuni se da nećeš nikome da kažeš ovo što ću ti reći?

- Kunem se. Oh, Bože nismo djeca. Ona mu pokaza rukom ponovo da sjedne.

- Možeš da misliš da sam ja kriv, ali vjeruj mi, nikakav povod nikada joj nisam dao. Čak šta više, znaš i sama da su me u New Yorku mnoge veće ljepotice od Chloe startovale, i...

- Mislim da ne razumijem dobro – zbunjeno izusti Sophie.

- To se dogodilo prije tri mjeseca. Bio sam sa Bernardom na večeri, sama znaš koji je bio povod,- Sophie klimnu glavom- bio sam pod blagim djejstvom alkohola, ali ne toliko da me neko pravi budalom. Otišao sam do toaleta i na izlazu samo se sjećam kada je Chloe naletjela na mene i počela da me ljubi.

Sophie je bila u šoku. Lice joj se ispravilo, oči uozbiljile.

- Sve znam. Isti takav sam pogled imao dok je na kraju nisam odgurnuo od sebe. Naravno da poljubac nisam uzvratio.

- Vjerovatno je bila pijana - uzvrati Sophie.

- Da, isto sam to i ja pomislio, ali koliko moraš da budeš pijan da tek tako nekoga ljubiš? Da skratim, ona se onda pravdala da me zamjenila sa drugim muškarcem, da je pod blagim djejstvom alkohola, nije dobro vidjela moju facu, i naravno da za to Marie ne smije da zna namećući meni neki osjećaj krivice.

Sophie klonu pogledom, i u sebi se pokaja što je Danielu spomenula da Lukas možda ima ljubavnicu.

- Ja ne kažem da mi je brak sada dobar, imamo problema, ali ja Marie volim. Volim onu njenu vrckavost, iskrenost, možda je čak i previše iskrena. Tako mi je drago što ste vas dvije ponovo počele da se družite, razumijem zbog Daniela i svega da si morala da napraviš odsustvo, ali Chloe je jako opasna.

- Dobro, to ne mora da znači da je loša. Vjerovatno je bila pijana.

- Sve sam isto mislio dok mi nije stigla poruka da li ikako mogu da dođem do njenog stana?

- Molim! – Sophie je bila iznenađena. Nisi valjda išao.

- Nisam trebao, znam, ali ona je zvala, poruke slala, kako je muči savjest, kako ne može da spava, i milion drugih opravdanja. Doslovno kada sam došao sačekala me u gaćicama i grudnjaku, pravdajući se kako nije stigla da se obuče, ali da meni to svakako ne smeta, s obzirom da sam doktor i viđam žene svaki dan. Ništa se nije dogodilo, ali je zato sve što sam rekao vezano za Marie, prenijela njoj, a meni prenosi što Marie priča. Nisam znao da Marie ne voli toliko moju majku, a ništa joj nije uradila.

Sophie je u čudu. Znala je da ima takvih ljudi, ali da je Chloe jedna od njih nije mogla da pomisli.

- Da, teško je povjerovati ali tako je. I naravno kada želim da kažem Marie nešto za nju to je jednostavno nemoguće. Osjetim samo peckanje znoja na leđima, na samu pomisao šta bi sve Chloe mogla da ispriča Marie. Molim te, pomozi bi. Ustao je i dotaknuo je njenu ruku. Ne želim da izgubim svoju porodicu.

Otvorivši vrata stana, u rukama držeći poštu i paketić u ruci, ugledala je Adriana koji je kao i uvijek, potrčao prema njoj.

- Mama stigla si ranije - uzviknu. Tamne oči koje su obično švrljale na sve strane sada su se zakovale na upakovani paketić.

Zagrlila ga je, imala je osjećaj jače nego inače, pokušajući da zadrži taj trenutak, upije još jače miris njegove kose. Ustuknula je i zagledala se u njegovo lice.

- Bože šta ti je to? – prešla je blago rukom po modrici na licu.

- Oreo me ogrebao, ali tata kaže da mu previše dosađujem da on samo želi svoj mir. Znaš da tata i ja sređujemo sobu od tvoga druga Amira. Tata će tu da pravi mračnu sobu. Tata trenutno pakuje knjige u kutije, a sef iz sobe dao je meni. Na policama je kod Spider-Mana. Jesi to meni nešto kupila? Radoznalo upita.

- Tako znači - možda, samo ako si bio dobar. Nasmija se.

Spustivši ga, uputi se hodnikom prema boravku.

U Adrianovim očima se pojaviše iskre. Poklon je bio umotan u fini papir. Površina je bila lijepa, nježna, a na površini je bila široka mašna.

- Sada sam baš radoznao šta je - uzbuđeno laktove oslonivši na dio ugaone sećije, palcem lagano povuče mašnu, a onda žurno navali rukama na papir.

- O moj Bože, set Harry Pottera! Viknu! I Mario Party za Nintedno. Priđe i zagrli je jako.

- Volim te mama!

- I ja tebe puno! Idem sada do tate.

Daniel se iznenadi ugledavši ju. Lice mu se ozari. Pogleda sat na ruci.

- Uranila si - spustivši knjige u karton, priđe i poljubi je.

- Došla sam da vidim kakve probleme vas dvojica radite dok me nema kući. Vidio si šta mu je mačak uradio?

- Naravno, ništa strašno. Jedan od razloga da mu više ne pravi hranu od plastelina i trpa u usta. Nasmija se, na šta Adrian obori glavu, sakrivši lice krivca.

- Kada si već tu da nam pomogneš? Ostalo je još malo posla, a sutra dolaze ovi za krečenje?

- Tako brzo?

- Nisam želio da rizikujem da se zeleno svijetlo, prebaci na crveno.

Sophie ga je pažljivo posmatrala, prekrstivši ruke.

- Pa sad, to već nije fer, ja uvijek držim do svoje riječi.

Danijel je pogleda prodorno.

- Dobro, možda nekada, ali samo nekada promjenim mišljenje. Nego - privukavši se bliže njemu dok je Adrian cunjario po paketima, budući fotografu, savjetujem da pakujete stvari, ti i ovaj tvoj mali šegrt, imam iznenađenje za vas. Svakako nisam stigla kući ranije da radim - nasmijavši se štipnu ga za obraz.

Adrian podiže glavu i gleda u njih.

- Idemo negdje mama?

- Idemo u Disneyland.

- To! - viknu zagrlivši ih oboje za nogavice hlača, na šta ga Daniel podignu i on se nađe među njima.

Bila je ogromna gužva. Kao da se cijeli svijet sjatio na jedno mjesto. Cijeli jedan razred djece stajao je u mjestu, dok su čak tri žene motrile na njih, uvrštavajući ih u klasu. Jedan dječak stajao je ispred i prodavao suvenire. Sophie se zagleda u njega, povuče Daniela za ruku koji se uputi za njom u njenom smjeru.

- Dobar dan želim? Prodaješ suvenire?

- Da, bilo koji od ovih, pokaza joj rukom u korpi, je 5 eura, ostali su po 10 eura.

- Malo si skup, na drugim mjestima ima i jeftinije. Sophie se nasmija svjesna da će svakako da kupi suvenir i ostavi više novca od predviđenog.

- Od ovog moja porodica sebi kupuje hranu, i ja se školujem.

- Odakle si?

- Moja porodica i ja smo izbjegli iz Sirije.

- Kako da tako dobro govoriš francuski?

- Još znam osam jezika.

- Osam jezika? - reče Sophie zaprepašteno.

- Da, sve sam naučio na ulici.

Daniel se nasmija na to, dok dječak poče da priča na različitim jezicima. Sophie uze telefon i napravi kratki video.

- Wow zadivljena sam! Kako se zoveš?

- Adnan.

- Dobro Adnane, šta misliš da nas pričekaš dok mi završimo ovdje posjetu, ja sam Sophie, a ovo je moj muž Daniel i naš sin Adrian. Mi smo doktori, i vrlo bih rado mladi gospodine pomogla tvojoj porodici i tebi, da nastaviš školovanje kada već posjeduješ taj talenat.

- Svakako ću biti ovdje, ali prvo morate nešto da kupite.

Sophie se nasmija, izvadi novčanik iz torbice očarana koliko je dječak stekao već sposobnosti pregovaranja u trgovini.

Sva djeca imaju svoj vlastiti jezik, pa tako i Adrian koji je ugledao djevojčicu u klasi, slao joj je neke posebne znake samo njemu znane. Djevojčica se nasmijala i mahnula mu rukom. Držala je Daniela za ruku, a on je držao Adriana koji je sada odbio da ide u smjeru koji oni žele. Već je želio da ide u istom pravcu kao i djevojčica. Djevojčica je koju godinu bila starija od Adriana ali njemu to očigledno nije smetalo. Daniel je oko vrata imao svoj Leica aparat.

- Ovo je neka koketa? - nasmija se Sophie. I šta sada da radimo?

- Ne možemo da mu iskvarimo, možda je ovo prvi sastanak, idemo gdje idu i oni.

Sophie je i dalje stajala, razmislila je i lagano se osmjehnula.

- Mislim da si savršeno u pravu. Dok je ona to izgovorila, Adrian se otrgnuo od Daniela i već stao pored djevojčice prateći njen korak. Njeni roditelji se osmjehnuše njima.

- Misliš da će roditelji pristati da im se dijete školuje?

- Naravno da će pristati, koji roditelj više voli da mu dijete provodi vrijeme na ulici a ne u učionici, osim toga vidi se da je jako pametan. Osam jezika, wow, ne znam šta da kažem, osim da ulica od neke napravi propalicama, a neki ipak svoje sposobnosti okrenu prema drugim stvarima.

- Pirati sa Kariba i Les Mysteres du Nautilius nismo prošli put vidjeli. Rafaela i njeni roditelji isto idu tamo- reče Adrian dotrčavši do njih, dok je Daniel par puta okinuo blicom.

- Sve može, samo da ne idemo ponovo u Petar Pan Flight, tamo je zaista prevelika gužva, ali svaki put.

- Slažem se- reče Daniel, u tom im priđoše Rafaelini roditelji.

- Možda bolje da se upoznamo, s obzirom da nam se djeca ne odvajaju - nasmijavši se reče žena.

- I nama je to palo na pamet - reče Sophie pogledavši u Daniela.

- Maxim moj muž, ja sam Elaine.

- Drago nam je. Sophie i Daniel - reče Daniel klimnuvši glavom.

- Ja bih da vidim Mickey i Minne i uradim sliku sa Adrianom - reče Daniel.

- Odlično. I mi smo planirali da idemo tamo. Zar ne dušo- upita Elaine okrenuvši se prema mužu.

- Naravno. - Adrian i Rafaela poskočiše zajedno.

Idealan muž je čovjek o kakvom sve žene sanjaju da ga imaju, u
stvarnosti ga nema nijedna.
Anna Magnan

- Hriste! Promrlja Gustav držeći malog Lea u rukama. Otara-
sim se Pierra i sada još Lukas, da, dobro si čuo tvoj tata. Samo što
sada nemam drugog izbora, nego da nagovorim onu tvrdoglavu
glavu da se vrati kući.

Vrativši telefon u džep, pođe sa dječakom u naručju kroz maleni
vinograd.

Uzemirenog pogleda priđe zasađenoj lozi. Dječak rukama uhvati
list. Gustav otkide jedno modro zrno stavi ga među zube i zagrize.
Osjeti slatkasti ukus, dubok i složen. Blagi osmijeh mu pređe licem.
Leo otkinu list i prelazi mu po licu. Miris lavande i borovine osjeti
se u zraku. U daljini čuje zujanje pčela, i šaputanje lišća. Košnice je
postavio da ubije dosadu, a nije loše ni da ima malo domaćeg meda.

- Sada je već kasno maleni, jesen je takva, ne možeš da osjetiš
struju koja kroz njega teče. Možda ćeš jednog dana ti da nastaviš
ovu tradiciju, koju sam ja preuzeo od svoga djeda, i proizvodiš naj-
bolja vina u ovoj zemlji. Ha, želiš to da radiš? - prijeđe mu listom po
licu, na šta se dječak namršti.

Raskošni sunčevi zraci obasjaše sobu. Marie polagano otvara oči.
Kao da je ošamućena, dezorijentisana. Trznu se kada spazi da Leo
nije pored nje. Neki nemir i neugodnost ispuni joj tijelo, kao da je
dobila histerični napad, brzim korakom iskoči iz kreveta. Suvih usa-
na, ispijenog lica, navuče na sebe mantil, veza kosu u konjski rep i
izleti van iz sobe.

- Matilda! - kućom se prolomi glas.

Preplašena žena se stvori pred njom. Čisteći ruke o pregaču, za-
brinutog pogleda gleda u nju. Od straha u očima kao da joj počeše

navirati suze.

- Dijete, Matilda, dijete! Gdje, gdje je Leo! - viknu na nju izbezumljena.

- Oh, Bože - sada već malo opuštenija, izdahnu - sa gospodinom Gustavom, vani. Ustao je i grebao na vrata. Lagano sam otvorila vrata i uzela ga, da možete da odspavate.

- Sada si to uradila i nikada više! To je moje dijete, ja sam mu majka, i znam da brinem o njemu. . otvorivši vrata izleti van.

Matilda se preksrti na hodniku, sva zbunjena i preplašena vrati se u kuhinju.

- Tu ste! - viknu. Ugledavši oca dok drži Lea, priđe i uze dijete od njega.

- Izašli smo malo van, Matilda kaže...

- Znam. I očitala sam joj lekciju to je moje dijete i znam da brinem o njemu. Je l' tako zlato? - poljubi Lea i pritisnu ga na svoje grudi odahnuvši.

- Jesi se naspavala, po svemu sudeći kako si krenula sa paljbom, ne bi se činilo?

Ona nakratko ućuta.

- Jesam.

- Znaš, ne bi da ispadne da se miješam, ili da si ovdje smetnja ali zanima me kada planiraš da se vratiš kući? Gustav kao da se ušeprtlji, poče pomalo da muca.

Marie lice poprimi čudan izraz, i čudnu boju, što on odmah opazi, tačno je znao šta slijedi. Okršaj je bio na pomolu, a on nije imao snage za njega, još je bilo isuviše rano. Znao je taj njen izraz kiselog lica, i njenu uštogljenost.

- Znam šta pokušavaš. Da mene okriviš za sve. Ja sam kriva za sve! On je dobar, nije narcisoidan i posvećen sebi i svome poslu. Nije posvećen nego opterećen, ne samo po pitanju posla nego svega.

- Da, sada je tako! Jesam te ja možda spajao sa njim. Sada već bez imalo uvijanja odbrusi Gustav. Skoro sam završio razgovor, uznemiren je, razumijem ga, dijete je tu. To je nešto sasvim drugo, brak je drugo, nije kao veza. Ponašaš se nerazumno. Imaš sve, i ne znaš da živiš. Tvoja majka i ja smo imali problema, ni jedan brak nije savršen, ali priznajem da je ona bila ta koja je stvari balansirala.

- Ja sam lik mame, ali karakter nisam. Izgleda da Lukas treba da bude mama, a ja sam u ovom slučaju ti.

Gustav nakratko ućuta.

- Pa šta planiraš? Pokuša zadržati miran i pribran glas. Leo mu pruža ruke i on ga prihvati u svoje naručje.

- Ne znam - reče obeshrabreno Marie. Oči su joj bile napete i ispunjene nekim uplašenim usplahirenim sjajem. Možda je Lukas ovo jedva čekao?

- Ne bih rekao! - Gustav prasnu na nju sa ljutitim sjajem u očima.

- Život je takav, da stvari nisu tako jednostavne,- mazeći Lea po kosi, udahnu duboko- ali svi život volimo. Pogledaj ga, - pokazavši joj očima na Lea- zar želiš da odrasta u zagrljaju nekog drugog čovjeka pored svoga oca. Osim toga, život je takav, spoji dvoje ljudi, sve začini sa usponima i padovima, još na to doda par žestokih svađa, i šta onda. Nije sve u ugodi kada je čovjek ima. Lijepo je imati ugodu i veliku prisnost, ali šta se tada desi, zatupi se brak, i sva ona strast jednostavno nestane. Brak nije samo kompromis, ne treba da zaboravimo zavjete koje smo dali. Stavi sebe u njegov položaj, da smo majka i ja to uradili tebi? Da li si ikada vidjela našu raspravu, ili da je otišla od kuće?

- Na prvo pitanje odgovor DA, na drugo Ne. Sada već malo tišim glasom reče.

- Oh, dovraga, i anđeli se na nebu svađaju! - izusti Gustav.

Duboko u sebi osjeti neku čudnu žudnju, patnju, tihu paniku koja joj je obavijala tijelo. Zašto nije sve kao ono što su imali na početku, gdje je ta čudna povezanost kada su im svi bedemi bili stabilni, držali se za ruke, vodili ljubav svakog dana. Bili prijatelji, ljubavnici. Iz misli je trgnu očev glas.

- Nisi ni pokušala da razgovaraš. Sophie je zvala ni njoj se ne javljaš. Zar može ona kurva Chloe da ti ispire mozak svime i svačime. Primjeti kako mu se čelo nabira.

Marie sada frknu.

- Je l' ti to Lukas rekao? Je l' sada vidiš da nema gdje da se vratim? - on umišlja stvari.

Gustav se zagleda u nju, iznenađen njenim ponašanjem.

- Uvijek si bila buntovna i imala neki poseban svoj stil i ponašanje. Ali ovo, već sada što radiš, to je damo moja nekultura. Preča ti je Chloe, od ovog djeteta i braka. Prostrijeli je mračnim pogledom. Pitat ću te da li ćeš tako da pričaš kada sve ovo sada raščistiš. I onda ga vidiš u naručju druge žene. Tada i ako budeš željela, nećeš više moći da mu se vratiš, putevi će vam biti drugačiji.

Pruživši joj Lea – brzim, ljutitim korakom uputi se u kuću.

Marie je mrdala usnama, željela je da nađe adekvatan kometar na njegov, ali na njeno zaprepaštenje ostala je bez riječi.

Gledala je dječaka, milujući njegovu kosu, napravivši grimasu, napola promuklog glasa, poljubivši mu lice reče:

- Idemo kući, idemo tati.

Tišina je preuzela sobu kada je Sophie zakoračila unutra. Zurila je nekoliko trenutaka iznenađena ne znajući šta da kaže. Napravili su mračnu komoru od Amirove sobe. Iz Adrianove sobe čula je uzvike. Dječak se igrao, Sophie je sumnjala da je opet Orea uzeo kao nekakav eksperiment. Naslonivši se bokom na vrata, gledala je prigušena svjetla.

- I? Sada sam već preplašen - priđe joj i uze je za ruku.

- Hm, samo sam iznenađena - razdragano se nasmiješi.

Daniel je uzdahnuo i rukom prešao kroz kosu. Kosa mu je sada malo duža, i Sophie se to sviđalo. Izgledao je drugačije, ne tako previše ozbiljno kao prije. Više ležerno. Grlo mu se steglo. Prije nije imao zanimacije, ali bavljenje fotografijom stvarno ga je privuklo. Razvio je neku jaku želju, neopisivu želju da ideju sprovede u djelo. Možda je to ludost, ali nije li sve ludost u ovome životu? Ali sada, sve što je želio je da čuje njeno mišljenje. A ona, ona je stajala kao ukopana. Spuštene kose, u starom dobrom Jeansu, širokoj laganoj bijeloj majici, nije davala nikakve znake. Zatvorila je oči, pokušala da zamisli njega za tim stolom, kako precizno jednu po jednu mokru fotografiju stavlja na zid i čeka da se osuši nakon svih procesa kojih je odradio prije toga. Na stolu je ugledala skalpel, izolir traku, dva markera, komad finog brusnog papira, i mnoge druge lijepo i uredno složene stvari. Bilo joj je drago što je Amirova soba dobila svrhu. On je krajičkom oka pratio njenu reakciju. Pitao se šta se dešava u njenoj glavi, da li je razočarana i sada žali za sobom jednako kao i za Amirom.

- Sada sam već zabrinut. Njegov glas je prenu iz misli. Možda ipak nije bila dobra ideja, da uzimam Amirovu sobu.

Ona se približi njemu, i rukom ga obavi oko struka glavu spustivši na njegovo rame.

- Ovo je odlično. Upravo sam se bila teleportitala u budućnost i vidjela te kako predano radiš. Jako sam ponosna na tebe!

- Stvarno tako misliš? - sada je već bio iznenađen njenom reakcijom. Lagano se nasmijao prisjećajući se njenog pogleda kada je ugledala komoru. Pogledao je njen obraz koji je odavao smijeh.

- Naravno da mislim. Rukama je doticala njegovu ruku. I sigurna sam, kao u svemu, da ćeš biti jako uspješan i u ovome. Sviđa mi se ta tvoja sposobnost da ideju učiniš stvarnom. Daniel duboko uzdahnu, svjestan da je beskrajna ljubav moguća.

- Volim ovako kada svoje prste ispleteš sa mojima.

- Ljubav i jeste zagrljaj, milovanje, lijep razgovor, nježan dodir. Okrenula se prema njemu prstima mu prešavši po licu. Ona ga zagrli, on stavi ruke oko njenog struka i instinktivno se nagnu prema njoj. Baš kada je krenuo da se nagne i poljubi je, mačak je cmizdreći uletio u sobu, stavši pored Sophie zbunjeno i uplašeno gledajući u nju. Adrian je potrčao za njim.

- Stigao sam te! Tu si se sakrio.

Sophie i Daniel su ih gledali iznenađeno. Nisu shvatali šta se dešava. Adrian priđe mačku pokušavajući da ga uzme u naručje, ali mačak zacvili i odmače se od njega.

- Wow tata, baš je mračno – milo se nasmija ugledavši sobu i ne obraćajući više pažnju na mačka.

- Tebi i Oreu je ovdje ulaz zabranjen, samo da znaš. Razvalićete pola stana sa tim trčanjem po kući - izusti Sophie blago ga povukavši za uho.

- To nije tačno! - priđe Danielu i skoro se zalijepi za njegove noge.

- Osim toga ja sam od njega uvijek brži, a znaš li zašto? Zar ti tata to nije rekao? - pun samopouzdanja svjetlucavih očiju gledao je u nju.

- Mladi gospodine, mislim da nisam u toku? - nasmija se Sophie.

- Ja imam veće noge nego Oreo, zbog toga sam i brži od njega. Pustim ga sa malom prednosti, ali na kraju sam uvijek ja taj koji je pobjednik.

- Oh Bože! – uzdahnu Sophie sumnjičavo gledajući u Daniela. Kako je stariji svakim danom pokušava da istjeruje svoje zahtjeve.

- Nisi li rekla da je to mamino dijete, i da ima njen karakter? -

nasmija se Daniel

Strah je prošao kroz nju. Šta ako je neko vidi? Da li je ovo dobra ideja? Da li je trebala da posluša Chloe, i izađe na piće sa ovim čovjekom? Već duže vrijeme ima osjećaj da na nju niko ne obraća pažnju. Ovaj sastanak probudio je u njoj neki neviđeni adrenalin koji je kolao njenim venama. Još napeta blago se osmjehnuvši sjela je za stol. Muškarac preko puta nje se nasmijao i duboko udahnuo, pogledavši na sat.

- Wow, izvini, mislio sam da sam izigran.

Uznemirenog pogleda prešla je po restoranu, u nadi da ne poznaje nikoga. Pogled vrati na njega. Neki neprijatan osjećaj joj je kružio tijelom.

- Izvini, velika je gužva. Blago se osmjehnu.

- U tom slučaju ti je oprošteno. Blago izvi usne.

Dok se trudila da odbaci osjećaj nelagode, na sto je već stigla boca šampanjca i jelovnik. Zašto ima osjećaj da je konobar posmatra čudno, kao da zna da je slagala Lukasa da je sa Chloe na večeri a ne sa Timotheeom. Kako da izbaci ovaj osjećaj koji svaki dan sve više u njoj raste, da joj dođe da jako vrisne, zato što više ne može ovako. Guši se više od svega. Vratila se kući, dani prolaze, situacija se nešto malo promijenila.. Tačno je da se Lukas trudi, ali napor koji ulaže nije dovoljan. Previše je odsutan, a ona je ta koja svaki dan vrijeme provodi ili sama ili sa djetetom kući. Parfem joj je cvjetni i diskretan, sasvim dovoljan da muškarcu zaokupi pažnju svojim mirisom. Obukla je tamne hlače, obula crvene štikle, stavila crveni ruž. Skinula je jaknu i stavila je pored sebe otkrivši gola ramena. Uhvativši je za ruku, Timothee je prenu iz razmišljanja. Pogledala je prema njemu, i zadržala pogled uhvativši ga kako je posmatra, pogled je skrenuo na ogoljeni dio tijela. Vjerovatno se pitao nosi li grudnjak. Nije više klinka, mozak sad drugačije opaža signale. Znala je šta žele muškarci kada je vide u ovom izdanju. Ali sada nije bila sigurna želi li ona to isto. U grudima je bilo jedno malo mjesto koje ju je boljelo. Nije varala nikada ni u vezi, zašto bi to radila u braku. Pored toga ona Lukasa voli. Možda im trenutno ne ide, ali nije li bolje da ga vara kada se razvedu, ako do toga dođe. Možda je Lukas u pravu kada kaže da Chloe sa njom manipuliše, i da je suviše brzo ušla u njen život. Ali Chloe je živa, vesela, jednostavno takva je. Nekadašnji oštar um kao da je prekrila magla. No, dobro, jedno piće nije nikoga ubilo, tješila je sebe u mislima.

- Mon Cherry, ne brini. Sigurna si. Mala vjerovatnoća je da te ovdje neko primjeti. Pokušavao je da ne bulji u nju. Svakako nije siguran koliko razgovorom može da ga privuče, ali zato tijelo i lice, mogu. Lijepa je. Nije to teško bilo priznati.

- Razmišljaš tipično muški - nasmiješi se, ali prostrijelivši ga pogledom, što njemu nije promaklo.

- Možda zato što i jesam muškarac. Otvorivši bocu šampanjca dosu joj napola čašu.

- Što volim kad nekome ovako poljuljam ego - pomisli u sebi, prinese čašu ustima lagano ispivši gutljaj.

- Ne bojim se ničega, osim toga rekla sam mužu da idem na piće sa poznanikom.

- Baš kao i ja supruzi, da se nalazim sa školskom poznanicom, koju nisam vidio dugi niz godina, a nekim slučajem zadesila se par dana u Parizu – izusti sa sjajem u očima, gutajući je pogledom.

Spustivši čašu Maire je posmatrala crte njegovog lica. Nije bio loš, ali ni tako dobar. Možda ju je više očarao u dvorištu vrtića nego sada. Vjerovatno je pun mana i nekih užasnih navika, čak više nego i Lukas. Vozeći se na putu do restorana odlučila je da neće ispitivati njegove motive, zbog čega je odmah nakon što mu je dala broj telefona, napisao poruku. Piše već par dana. Ako ovako nastavi stavit ce ga na block, naravno da to neće da mu kaže. Pozvao ju je na večeru, na koju je ona kada je bila kući jedva čekala da ide, a sada već nema takvo oduševljenje. Da li je u dvorištu vrtića primjetio da je usamljena? Kakve to znake ona šalje? Iskreno, da li je potrebno to da ga i pita, kada ima važnijih stvari od toga. A najvažnija stvar je kako je tako lako slagao suprugu? Možda to isto Lukas radi njoj?

*Imati nekoga ko će brinuti o tome gdje si kad padne noć, a ti još
nisi stigao kući – to je pradavna ljudska potreba.*
Margaret Mead

U poslednje vrijeme imala je jake glavobolje. I bolje što je smanjila obaveze - pomisli. Zapravo, nisu još smanjene ali bar nastoji da stvari vrati u normalu. Preturajući po torbici pronašla je aspirin. Dohvati čašu sa vodom i popi tabletu. Čudno je to da je u bolnici tiho, mirno. Nema nekog velikog dešavanja. Hodnikom se prolio snažan plač.

- Tišina, ali ne zadugo, Bože šta je sada? - pomisli izletivši van iz kancelarije.

Ugledala je od Petera ženu. Naime, Peter je jutros imao srčani udar. Srušio se u holu bolnice. Neke od medicinksih sestara požurile su da vide šta se dešava, ali Sophie im pogledom da znak da je sve u redu.

- Jako mi je žao zbog svega što se dogodilo, ali sada je stabilno. Najbolje da se smirite - reče Sophie tiho, prilazeći ženi ponudivši joj da sjedne. U kantini ima kafe, želite jednu?

Žena klimnu potvrdno glavom. Sophie pozva sestru i reče da donese dvije kafe.

- Ugrađen mu je koronarni bajpas. Neko vrijeme će biti kući da se odmara. Da li je još ko imao srčanih problema u porodici znate li?

- Njegov otac. I on ima ugrađen bajpas.

- Tako znači - Sophie se spusti pored nje, sa rukama u mantilu. Udahnu duboko.

- Uvijek sam željela da ovo radim, a sada kada imam porodicu shvatam koliko ovaj posao traži odricanja.

- Razumijem - spuštenog pogleda, sada već malo smirena izusti tiho žena. U poslednje vrijeme često smo imali sukobe kući, upravo iz tog razloga, što više vremena provodi na poslu nego sa nama kući. Cijeli moj život je bio maštanje da imam djecu i muža, na kraju kada sve to imam, shvatim da ništa nije onako kako sam ja to zamišljala. Osjećam se kao hrčak, a to mi je rekao i Peter da osjeća isto za sebe. Vrtimo se kao u nekom kavezu, bez ikakvih promjena i dešavanja. Jeste gledali hrčka kako to radi?

- Jesam - izusti tiho Sophie.

- Pitate li se da li on treba odmor, ili se stalno samo vrti. Da li je i taj hrčak pametniji od nas?

Sophie je zamišljeno pogleda.

- Ne znam - izusti.

- Imam osjećaj kao da mi se promjenio pogled na život i smrt. Djeca su kući, pitaju se šta se desilo, gdje je njihov otac. Nisam mislila da će tama tako lako da pokuca na naša vrata. Uvijek sam vjerovala da je daleko od naše kuće. Um nam je uvijek okupiran drugim stvarim, životnom egzistencijom.

- Sve će biti dobro. Preživio je, i još ima šanse da se sve ispravi, da ne živimo živote hrčka.

- Mislite li, da je samo zato što mu je pružena šansa da preživi, isto tako i srećan? - uplakanim pogledom pogleda Sophie.

Sophie joj uze šaku i stisnu jako.

- To ne mogu da znam. Ali vjerujem da jeste. Da nije bio srećan ovdje, ne bi imao šansu da preživi.

- Ja ću to da ponesem - reče Chloe. Pomoći ću ti.

Marie uzdahnu. Spustivši Lea pored vrata, u torbici je tražila ključeve.

- Evo ih. Otključavši vrata, uze dječaka u naručje i uđe unutra, a Chloe za njom.

- Lukas nije kod kuće? - reče razgledajući po prostoriji.

- Na poslu je. Poslao je poruku da je njegov radni kolega, pričao mi je o njemu, neki Peter, imao srčani udar.

- Šta da kažem onom malcu što me zove na izlazak - spusti kesu sa namirnicama na radni stol.

Marie pokupi par igračaka sa poda i pruži ih Leu spustivši ga na krevet, pritom upali TV, pustivši Traktor Tom.

- Pa, mislim da si u nepovoljnom položaju. Jako je mlad, ne znam da l' je dobro igrati se sa tim dječacima, može da bude raznih problema .

Prilazeći kesi, lagano poče da je prazni, i stavlja stvari u frižider.

- Hoćeš čašu vina, crno, bijelo?- reče gledajući u nju držeći se za vrata frižidera.

- Može čaša bijelog. Nije samo to, što može da pravi probleme, nego mislim da je nevin.

-Pa tek onda možeš probleme da očekuješ. Nasu joj vino i spusti na sto pored nje, vadeći čašu iz kuhinjskog ormarića dosu i sebi.

Ignoriši ga, nije to za tebe. Možeš ti bolje.

- Hm, lako je to reći ženi koja je ščepala doktora - lukavo se nasmiješi, što Marie nije stigla da opazi. Ispi malo vina, osjećajući slatkasti ukus na nepcetu.

- Tako si nezgodna! - reče Marie, nasmija se, uputivši joj pogled.

- Šta da ti kažem? - malo pognu glavu. Nego, da čujem, želim sve detalje? Kako je bilo, je l' pao poljubac?

- Oh Bože! - više iznenađena, reče Marie. Mislim da više nemam namjeru da idem van. Nije to- to, što sam mislila da jeste. Osim toga, osjećam se zaista glupo. Sjede preko puta nje sklonivši vrećicu sa stola na pod. Čudan je, u početku mi se činilo nešto drugo, ali sada kada vidim da ga mogu imati tako lako, nije mi interesantno. Osim toga, nisam još rekla da ne volim Lukasa. Na neki način...

- Da, ali muškarac koji nije svaki dan kući, vrijeme provodi na poslu...

- To je nekada sve jednostavno komplikovano za objasniti - prekide je Marie. Osim toga on je isto oženjen. Nisam sigurna da li mi se to uopšte dopalo. Ne znam kako bi postupila da saznam da mi Lukas tako nešto radi iza leđa.

- Danas je to sve normalno.

- Normalno, normalno!?- začuđeno reče Marie. Ne znam koliko je normalno da njoj dođe sa sastanka raspoložen i ponaša se kao da vani nije uradio ništa loše. Ljubi je, zadovoljan i nasmijan sa tragom druge žene na licu. Pričat će joj priču kako je večerao sa školskom prijateljicom, koja se nekim slučajem zatekla u Parizu i ostaje par dana, nakon nekog vremena sigurno će da izmisli neku drugu priču.

- Znaš Jolene, ona moja prijateljica što sam ti pričala...- Chloe skrenu sa teme.

- Aha, Marie klimnu glavom.

- Sinoć je zaglavila u bolnici. Nakon seksa kondom je ostao u njoj.
Marie se grohotom nasmija.

- Šta misliš koliko moraš da budeš baksuz za to? Nazvala me na putu za bolnicu, tražila broj od Lukasove klinike, nazvala sam ga i pitala za broj. Ono u fazonu izašla sam van, a ti si unutra čekaš me.

Marie je sada već bila potpuno iznenađena onim što čuje. Palcem je prelazila preko čaše. Imala je osjećaj kao da se sva pretvorila u uho. Tijelo joj se skvrčilo i napelo.

- I? To je mnogo više informacija nego što sam očekivala da mi kažeš - kao sa nekom dozom negodovanja reče.

- Dao mi je broj od klinike, vjerujem da je bio onaj David, zato što me poslije nazvala i rekla da joj je bilo jako neugodno što to radi muškarac, a ne žena?

- Sophie je odlučila da smanji obaveze, ukoliko je to moguće, trudi se da više posla prepusti njemu, tako mi je rekla kada smo se čule. - zamišljeno reče Marie pogled bacivši na Lea.

- Možeš misliti koji je to kreten samo?!

- Nešto se desilo?

- Pitanje mu je bilo je li to u prednjem ili zadnjem otvoru? Ona se zgrozila, počela je da plače. Još je tu neka klinka od medicinske sestre bila. Našli su da se njoj ismijavaju, za njen nesrećan slučaj. Grozota. Pa šta on misli šta je ona, neka prostituka. Rekla je da će uložiti žalbu.

Marie se nasmijala, ali tek ovlaš da Chloe ne bi primjetila njeno neraspoloženje, koje joj je ona unijela.

Chloe nije naivna, primjetila je te signale, i upravo je to željela da vidi. Pitanje je bilo da li je uspjela da unese Lukasu sumnju?

Sara je stajala na vratima potiskujući suze koje su nadolazile u očima. Ukršatala je prste na rukama. Znala je dobro kakve signale joj tijelo šalje. Nervozna je, i to jako. Ali jednostavno drugog izbora nije bilo. Svi ljudi koje je imala na svojoj listi iz nekog razloga odbijali su da joj pomognu. Neki stvarno nisu mogli, neki jednostavno nisu željeli da svoj život miješaju sa njenim problemima. Čak je razmišljala da pomoć potraži kod Davida, gospode, taj čovjek je takav mulac da se sama pitala kako on uopšte radi. Za sitnice je zvao nju.

- Sama si problem napravila, mislim da je sasvim OK, da ga sama i riješavaš - bio je samo jedan u nizu odgovora.

Da li ispravno postupa što je na kraju smogla snage, i shvatila da joj samo Sophie može pomoći. Kako će samo da se razočara, ne samo da je razočarala nju, više je boli što je to uradila sebi.

- Smiri se - govorila je sebi unutrašnjim glasom.

Udahnu duboko, i prstima pokuca na vrata.

- Naprijed. - čula je glas.

Drhatvom rukom ovi šteku, i manje za sekund nađe se već unutra, sada već sa malim smješkom na licu.

- Sara! - reče Sophie iznenađeno. Oh, kakvo iznenađenje, ustade i pođe prema njoj zagrlivši je snažno kao da je njeno djete.

Sara ovi svoje ruke čvrsto oko nje, ne dozvoljavajući, da jecaj koji u sebi zataškava napusti pluća.

- Kako mi je drago što te vidim. Sigurno si došla da vidiš za posao? - odmaknuvši se od nje, blago izvivši obrvu gledajući u nju.

- Na jako dobrom si putu, svi te hvale...

Sara je prekide.

- Pa i ne baš - pognu glavu izbjegavajući njen pogled.

- No dobro, sjedi i ispričaj mi o čemu se radi. Pritvorivši vrata, i sada već zabrinuto gledala je u nju. Primjetila je na njoj da izgleda blijedo i izmučeno. Blago valovita crveno farbana kosa padala joj je

107

preko ramena. Nekada zelene oči punog sjaja, sada su izgledale mračno.

Sara je znala da se neće sada lako izvući iz svih tih pitanja koje će Sophie da zanimaju, ali postoji li možda neki drugi izbor? Osim toga Sophie joj je pomogla, kada niko drugi nije. Malo je njih znalo, da ova žena koja sada sjedi pored nje, sumnjičavo je gleda, financira njeno školovanje, pronašla joj je honorarni posao u biblioteci, koji je svojom napravljenom glupošću uspjela da izgubi. Sophie je nastavila Amirov rad, pomažući djeci koja rastu u domu da imaju školovanje. Malo ljudi zna, da su djeca koja život provode u domu voditeljima domova nevažna, beskorisna. Srce kod tih ljudi je kameno, kruto, svaki osjećaj ugašen, zatomljen. Svi su prepušteni sami sebi i oslonjaju se samo na sebe. Dobri ljudi su rijetkost. Greške se skupo plaćaju. Sjeća se kada ju je prvi put ugledala, prvo je došla sama, kasnije je nekoliko puta dovodila Daniela, a kasnije kada je Adrian malo porastao dolazila je sa njim. Ona je izmijenila cijelo rukovodstvo doma, napravila promjene, u koje je malo ko vjerovao. Ali Sophie je takva, nepokolebljiva. Ciljeve koje zacrta, samo je križala u notesu nakon ispunjenja. Ona je razgovarala sa dekanom fakulteta da joj daju stipendiju i sobu u školskom domu, koju sutra, zbog svega što se dogodilo, treba da napusti. Ono zbog čega su se privukle, kliknule na prvom susretu, bile su knjige. Sophie joj je slala svaki mjesec po tri nove knjige da čita. Imala je toliko knjiga u sobi, da ih je na kraju prodavala. Da, ružno jeste, ali prostor je bio mali i jednostavno nije imala drugog izbora. Prije samo nekoliko sedmica sve je bilo u najboljem redu. A sada, sada je bila očajna. Usta su joj se osušila. Pređe lagano jezikom preko njih. Pokušavala je da se sjeti trenutka, kada je zapravo njen pad počeo. Kojeg dana? Ali sada je već suviše kasno i da razmišlja o tome, u ovoj rupčagi u koju je trenutno upala.

- I da čujem šta se onda desilo? Već pretpostavljam šta je? David? Odlučila sam da nakon svih tvojih savjeta i razgovora, povedem istragu o tom čovjeku, zato...- Sophin glas je vrati u stvarnost.

- Nije to upitanju- tiho reče.

Zašto imam osjećaj da se problemi dešavaju samo meni? -

zakoluta očima, osjeća kako je steže u grudima.

- Sada sam već zabrinuta! - reče Sophie ozbiljno je gledajući.

Ali suze koje su se skupljale u očima, više nije mogla da zadrži, jednostavno otkotrljale su se niz lice, noseći sa sobom i djelove maskare. Spusti blijede drhtave šake na sto.

- Oh, Bože! - izusti Sophie uzevši je za ruke. Problemi na fakultetu?

- Jedina misao koja me držala cijelo ovo vrijeme kako si se pojavila u mome životu je bila sloboda. Da sam slobodna da radim šta želim, da imam uspjeh koji imaš ti, da izgradim svoj sopstevni život, neka sam razočarala sebe, ali boli me što sam isto to uradila tebi koja si vjerovala u mene i...

- Šš... posmatrala je njen jecaj. Pokušaj da se smiriš i kažeš mi tačno sve šta se desilo? Uzela je plastičnu šoljicu kafe koja je stajala pored nje, iako je kafa već uveliko bila hladna, ona otpi gutljaj.

Sara duboko uzdahnu, zatvori oči, odbroja u sebi, jedan, dva, tri, četiri, pet... Izvuče jednu ruku od Sophie gurnuvši je u džep jakne, izvadi aparatić i spusti na sto.

Sophie je bila zatečena onim što vidi. Dvije crte. Dvije male ružičaste crte jedna do druge.

- Znam šta misliš, taj isti pogled sam imala i ja i nekoliko puta sam provjeravala....

- Trudna si? - tiho izusti, kao da pomalo i jeste sada razočarana, ali pokušava da to vješto prikrije. Navala osjećanja joj preplavi grudi, i u očima kao da osjeti da je počinju peckati suze. Suzdrža se.

- Pila sam tablete, i ti si rekla...

- Rekla sam 90% sigurno, 10% postoji mogućnost da se nešto upeca - izusti. I da se puno ne uzdaš u sve, uvijek ima ta mala mogućnost, to i sama dobro znaš. Dala sam ti knjigu samo na tu temu.

- Znam, i ja sam takve sreće da sam upala u tih 10% - poče sada na glas da plače. Ovo je jedna nepredviđena situacija. Sudbina baš zna da bude kuja! - viknu.

Sophie je zabrinuto gleda. Ustade, obiđe sto, zagrli je preko ramena.

- Zašto ne krenemo iz početka? Kako je sve počelo?

Sara kao da se malo ohrabri, stegnu joj ruku koja se nalazila na njenim ramenima.

- Pa, prvo sam mislila da je stres. Osjećala sam strašnu mučninu. Želudac mi se dizao, i malo malo, osjećala sam nagon za povraćanjem. Onda sam pomislia da je od hrane. Otišla sam do apoteke. Oh, Bože! - zajeca, radila je žena srednjih godina, ljubazna, prišla sam i tražila da mi da neke tablete za svu tu mučninu koju osjećam. Onda mi je ona postavila neka pitanja, tipa: Imam li grčeve u stomaku, temperaturu, groznicu, sve što sam već znala, ali kao da sam se tiješila, na kraju svega pruživši mi test koji je pokazao ovaj rezultat. Još gore mi se zamaglilo, kada sam vidjela ove crtice. Želudac mi se digao na samu pomisao, i već sam mogla da povratim. Mislila sam da je greška, i greške se događaju zar ne? Mislila sam nestat će, čitala sam razna iskustva na netu, i mnoge žene su svjedočile da test griješi. Kupila sam još tri testa, ali sva tri su bila pozitivna. Onda sam odlučila da čekam ciklus, ali kako nije stizao, shvatila sam da su svi testovi bili tačni, i da bez ikakvog izvrdavanja znam da sam trudna. I svi moji strahovi, koji su na kratko bili zaklonjeni, sada su se pojavili u punom sjaju.

- I? - odmaknuvši se od nje, vrati se da sjede.

- I? Kao da je znala da je to njeno sledeće pitanje - pomisli Sara.

- Nazvala sam Sebastiana, ali on nije želio da zna za to. Najgore od svega je kada sam otišla do biblioteke da radim, on je otišao do doma i napravio veliki nered, da je dekan rekao da svoje stvari pokupim sutra i da napustim sobu. Na predavanja mogu da dolazim ali sobu da koristim NE. Kada sam mislila da je tu kraj, dogodilo se još nešto.

- Odlučili da te izbace i sa fakulteta? - upita Sophie uplašeno.

- To nisu, zato što imam dobre ocjene, zaista sam puno učila. Ne želim da te razočaram, ti si mi uzor. Ali kada sam došla u knjižaru, prije toga nisam od šoka par dana išla na posao, nisam išla nigdje...

- Dobro. I?

- Kada sam došla, dala mi je otkaz. Ne želeći da mi isplati platu, zbog neodgovornosti i kašnjenja koje sam napravila. Došlo mi je do grla, kada sam morala da molim za svoj novac, a ona sva puna sebe nije željela da mi ga da. Došavši u dom, onesvjestila sam se. Srećom Monika je došla i pronašla me.

Sophie ju je zabrinuto gledala.

- To se desilo...

- Znam od čega, srce lupa ubrzano, imala sam smanjen unos kisika i doživjela sam pri tom intezivan emocionalni stres. Znajući da sam sa bebom u stomaku lišena svojih snova, i da su mi sve nade potonule, panika me prepravila poput ledenog zraka, obuzela me cijelu - nastavi Sara.

- Upravo tako - izusti Sophie.

- I sada već sve znaš.

- Sada već sve shvatam - izusti Sophie zabrinuto. U glavi joj je bila pulsirajuća glavobolja. Pokušava da misli skupi u jedan koš i dođe do zaključka kako se to sve tako brzo odigralo. Škola, specijalizacija, šta će sada biti sa tim pomisli? Da li je trudnoća samo jedan od razloga, da se sav uloženi trud rasprši u komade? Ne, to nije moguće! Duboko uzdahnu, tješeći se mislima da je sve ovo dio njenog puta.

- Tako da sam trudna, bez posla, i od sutra bez krova nad glavom. Brišući suze sa lica rukavom od jakne, razmaza maskaru skroz. Znam da si me vidjela drugačije...

- I znači sada ćeš tek tako da odustaneš od svega?Ne, ne dolazi u obzir! Još malo imaš do kraja školovanja, imaš osiguran posao ovdje.

Istina u njenim riječima natjera Sari suze na oči opet.

- Pa naravno da nisam tako mislila, ali ako možeš da me riješiš bebe već sam na pola puta do uspjeha – pognu glavu postiđena da je to uspjela da izgovori.

- Ne mogu da vjerujem da mi ti to tražiš? Znaš šta sve ljudi prolaze da imaju dijete? I dobro znaš da od mene ne možeš da očekuješ da tako nešto uradim - reče zabrinuto. Nekada nam se čini da cijeli put na koji smo se zaputili nema smisla, ne ide brzinom kojom smo sebi zacrtali. Ali da li treba da odustanemo? Naravno da ne! Ideš za Boga miloga dalje!

- Ne znam šta da radim drugo, ne samo to, ako ne nađem stan onda moram da spavam negdje na klupi. Novca što sam imala, poput vodene pare je nestao, i ne samo to, kada je u sobu provalio, Sebastian je odnio i ono malo što je bilo.

- Oh, Bože! Život je pun problema, ali zahtijeva odgovornost, preuzimanje odgovornosti. Mnogi ljudi nemaju snage da se sa svim tim suoče. Ali činjenica je jedna da pojedine stvari ne možemo da kontrolišemo niti na njih da utičemo.

- Da, dok su meni zazvonila sva zvona za uzbunu, bilo je kasno za sve. Nemam više snage, toliko sam umorna od svega, da bez problema mogu da zašpim ovdje u ovoj kancelariji. Praktički, kada sam i budna, spavam. I sve one odluke što si mi rekla da napišem u notes morala sam da izmijenim.

- Zašto?

- Kako zašto? Zar situacija nije očigledna? Osim toga sada sam shvatila da želje i ne treba da pišemo grafitnom olovkom....

- Zato što lako mogu da se izbrišu - nastavi Sophie.

- Kako znaš? - Sara se sada malo osmijehnu.

- Na greškama se uči - uzdahnu Sophie gledajući je.

Sara od nervoze poče da lomi prste na rukama.

- Željela sam da odem do šume, i glasno se izvičem i izbacim iz sebe svu ovu nepravdu i ljutnju.

- To ti i nije loša ideja, to i psiholozi preporučuju na svojim seansama na kojima uzimaju velike pare. Osim toga nije tajna da su i naši preci to isto radili.

- Ah... tiho reče Sara.

- Znači baš si u problemu? - zabrinuto je pogleda.

- Tako nekako.

Sophie pogleda svoj sat na ruci.

- Imam još dva sata ovdje posla, sjedi ovdje u kanelariji dok ne završim...

- I šta ću onda? - zabrinuto upita.

- Ideš kod mene kući...

Kucanje na vratima, spriječi je da završi misao.

- Hoćeš ti prvi ili ja? - reče Lukas gledajući u Davida koji je također stojao pored vrata.

Laka slutnja kod ljubavnika- kobne sumnje u voljeno stvorenje.
Stendhal

- Osamdeset odsto vremena živim prilično normalno, a onih dvadeset odsto, kojih se čini tako malo, djeluje mi da ima većinu nad mojim životom. – reče Sophie sjedeći u Lukasovoj kancelariji. Nakon tebe još me čeka David, po njegovim riječima, isto je neki jako važan razgovor.

- Čini mi se da imamo previše problema, premalo rješenja - spusti pred nju šolju čaja. Kada si ti odustala od kafe?

- Nisam potpuno, ali trudim se da ne pijem kafu poslije petnaest sati, ne mogu onda noću da spavam. Očigledno da sav taj nakupljeni kofein u mom tijelu, ne može da se razloži kako treba.

Sophie otpi jedan mali gutljaj, osjetivši miris kamilice.

- Kupiću nam kilogram kamilice da od sad samo to pijemo ovdje - stavi šoljicu pored sebe i zavali se u stolicu.

Sophie se nasmješi na njegovu opasku.

- Znači trudna je? I šta ćeš sada? Znaš da to nije tvoj problem, još treba pola studentskog doma da ti dođe i da njihove probleme riješavaš! - reče napravivši smrknutu facu.

- Znam sve, ali u njoj nešto ima...

- Možda mala beba? - prekide je Lukas, koju ona trenutno ne želi! Možda treba da držimo distancu sa zaposlenima na ovoj klinici, i sa svim drugim ljudima. Razumijem da nekada treba pružiti oslonac, pružiti lijepe riječi, ali nekada nije uvijek lako pronaći pravu mjeru, i učinimo upravo suprotno od onoga što druga strana misli. I na kraju, ko je kriv. Mi!

- Drugačija je. Ne mogu da je ostavim da završi na cesti. Danas ide kod nas, dok ne smislim šta, kako...

- Daniel zna za to?

- Naravno da ne, ali zar imam neki drugi izbor? Da joj pronađem stan, isto nije riješenje. Ta djevojka u ovom stanju može sada svašta da uradi, ako osjeti odbačenost.

- Shvatam sve.

Uzdahnula je duboko. Misli poput kakvog praha razlile su joj se glavom.

- Zvao sam te da popričam sa tobom – nastavi Lukas. Ona usmjeri pažnju na njega...

- Da?

- Mislim da me Marie vara?

- Za Boga! Mislim da si i sam svjestan da je to što si upravo rekao gomila gluposti!

- Volio bih da je tako, ali dogodilo se nešto sasvim drugo. S mukom je progutao pljuvačku i pokušao da otjera negativne misli iz glave. Glasno je uzdahnuo, i nervozno lupkao nogom po podu.

- Nikada nisam bio ovako uplašen kao sada, situacija kroz koju prolazim, nezamisliva je. Ako ona želi da ode, nemam drugog načina nego da je pustim. Pustiti nekoga koga voliš je teško, ali ne želim da neko živi sa mnom, da misli da ga držim kao u kavezu. Nisam bio toliko naivan kada sam ušao u brak, znao sam da se parovi sukobljavaju, svađaju, ali kroz razgovore isto tako pronalaze rješenja za probleme. U mislima sam nas vidio zajedno, dok pijemo vino, Leo trčkara u dvorištu, naveče ili idemo do vas ili smo kući, gledamo dobar film. I sada, kada sve vidim, sve moje nade u bolje sutra su se raspršile i nestale poput kakve zlatne prašine.

- Jednostavno, ne mogu da vjerujem u to.

- Ni ja isto. Ali kada je stigla kući, ušla je tiho i nečujno poput duha, kao da nije očekivala da ću je čekati, postavio sam joj pitanje: Nisi sada bila nigdje drugo nego sa Chloe? Zacrvenjela se, i brzo proletjela pored mene, u hodu odgovorivši -Ne. Da bi se onda okrenula prema meni i rekla da li ja to nju istražujem?

- Šta si odgovorio?

- Naravno da NE, da bi ona na to rekla : Šteta, um koji istražuje jako je privlačan. Da li to znači da je više ne privlačim?

- Lukas, mislim da smo već razgovarali na tu temu, i znaš i sam šta se sada događa sa njenim hormonima i tijelom? Naravno da je čudna i sama sam takva bila. Osim toga, ako je već ne istražuješ, zbog čega sumnjaš?

On otpuhnu jako, na trenutak je oklijevao.

- Opet se vraćamo na Chloe. Marie je rekla da ide sa njom na večeru, ali dva sata kasnije Chloe me nazvala tražila broj od klinike, nešto za prijateljicu, u fazonu izašla je van da me nazove, Marie je čeka unutra. Sve bi to bilo super, samo da nije bilo te tišine. Ako je vani, to znači da bi trebalo da čujem zvuk automobila, ljude dok prolaze, bilo šta. A ovo je zvučalo kao da je bila u stanu. I gdje je onda bila Marie i sa kim?

Sophie je ustala iz kreveta, i nježno poljubila Daniela. Spavao je mirno na leđima, kapci su mu se malo mrdali. Zagledala se u njegove trepavice, i pomisli kako Adrian ima iste. Malo kao uvrnute, svaka dlaka izvodi svoj ples. Lagano se pridiže sa kreveta i krenu prema kupatilu pod tuš. Glava joj je bila puna svega. Nije ga pitala za Saru, jednostavno ju je dovela kod njih. Taj majčinski instinkt koji je još više došao do izražaja nakon poroda nije mogla tek tako samo da odbaci. Ali Daniel je ćutljiv. Sada se već brine da možda nije postupila kako treba? Sinoć kada su stigle iznenadio se ugledavši Saru. Za večerom je bilo tiho. Završivši večeru, sve je pospremila, otišla u kupatilo pripremila sebi kupku i uronila u kadu. Pokušavala je u mislima secirati šta se sve taj dan desilo. Danielu je samo objasnila da je Sara trudna, na šta je on zabrinuto otpuhnuo. Toliko je zaposjednuta poslom, da teško nalazi vrijeme i za šta. I još dodatni problemi, koji komplikuju stvari. A šta bi on na njenom mjestu uradio?- razmišljala je dok je stavljala kremu na lice. Obrisa preostale kapi vode na nogama, ogrnuvši se peškirom uputi se u sobu. Daniel otvori jedno oko, dok je ona virila u ormar šta da obuče. Izvadi košulju i hlače, stavi na krevet i spazi da je budan. Dotapka do njega bosih nogu, sagnuvši glavu poljubi ga. On se nasmija, ugleda njegove savršene zube, koji su joj se sviđali, za razliku od nje, on nikada nije nosio protezu, ali sada je znao njenu taktiku kada je smatrala da je krivo postupila.

- Je l' se ljutiš? – tiho reče prešavši mu vrhovima prstiju po licu.

- Malo, trebala si da me nazoveš i pitaš? Najviše me iz kolosijeka izbaci ta tvoja brzopletost. On je povuče sebi na krevet.

- Znam, i žao mi je. Ali jednostavno nisam imala vremena da odreagujem, osim toga ona je jedna jako dobra djevojka. Samo zbog toga što je trudna ne možemo da je odbacimo.

- I šta si planirala? - on je uhvati za ruku i pomjeri na sebe. Ona kao da osjeti olakšanje, što je ipak popustio nad njenom odlukom.

- Ne znam. Smislit ćemo nešto. Za sada neka spava u boravku. Svakako preko dana bit će na predavanjima, a navečer ćemo imati društvo. Ostavit ću joj novca da ima za hranu na fakultetu, ali ću otići do biblioteke i tražiti da je vrate na posao. Najvažnije mi je da ne odustane od školovanja, a isto tako ni od bebe. Još je malo ostalo do kraja škole.

On je pokretom prstiju pratio liniju ivice njenog lica, sve do obrisa usana. Pogled mu je bio malo zabrinut. Otvorila je usta da još nešto kaže, ali on joj stavi prst na usne.

- Ššš, svi smo mi samo ljudi, koji u životu prave greške. Nemoguće je pronaći čovjeka bez greške. Život je takav, svašta moramo podnijeti.

- Kada sam je vidjela krhku, sa strahom u očima, nisam se uopšte dvoumila šta da uradim. Instinkt mi je to sam rekao.

- Znam, i razumijem te. A otac?

- Ne želi uopšte da se više javi. Strašno, kakvih sve ljudi ima! Juče me pitala da li ako te osoba napusti, to znači da više nikoga nećeš tako voljeti. Mislim da se zaljubila - reče tužno. I ne mogu da dozvolim da pati. Želim da zna da smo tu da joj izađemo u susret. Osim toga, ljudi su jednostavno takvi, skloni su da osuđuju druge, one koji su drugačiji od njih.

- Razumijem sve, sada joj tek dolazi onaj mučan period kada će um pokušavati sve da analizira, ali teško da dolazi do rješenja. Kada premotava sve događaje i traži greške, ali je nemoguće da ih uoči u stanju u kojem se nalazi.

Duboko je uzdahnuo i kratko protrljao sljepoočnice.

- Slažem se sa svim što si rekla, ali znaš šta je rekao Jack Canfield?

- Šta?

- Ne možete unajmiti nekog drugog da radi sklekove, umjesto vas. Tako isto i ti, mi možemo pomoći, i hoćemo, ali neke stvari i ona sama treba da uradi. Ona je ta, koja treba i mora, da preuzme stopostotnu odgovornost za svoj život, i postupke koje radi. Samo tako znat će svoju svrhu, da razvije vjeru u svoje ciljeve i svoje snove. Sve zahtjeva neprekidan trud i rad, da bi se čovjek odupirao raznim otporima koje nailazi na svom putu.

- Hm, slažem se. Da nisi i ti bio na kursu od Gabriele Bernštajn? Nasmija se.

- Nisam, ali naučio sam neke životne kurseve. Zamisli da je nama tako neko izlazio u susret tek tako? Misliš da bi bila učenik generacije? Vjerovatno NE, gledala bi kako da se stalno oslanjaš na tu osobu, zaboravljajući pri tom svoje potencijale.

- Imam osjećaj kao da slušam Amira - nasmija se.

- Možda zato što čitam njegove knjige - štipnu je za obraz. Imaš sreće što si mi uvučena u svaku poru mog bića, i što je potreba za tobom veća od svega. Pa čak i od ljutnje.

- Oh, svaka pora, i ova ovdje. Prstima mu pređe lagano preko lica.

- I mnoge druge - nasmija se.

Osjeća kako joj njegov glas struji u stomaku. Miluje joj rukama kosu, i gleda pravo u oči. Njene oči kao da imaju neki učinak hipnoze na njega. U njima kao da vidi neki bolji svijet. Zuri u nju, i već osjeća kako joj obrazi lagano primaju laganu nijansu ružičaste. Osjeća njeno lupanje srca.

- Jako sam ponosan na tebe. Na tvoj uspjeh, rad, predanost, fondaciju. Nadam se da će sav taj dobrotvoran rad pomoći nekim ljudima.

- Naravno da hoće. Pogleda na sat na noćnom ormariću sva ošamućena od njegove blizine. Treba da se spremam da ne kasnim, svakako planiram ranije da dođem kući.

- I da znaš da mi se to sviđa. Stegnu je rukama snažno, oborivši je na sebe, na usne joj spustivši vreli poljubac. Želio je da je proguta cijelu, ako je to moguće u jednom dahu. Koža joj je mirisala na lavandu. Volio je i želio nju, i sve njeno, više nego svoj sopstveni dah. Dao joj je sve, srce, um, tijelo. Produbila je poljubac koristeći jezik, da ga dobro okusi. Njegova usta, njegov miris, čvrste ruke na njenom tijelu, hoće li im uvijek biti tako?

- Čineći dobro, dobar čovjek često ima loša iskustva. Dosta puta se kao Titanik nasuka na santu leda. Ne samo što se nasukao, često se dešava da nema dovoljno čamaca za spašavanje, naravno kada tonete, obično nema nikoga uz vas. Sjete vas se svi kada je loše. Činjenica je jedna, da dobar čovjek u teškim vremenima zna da nije sam. Ima nekoga uz sebe. Boga! I loše stvari koje mu se dese, pripiše iskušenju, bilo ono to ili ne. Dobar čovjek je jednostavno dobar, zato što za drugačije ne zna. Dobar se rodi. Ali, nakašlja se malo, uvijek ima i različitih ljudi, znate to vam je kao da imate dvije sjemenke, obje rastu u istom tlu, obje njegujete isto, ali jedna da plod, druga ne. Na mnogim prethodnim našim sastancima imala sam slična objašnjenja. Oluje su tu da nas prodrmaju. Naš posao je takav da pored silnih hitnih slučajeva koje imamo, ne možemo vrijeme da gubimo na neke nevažne sitinice. Prije par dana imali smo pacijenticu koja je trebala hitnu intervenciju, David je bio dežurni, ukazana joj je pomoć, i sada se suočavamo sa jednom novom tužbom. Razumijem da ste zabrinuti, ali uvjeravam vas da za tako nešto nemate razloga. To je sastavni dio našeg posla, i mi moramo da naučimo da se nosimo sa poteškoćama koje se nalaze na našem putu. Zato ne želim da bilo ko krivi Davida, ili neko u budućnosti osjeća na sebi osjećaj krivnje, zato što su ljudi nepredvidivi. Mi jesmo doktori, ali nismo vidoviti, ne možemo da znamo šta se krije iza tuđih namjera. Od nas se očekuje da liječimo, da pomažemo, ali mi nismo savršeni. Mi smo položili zakletvu da radimo i činimo dobro. „Bez obzira u koju kuću uđem, ući ću u namjeri da pomognem bolesnima, te odbijam svaku namjernu nepravdu ili povredu, a posebnu zloupotrebu nečijeg tijela, bilo muškarca ili žene, roba ili slobodnjaka." Šta stoji na kraju: „Prekršim li zakletvu neka mi se dogodi suprotno." Mi ne možemo sve znati, i uvijek imati kontrolu u svojim rukama, imati odgovore i nuditi rješenja. Mi smo svi ljudi, ne neka „superpower" stvorenja.

Ako je ovo naš Titanik, onda moramo da se držimo zajedno ako želimo da preživimo. Jednostavno vrijeme je takvo, ili nas melju ili moramo naučiti da meljemo. Onaj ko se služi spletkama kad-tad će u njih da se sam zaplete.

- Ima li neko nešto da doda? – upita Sophie. Svi za stolom odmahnuše glavama.

- Onda smo sastanak završili - bila je to dobra odluka, pomisli. Riješiti sve na sastanku, a ne stalno neka došaptavanja i unošenje nervoze u tim. Kad se ništa ne događa, ima ljudi koji rade na dešavanjima, a Jolene jedna od njih.

Ljudi lagano počeše da napuštaju prostoriju. Još je poneka škripa stolica odjekivala. David je čekao da se gužva raziđe, očima uhvativši njen obris za stolom dok sjedi. Sklupčenih ruku, posmatrala je dokument na stolu.

- Želim da ti kažem, hvala. Zabrinut sam, ne želim da klinika možda plaća nešto zbog mene, ali nisam ništa kriv. Postupio sam profesionalno, odgovorno, što se od mene i traži. Na sve to, još i onaj slučaj hipooo, poče da zamucuje.

-Hiposično-ishemične encefalopatije – ona doda.

- Bojim se da možda više nisam sposoban za ovaj posao.

Sophie podiže pogled, duboko uzdahnu.

- Znam, i razumijem. Možda je jednostavno bolje da uzmeš odmor. Jednostavno, postoje ljudi, koji traže prilike kako da dođu do novca na lak način, mislim na prvi slučaj, zaglavljen kondom. Drugi slučaj, sam znaš da se bebe uguše pri porodu, to je jednostavno tako, ali medicina je napredovala, i takvi slučajevi danas skoro da i ne postoje. Žao mi je što nisam bila tu, obećavam da ću pokušati dati sve od sebe da na takvim zahvatima ne budeš sam kada se vratiš sa odmora, ali prije nego počneš da ponovo ovdje radiš morat ćeš pismenim testom da odbraniš svoje znanje.

- Još vidim majčine natečene oči. Vidim i njenu krivicu, ali i svoju koja se ogleda u njenim očima- šakom zabrinuto pređe po bradi. Sinoć sam se probudio uplašen i sam u svome stanu. Znoj se sa mene cijedio. Bojim se svega.

- Nema potrebe da se zamaramo tim, advokat je upućen u cijeli proces.

On uzdahnu duboko, gurnu ruku u džep i izvadi mali omot čokolade.

- Želiš malo? Možemo da prepolovimo, nema nešto puno. Kažu da čokolada suzbija stres, ovih dana je jedem kao lud.

- Čokolada uvijek može. Znaš da Francuzi za čokoladu troše koliko i za bagete? - nasmija se. Možda zbog toga i ne znaju za nervozu i depresiju kada se okružuju samo dobrim stvarima. Pored vina, imaju čokoladu, parfeme i mnogo šta drugo.

- Da - nasmija se i pruži joj polovinu. Osjećao da mu znoj izbija u korijenu kose, sada već kao da lagano gmiže duž kičme od njene blizine.

Zvuk telefona prekide razgovor. Sophie posegnu u džep i prstima prevuče po ekranu.

- Da. Stavivši još jednu kocku čokolade u usta osjećala je kako se lagano topi i širi njen topli, blagi ukus, opuštajući joj živce. Jako sam vam zahvalna za sve. U redu. Naravno. Stižem uskoro.

Odloživši telefon na sto, rukama blago pređe preko lica.

- Još jedan sastanak.

- Nešto ozbiljno? – zabrinuto upita David.

- Idem do biblioteke, naručila sam Molierov „Liječnik protiv volje".

- Čudan naziv, nisam to čitao.

- Obožavam Moliera, posjedujem neka njegova djela.

- Ukoliko ti zatreba moja pomoć u čitanju, da se bolje upoznaš sa likovima, tu sam da pomognem- blago se nasmiješi. Samo da znaš i ja volim da čitam.

- Nisam to znala.

- Da, baš sam skoro pročitao...

- Šta? Sophie ga prekide uz smiješak.

- Čitao sam, kako je jedan kralj htio da dokaže da je njegova žena bila najljepša na svijetu, mada ona to i jeste bila, jer nije bilo muškarca koji nije u nju piljio. Kraljica je imala isti ritual svako veče, skine odjeću i stavi je na stolicu pored vrata. Kralj je to sve naravno rekao Gygesu. Otišla je do stolice i skidala dio po dio, i da bila je pre-lijepa. Ali kraljica je vidjela Gygesovu sjenku, dok se skrivao u tami. Naravno, ništa nije rekla, ali tijelo joj je od neugodnosti zadrhtalo. Ali i ona nije bila baš naivna, sledeći dan pozvala je Gygesa da raz-govara, saslušala je njegovu verziju priče...

-I? malo zabrinuta pričom koju joj upravo David pripovjeda.

- Ili ćeš se predati smrti, zato što si gledao ono što ti je zabra-njeno, ili ćeš ubiti moga muža koji me osramotio i zauzeti njegovo mjesto i postati kralj umjesto njega?

- Ubit će ga? - upita Sophie radoznalo, kroz tijelo joj prođe čudan osjećaj.

- Naravno da će ga ubiti i oženiti kraljicu. Vladali su dugo i sre-ćno. I to je to, tako ako ti treba pomoć u čitanju znaš gdje ćeš da je pronađeš.

- Dogovoreno.

Posmatrali su jedno drugo nekoliko trenutaka. Osjećala se ču-dno, osjećala je kao da je istraživao dubine njene duše. Osjećala je njegove oči na sebi kao toplinu užarenog sunca. On je imao osjećaj da osjećanja koja je držao na uzici lagano popuštaju. Naglo je uzdah-nuo. Gledala je tu njegovu novu promjenu kako ga obuzima, nešto što prije nije opazila, uočila. Zastao joj je dah, zaustila je da nešto kaže, ali riječi nisu izlazile. On je odjednom u svojim mislima mogao da vidi nju i sebe kako strasno vode ljubav. Sada kao da mu se um pomračio. Sve se to dogodilo u trenu. Osjećala je kako je obavija na-petost, osjetila je kako je obavija neka nevidljiva jeza. Instiktivno je uzela telefon sa stola, ali umjesto da ga stavi u džep, skliznu joj iz ruke i pade na pod.

- Dovraga!

Prije nego što je uspjela da se snađe, on se brzo sagnu i dohvati telefon i stavi joj ga u ruku. Pogled mu se susrete sa njenim. Osjetio je kako mu poput vatrometa, emocije pršte tijelom izazivajući du-bok bol duboko u grudima. Znao je po pogledu da ga je pročitala, osjetila je energiju koju joj je prenio kroz prste ruku.

- Sophie... Srce mu poskoči na samo njeno ime, ime koje mu se topilo na jeziku, i postalo dobro poznato.

- Bolje da idem - sva smetena izusti.

Ali on stisak njene ruke produbi, mogao je da osjeti čvrstinu njene kože, samouvjerenost njenog dodira.

- Volim te! – izleti mu iz usta. Ne znam kako se to dogodilo, ali to je nešto na šta ne mogu da utičem. Oči te svaki dan gledaju, a srce čezne za tobom.

Glas mu je bio nježan, gotovo krhak.

Tišina ispuni prostor među njima, tiha kao miš, ali isto tako proždrljiva, gledao je njene zjenice kako su se od šoka proširile. Najednom je zadrhtala, sama nije znala da li od šoka, ili ljutnje koja se u jednom trenutku akumulirala u njoj. Njegov pogled je prelazio po njenim crtama lica, zaustavivši se na punim usnama. Srce mu je ubrzano pumpalo, ponosno što je konačno izbacio sve iz sebe. Vazduh koji kao da je bio izgubio, osjeti kako polagano dolazi do njegovih pluća. Osjeti kako joj prsti pulsiraju u njegovim šakama. Na samu pomisao na to, njegovi mišići, živci, feromoni, glava, počinju da pulsiraju. Hemija je davno u njemu napravila neko jedinjenje, koje kada je u njenoj blizini, on jednostavno ne može da kontroliše. Nije mogao da vjeruje da je to izgovorio, i bol koji je osjećao u grudima, kao da je popustila.

- Davide...Odmahnula je glavom. Zašto me gledaš i čezneš za mnom?- obori pogled. Ne gledaj u zabranjeno pa će i čežnja iz srca da ti nestane. Nema ništa pogubnije za čovjeka kada priča bestidno i gleda u nešto što ne može biti njegovo. Gledati u ono što ne možeš da imaš može da bude kobno, zato što pogled povećava strast u srcu čovjeka, čovjek koji ne zna da rukovodi svojim strastima...

- Znam sve, ali ne mogu to da kontrolišem, privlačiš me tako snažno, poput nekog velikog nevidljivog magneta. Sve što želim je da me voliš, ništa više osim toga ne trebam! Da li ja treba da budem Gyges i uklonim kralja sa trona?

Ona naglo izvuče ruku iz njegove, osjetio je kada ga je njen dijamanti prsten blago ogrebao. Njegov glas je sada vrijeđao njene živce. Dah joj se skupio u grlu, čak je mogla da osjeti njegovo lagano poskakivanje. Duboko je izdahnula.

- Velika vatra bukne od male iskre, na nama je da znamo granice.

Obaveze čekaju!

Ustade, lagano odmače stolicu, na šta i on ustade i pokupi facikle sa stola. Davide, od sutra očekujem da si na odmoru! Ja...- gledajući ga prodorno pogledom, ja nisam terapeut i ne mogu ti pomoći kako da uspostaviš ravnotežu na svojim nogama. Poznajem odličnog terapeuta, ako se odlučiš na taj korak, zakazat ću ti termin, i sve je strogo povjerljivo. Na kolosijeku kojim trenutno koračaš, razumijem da je teško, i da vjerovatno nekoga trebaš u svojoj blizini, ali ja nisam adekvatna osoba za to. Mi smo radne kolege, prijatelji, i želim da znaš, da naša prisnost ne može da bude više od toga.

U glasu joj bilo više oštrine nego što je to željela. Osjetila je kako joj se tijelom proširila napetost.

Udahnuo je duboko i ošinuo je hladnim prezrivim pogledom.

- Kada je čovjek sam, onda mu tuđa sreća smeta!

Sophie nije mogla da povjeruje šta je upravo rekao. Da li to znači da je ljubomoran na njenu sreću sa Danielom?

- Predpostavljam da svi mi imamo taj svoj trenutak, trenutak kada poželimo da drugi pati?

Blago se nasmijavši, ne znajuću otkud je sabrala zrnca snage, prođe pored njega, ali on je uhvati za mišicu, uhvati joj zglobove stegnu ih bolno, silovito. Bio je užaren poput lave. Ljutnja mu je kovitlala tijelom. Suviše ju je želio da mu sada tek tako izmakne. Čim ju je ugledao, znao je da mora da je ima. Ne, nema kompromisa, ona je njegova.

- Ne poznaješ me Sophie. Ja tebe poznajem, duže vremena. Ti si moja slagalica koju sam duže vrijeme riješavao, i tačno znam šta ti treba. Ljubav, muškarac. Mogu da budem hladan kao led, odan kao pas, sladak kao manuka med, sve to zavisi od tebe. Od tebe! Ali jedno zapamti, kad nešto želim to i dobijem. I ono što mogu da kažem iz svoga iskustva, ponosni padnu prvi.

Ona se otrgnu od njega. Otvori vrata i uputi se van.

Da li zbog ritma kojim su njeni koraci odzvanjali pločicama, ili način na koji mu je sve to rekla, njegovo lice poprimilo je sasvim novu boju. Osjetio je kako je zatvorila vrata, ali riječi koje je izgovorila nisu odleprašale zajedno sa njom. Ostale su tu. U njemu.

Pokušavao je da ih zaboravi, ali baš kada je mislio da je blizu kraja, poput kakvog balončića stvorile bi se ponovo u glavi, i rasprsnule. Usta su mu se osušila, i sve što osjećao je bila blaga drhtavica. Osjećaj je čudan, i ona lukava bol, koja se par trenutaka prije pojavila, i bila nestala, sada se ponovo vratila, i parala grudi tupim nožem. Osjeća kao da lagano iščezava, poput biljke usljed nedostatka vode. Još mu njene riječi dopiru do ušiju: - Poznajem odličnog terapeuta, ako se odlučiš na taj korak, zakazat ću ti termin, i sve je strogo povjerljivo. Na kolosjeku kojim trenutno koračaš, razumijem da je teško, i da vjerovatno nekoga trebaš u svojoj blizini, ali ja nisam adekvatna osoba za to. Mi smo radne kolege, prijatelji, i želim da znaš, da naša prisnost ne može da bude više od toga.

- Zašto srljam? – lupnu rukom od sto. Uplašila se, pomisli.

Ljubav sputava, čini čovjeka odgovornim prema nekome. Često puta, mnogo više zna da uzme, nego što pruži. Postoji nešto primamljivo, na samu pomisao o ljubavi. Ili je to samo riječ, koju su izmislili pisci, i provlači se kroz listove knjiga u nadi za boljom prodajom?

Misli su mu pomućene. Ta žena ga čini slabim, iako zna da ovo što radi nije u redu, ne želi da je ostavi na miru, ne može. Čak i ako treba utjehu, on će da bude tu. Mnogi putevi su bili utabani utjehom, tom utjehom koja ženi mnogo znači, a u konačnici zna da probudi i nešto drugo. Ne zna se šta je teže, kada se gubi razum ili duša, ili istovremeno oboje? Osjeća miris njenog daha još na odjeći, tragove njenih prstiju na svojim šakama. Razljuti se na samu pomisao da na njenim mirisnim dlanovima počiva Danielovo lice. Do prije par trenutaka držao je njenu ruku, a sada trči u zagrljaj drugome. Pregazila je tako lako sve što je rekao. Topotom svojih stopala odjeknula je njegovom pregaženom dušom, svojim šakama smrskala je njegovo srce, tako lako, kao da je od stakla, rasulo se na sto komada, ne osjetivši ni mrvicu štete što je nanijela. Kao da je Bog na nju utrošio svih sedam dana stvaranja svijeta, i toliko je posebna, da mu samo ona zaokupi pažnju u moru drugih. Posebno ju je krojio, stavivši joj krila golubice, glas anđela, ljepotu divlje ruže, miris proljetne noći, paunovu gordost, prepletenost zmije, mudrost lisice. Pokopala je svu njegovu ljubav i njegove snove. Duboko je uzdahnuo, osjećajući potresenost. Da može da izbaci sve ovo iz sebe, ovaj bijes koji se sada natovario na leđa. Ostala bi praznina, praznina koja bi se popunila novim počecima.

- Dovraga sve! - glasno opsova, skupivši šake u pesnice.

Gyges će da ukloni kralja, kraljica će da se nakloni Gygesu.

> *Postoje dva načina na koja je moguće voljeti čovjeka: moralno i*
> *fizički.*
> Marquis de Sade

- Dakle, da čujem šta se desilo?- prebacila je lijepo oblikovane noge jednu preko druge držeći šoljicu vrućeg čaja u ruci pokušavajući da odagna misli sa Davida. Iako je emocionalno utrnula u razgovoru sa njim, njen intelektualni dio se probudio, što je više razmišljala racionalno i praktično, osjećaj smirenosti ju je napuštao, i strah se lukavo uvlačio u nju. Nešto je trebalo da se uradi, ali ni sama nije znala šta.

Umjesto da joj odmah odgovori žena ustade, i dohvati knjigu sa police, spustivši je na sto. Sophie se pojavi sjaj u očima ugledavši knjigu. Žena se vrati i ponovo sjede.

- Jako očuvana knjiga, ne treba da vam govorim cijenu.
- Već pretpostavljam, ali cijena nije problem. D'accord*.
- Da su mi svi klijenti kao vi, ne bi trebala knjižaru da prodajem. Nakon trideset godina rada sve uspomene ću spakovati u jedan kofer, i završiti jednu etapu života.
- Oh Bože, tako mi je žao što to čujem. Zar zbog nestašice novca niste platili Sari?
- Oh, zaboga, naravno da ne! Ta djevojka jednostavno treba da shvati, da u životu ne ide sve tako lako i glatko, da prva prepreka koju ugleda na putu nije razlog da se odustane. Znate šta mi se kod vas uvijek sviđalo.

Sophie nabora čelo radoznalo.

- Jednom davno kada smo pričale, rekli ste mi da ljude ne treba da ocjenjujemo na osnovu njihovog novca, već na osnovu njihovog ponašanja. Ovo je Evropa draga, sama vidiš da se u materijalnom svijetu gleda materijalno. Ali počela sam više da ljudima prodirem u dušu. Veliki je to stres Sophie, ne znam da se nosim s tim.

- Hm, slažem se- izusti Sophie otpivši gutljaj čaja.

- Ova knjižara je više od obične prodavnice sa knjigama, ona ima dušu. Dušu koja traži da se njeguje, održava. Preživjela je mnoge ponore, i uspjela da se održi u teškim vremenima. Ali da se sve to tako izvede, ovaj posao treba da se voli.

- Naravno, kao i svaki posao- pažljivo je slušajući izusti Sophie.

- Znate ovaj naš kutak „tumbleweeds" on služi godinama ljudima širom svijeta kao utočište, i mnogi u zamjenu za prespavanu noć odrade drušveni rad. Ali Sebastian...- naglasivši riječi, klimnuvši blago glavom dajući Sophie znak pogledom, znate na koga mislim...

- Da, naravno, izusti Sophie...

- Taj dječko je toliko vulgaran, nevaspitan, ne znam šta je Sara na njemu vidjela, napravio je pravi vršaj u biblioteci. Izbacivši sve goste van, neka od jako vrijednih djela pobacao je sa police, pritom su neke knjige doživjele trajna oštećenja, da ne pominjem nastalu štetu... nego, prešla sam preko svega toga, imam razumijevanja, mladost ludost, kako su prije ljudi govorili, u nadi da će Sara tog dječka da se prođe...

- Oh, Bože!- izusti sva razočarana otpivši jos jedan gutljaj čaja.

- Vjerujem da to niste znali? -posmatrala je njeno lice.

- Sacrebleu![5] Naravno da ne! -reče Sophie zaprepašteno, sada već iznervirana što joj je Sara to prećutala.

- Pretpostavila sam. Ali nije zaboravila da kaže kako joj nisam platila- reče razočarana žena blago prstima popravivši naočare. Sophie, znate da vas jako cijenim...

- Razumijem, šta želite da mi kažete...

- Upravo sam se zbog toga odlučila na prodaju knjižare. Osim toga, prema mom istraživanju, u svijetu se sve više knjižara gasi. Ne želim da se tako izrazim, ali ljudi su, pored sveg napretka, u vijeku u kojem živimo, postali pomalo „divlji." Ovo je neizbježan krah za književni svijet i društvo u kojem živimo. Sve tako brzo nestaje, sva dobra ovog svijeta poput plamena svijeće na vjetru. Nisam više u godinama da mogu da se zamaram mlađim generacijama i njihovim

---

[5] Kvragu!

problemima. Prošle sedmice sam čitala u novinama da Pentagon Random House...Znate ko su oni zar ne?

- Naravno.

- Imaju problem sa prodajom knjiga. Ljudi jednostavno slabo čitaju. Kultura se gubi, kvalitetan rječnik i dijalog je već odavno izgubljen. Saru sam smatrala kao svoje dijete, još pamtim dan kada ste zajedno došle, ali loše društvo ima uticaj i na dobru osobu. Znate to?

- Naravno- uskomešala se malo na stolici.

- Može da dođe i radi dok se ne pojavi novi vlasnik. A kada se to desi, ne znam kako će situacija da se odvija dalje. Osjećam ogromnu tugu što napuštam ovo mjesto uspomena, još se sjećam kada je Jacques došao sa ovom idejom, i kada smo se zajedno upustili u ovu avanturu. Nažalost njegovo hrabro, avanturističko srce nije izdržalo sve bitke, a da sve radim i uređujem sama, ne mogu. Nakon prodaje odlazim sestri u Italiju.

- Mon cher ami*, mnogo mi je žao- uze joj šaku i stisnu je jako. Bilo šta da trebate, znate da uvijek možete da se oslonite na mene.

Sara je sjedila sa Adrianom u njegovoj sobi i čitala mu priču.

Čovjek je ugledao mačku i male mačiće. Činilo se da su gladni. Odlučio je da im priđe i pomogne. Prišao je autu otvorio gepek i krenuo prema njima.

- Hoće ih povesti svojoj kući?- upita Adrian radoznalo. Kako se mačka zove?

- Je l' znaš da se pitanja postavljaju na kraju?

- Moja mama mi je rekla ako mi nešto nije jasno da pitam odmah na početku, kako da se sjetim ovih pitanja na kraju? Lako je postavljati pitanja, ali nekada je jako teško dati odgovor na njih. Ja sam kao Pediklo.

- Misliš možda Empedoklo?

- Tako nekako, mama mi je rekla da sam ja kao on, on je bio genijalac.

- A je l', a zbog čega?

- Zato što je on mislio svojom glavom, isto kao i ja.

- Hm...- blago otpuhnu Sara držeći knjigu u ruci, i nastavi sa čitanjem.

Prišao je mački želeći da uzme malo mače zbog čega ga je mačka ogrebala. Jednom, dva, tri puta.. ali uspio je jedno mače da stavi u gepek. I sa ostala tri mačeta isto je imao takvih problema. Došavši kući, djeca i žena potrčaše prema autu. Kada je izašao van, žena ugleda izgrebane, blago krvave šake. Pitala ga je šta se desilo.

- Pokupio sam male mačiće i majku, u gepeku su. Dovezao sam ih ovdje.

Djeca veselo poskakivaše u mjestu pored auta.

- Trebao si da ih ostaviš. Vidiš šta ti je uradila- reče žena.

- Priroda mačke je takva da se brani, u ovom slučaju branila je sebe i mačiće, u našoj ljudskoj prirodi je da pomažemo, u skladu sa tim sam i postupio.

- Jesi shvatio pouku priče?

- Jesam.

- Koja je to pouka, baš da čujem? – reče Sara poklopivši knjigu.

- Čak i kada te napadaju ti ne treba da budeš kao oni. Ne gubi svoje srce na sitnice, samo uvedi mjere predostrožnosti.

- Wow!- reče Sara iznenađeno. Ti si baš pametan. Jednostavno je nemoguće da sve tako pamtiš.

- Nisam baš puno, nego, zaboravio sam ti to reći?

- Šta to? reče radoznalo.

- Mama mi je već čitala tu priču i rekla mi pouku.

- Tako znači. Onda si varao i nisi pametan.

- Naravno da jesam, zapamtio sam pouku, da li bi ti zapamtila tako nešto. Moja mama mi je rekla da ljudi riječ „nemoguće", treba da izbace iz svoga govora.

- Što to?

- Zato što ništa nije nemoguće, samo treba da imamo volju i želju da nešto uradimo.

Čuo je kada su se vrata otvorila.

- Moja mama je stigla. Dođi idemo- pružio joj je ruku, na šta Sara zabrinuto uzvrati.

Sušilica i mašina za veš u istom trenu zapištaše i ona se uputi u kupatilo. Leo se igrao sa igračkama. Lukas je bio zadubljen u laptop, ali čuo je zvuk aparata i vidio Marie kada se zaputila prema kupatilu. On poklopi laptop, skinu naočare, ostavi na stolu, duboko uzdahnu i uputi se za njom. Marie se prije par sati čula sa Sophie, i više nego ikad shvatila da joj je Sophie istinski prijatelj. Chloe i njihovo drugarstvo je sve više dovodila u pitanje. Čak šta više, sada se pitala da li se možda Lukas sviđa Chloe? Zar je moguće da je tako lako nasjela na njenu dobrotu? Teško joj je bilo vjerovati da je nazvala Lukasa tek- tako iako je znala da je ona vani sa drugim muškarcem. Vadila je suhi veš u korpu, i osjeti miješanje još nečije ruke.

- Lukas- odiže se od poda i pogleda u njega. Šta misliš da radiš?- nasmija se stavivši ruke na bokove struka.

- Došao sam da pomognem. Izvadi ostatak veša u korpu i pridiže se prema njoj. Glas mu je bio dubok, odmjeren i pažljiv ne želeći da nekim slučajem kaže nešto na šta bi ona buknula. Ona ga privuče bliže sebi i ovi ruke oko njegovog vrata.

- Lukas, žao mi je za sve.

- I meni- nosom joj je prešao po bradi.

- Ne znam šta se dešava, jednostavno postala sam previše emocionalna, i puno toga sam prošla kroz ovih nekoliko mjeseci da...

- Znam sve i žao mi je ako se nekad čini da te ne razumijem, ali vjeruj mi da to nije tako.

Ona ga privuče sebi i poljubi strasno. Osjeti vlažnost njegovih usana na svojim. Nakon dugo vremena, problema, bura koje su ih šibale, ona zbaci okove. Osjeti snažan vjetar koji joj duva u jedra i protresa ih. Jednu ruku zavuče pod njegovu majicu i osjeti njegovo čvrsto tijelo. On duboko uzdahnu. Prošaputa njeno ime i poče da joj ljubi lice. Osjeća bockanje njegove brade na svojoj koži. Usnama joj je prešao niz vilicu, stigavši do uha koje je nastavio lagano da gricka.

Tijelo joj je počelo da podrhtava. Kosa mu je malo bila razbarušena ali na neki seksi način. Oči su mu bile uprte u njene.

- Marie- šakama joj lagano pređe kroz kosu. Odignuvši je blago spusti je na sušilicu.

- Da- sva uzbuđena i pomalo omamljena izusti.

- Volim te. I ne želim da nam dođe kraj. Ona ovi noge oko njegovog struka privuče ga još bliže sebi, stegnuvši ga nogama jako.

On joj uze šaku i poljubi svaki prst na ruci. Ona položi njegovu šaku na svoje grudi.

- Ne želim ni ja kraj. I ja tebe volim, puno.

On osjeti kako se njene ruke na leđima ovijaju oko njega. Nježno joj poljubi vrat, i usnama nježno gricnu za rame. Ona lagano krenu da mu podiže majicu, on podiže ruke, ona je povuče oslobodivši ga, ugledavši njegovo tijelo. Nježno joj je prstima prelazio po obrazima, mekim poput svile. Njegova toplota na prstima prijala joj je. Rukama krenu oko njenog struka, začu njeno tiho mrmljanje. Njene meke obline su ga mamile, i sada više nije imao namjeru da stane. Slušao je kako diše, ubrzano, nesigurno, kao sa nekim strahom. Sve što je želio je da joj vrati leptiriće u stomak. U tom trenutki shvatio je koliko je želi. Jer upravo sa njom dijelio je svoju tišinu, svoje misli i osjećanja. Iako je rodila Lea, liniju je skoro pa vratila na staro. Izgledala je i dalje seksi, sa par kila viška.

- Lukas? – izgovori sva omamljena.

- Aaaa- promrmlja brzo skidajući majicu sa nje, oslobodivši je grudnjaka.

- Ne misliš valjda da to uradimo ovdje?

- Aha, zar imamo drugog izbora. Sada ovdje, večeras u krevetu kad Leo zaspi. Njegova usta obuhvatiše njenu bradavicu

- To si već isplanirao - sva usplahirena izusti.

- Planiram sada, usnama navali na njene grudi. Ona blago vrisnu, ali on joj prste svoje šake stavi u usta, na šta ih ona usisa. Cijelo tijelo kao da joj je bilo zahvaćeno plamenom. Ne gubeći više vrijeme baci se na otkopčavanje njegovih farmerica. Njegove usne na dojkama su je izazivale, mučile je, dok je nisu skroz opčinile. U njegovim poljupcima je osjetila goruću potrebu. On joj otkopča dugme na farmericama, odiže je i spusti pored sebe. Koljenima se spusti na pod, šakama povlačeći farmerice na dole. Ona je prste provlačila kroz njegovu kosu, tijelo lukavo poput zmije uvijala oko njega. On povuče njene gaćice, ali prije toga brzim pokretom ustade, i okrenu ključ u bravi.

- A Leo?!- sva prelašena izusti.

- Igra se, ne brini. Iako je teške naravi, malo na mamu, rijetko šta dugo može pažnju da mu zaokupi. Naceri se. Brzim pokretom skide svoje farmerice, izvlačeći jednu nogavicu na drugu ne obraćajući pažnju. Sav zanesen, uhvati je pomalo grubo, usne joj zapečati svojima, miješeći grudi grubo rukama, na šta ona osjeti ples živaca kroz tijelo. Ona rukama pređe preko njegovih leđa, prste uplete u kosu. Usna joj zatreperi. Prignieči ih na njegove, kroz njega prođe goruća želja. Svaki centimetar njegovog tijela je buktao. Omamljenu, skoro bespomoćnu, odiže je i spusti na mašinu. Sada ona blago pod zadnjicom osjeti hladnoću, kao da joj uzburkano tijelo malo rashladi. Uhvati joj šake, i stavi iza leđa, blago joj nategnuvši tijelo na šta se ona sva kao izvajana figura izvi pred njim. Omamljena, kao i on, nije mogla više da čeka. Zaronio je u nju još jače i bliže privukavši je sebi. Od tog osjećaja ona zajeca, on joj pusti šake, i prstima joj kliznu lagano niz kičmu, usnama joj razarajući nabrekle bradavice. Ono što je strujalo kroz njega prostruja i kroz nju. Ostavivši je skoro bez daha, razarajući svaki živac. Ona se privuče još bliže, ovi ruke oko njega, on je odiže, noseći ju korak-dva, nasloni tijelo na hladne pločice. Sada je već visila u zraku čvrsto se držeći nogama za njegovo tijelo, dok joj je tijelo, poput kremena u upaljaču, lagano varničilo. Malo se kao uzvrpoljila, ali on na taj njen pokret još više poludi i jače ubrza tempo. Ona, ne mogavši više da se suzdrži dočeka nalet orgazma i obruši se na njega. Hladne pločice hladile su joj uzavrelo tijelo, jezik joj je istraživao njegova usta kao da ga ljubi prvi put. Držao je čvrsto drhtavim rukama, boreći se da je ne ispusti. Ona mu privuče vrat svojim usnama i u naletu strasti, ugrize ga. On poput nabujalog šampanjca izbaci čep van.

Stigavši kući u želucu je osjećala ogromnu mučninu, a u glavi još veći haos. Kao da situacija nije dovoljno komplikovana na poslu, još treba da sluša Davidove ljubavne izjave.

- „Ništa nije tako različito kao dan i noć, a ništa nejasnije od njihove granice."- sjeti se Geteovog citata.

Iskreno rečeno, veliki pomak u poslu nije napravio, osim što je zablokiran kao brojčanik sata, još na sve to dobit će sigurno ogromnu kaznu. Osjetila je kako joj se dlanovi od stresa znoje. Uputila se prema kupatilu. Skinula je odjeću, vodu je nasula više od pola kade, sipajući aromatična ulja, praveći pjenu sa kupkom. Legla je i zatvorila oči. Par puta se promeškoljila, pokušvajući misli da pusti, a ne da ih poput kakvog kanapa drži svezane u glavi, osjetila je treperenje nerava, kapljice vode slijevale su joj se niz leđa. Čula je kada su se vrata otvorila. Blago se nagnu naprijed i ugleda Daniela.

- Da ti pomognem u kupanju? -malo iskrivivši usnu, blago se nasmiješi.

- Ne bi bilo loše- rukom zagrabi malo pjene i baci prema njemu.

On joj priđe i stavi ruku na njena skliska ramena. Koža joj je bila topla i glatka.

- Ovdje osjetim neku blagu napetost – rukom joj blago stisnu lijevo rame. Došao sam da ti kažem da ne budeš dugo u kadi, Sara se potrudila oko hrane. Ne bi bilo fer da je kuliramo.

- Brzo ću, samo malo da dođem sebi. Izvukavši ruku iz vode, uze njegovu u svoju, pa isplete prste sa svojima. Vragolasto mu se osmijehnula.

- Bolje da idem- on se nagnu i utisnu joj poljubac u obraz. Ne želim da imam lice okrivljenog kada zajedno izađemo iz kupatila. Ako nastaviš tako da me gledaš...

Ona mu stavi prst na usta.

- Ššš... progovara kroz smijeh. Polako se uspravila, da ne sklizne u kadi, povukla mu rub majice i skinula je preko glave. Oči su mu veselo zasjale, uglovi usana su mu se izvili dok je prelazio pogledom po njenom tijelu. Osjećala je kako joj krv ključa, pogled mu se spustio na njene grudi. Topla šaka se spusti na njena krsta i povuče je prema sebi. Spusti jedan poljubac na njene usne, nježno vrhovima prstiju prijeđe po njenoj butini. Osjećaj zadovoljstva je u njima rastao, zategavši se poput kakve opruge. Baš kada se spremao da zakorači u kadu, čak napola obučen, kucanje na vratima prekinulo je sve.

- Mamaaaaa...
- Bože šta sam ti skrivio? Daniel se nasmija.
- Stižem kroz petnaest minuta- Sophie potopi ponovo ramena u kadu.

Sara uze komad sira i izrenda ga i otkinu par listova svježeg bosiljka koji je stajao u saksiji na prozoru.

- Mislim da je ovo više nego odlično- sva zadovoljna osmijehnu se.

Sophie je stajala par trenutaka gola pored ogledala, izgledala je tako potrošeno, bez energije, sav taj silni stres radi dobro svoj posao. I sada, Daniel joj je izmakao iz kade. Obrisala se, obukla, nabacila lažnu vedrinu na lice, pokušavajući da sredi misli, zaputila se prema stolu.

- Zamišljena si?- gledao je kako zuri u prazno i pitao se šta li misli.

Danielov glas je vrati u stvarnost, dok je u rukama još držala viljušku pogleda usmjerenog u bolonjez sos. Odloži viljušku iako se spremala da stavi još jedan zalogaj u usta. Osjećala je kako joj se utroba prevrće, u mislima je još vidjela slike Davida. Vrtjele su joj se u glavi. Adrian je pljesnuo rukama, kada je ugledao bolonjeze. Osjećao je kako mu iz dubine stomaka navire slina, a želudac poskakuje od sreće. Ne samo zbog hrane, već što si su svi zajedno. Sophie mu se nasmiješi.

- Jesi oprao ruke?
- Aha.
- Možemo nešto drugo da naručimo ako ti se večera ne sviđa, ali samo da znaš Sara se baš potrudila.

Udahnula je kao da se guši pokušavajući da prikrije taj osjećaj. Uze čašu i otpi gutljaj vina. Osjećala je neku vrstu krivice, možda je ona nesvjesno zavela Davida. Najgore od svega mrzi što sve ovo krije od Daniela. On je eksplozivan. Sto posto je sigurna da bi Davida nalupao batinama.

- Sve je uredu, malo sam umorna. Malo me boli glava.

On joj dohvati šaku i prste isplete sa njenim, što Sara primjeti, i kao da je ubode neki žalac ljubomore, što imaju takvo razumijevanje jedno za drugo. Sophie je uhvatila par puta njegov pogled kako je posmatra. Pogled mu je klizio po njenim usnama, po krivulji obrva, proučavajući njen pogled.

- Je l' nije knjiga stigla, pa si zbog toga tužna?- upita on ponovo. Razmišljao je pokušavajući da dokuči razlog njene melanholije.

- Mama nemoj da budeš tužna, tata može preko interneta da ti naruči? Zar ne tata?

- Bila si u knjižari?- upita Sara, pokušavajući da prikrije zabrinutost u pogledu.

- Aha- izusti Sophie, pogled usmjeri prema njoj, i ugleda strah u očima. Imaju knjigu, kupila sam. Knjižara traži nove vlasnike, a ti možeš do tada da se vratiš na posao.

- Znači ne ljuti se na mene? - začuđeno upita Sara.

- Hm, ne bih to baš tako nazvala,- dosu sebi malo vina u čašu, blago zavrti čašom, lagano poput kakvog rituala ispi, osjeti slatkastu notu na nepcetu, -rekla je da se vratiš i nastaviš sa radom dok knjižara ne dobije nove vlasnike. Tako mi je žao zbog toga, na sjajnoj je lokaciji, ali po njenim riječima nije u mogućnosti da se više posveti tom poslu.

- Šteta- izusti Daniel. Činjenica je da ljudi sve više gledaju TV, a sve manje čitaju.

- Ili čitaju PDF- format, na knjigu kao da im je žao da odvoje novac. Dođu i premišljaju se po pola sata da li da kupe knjigu ili ne. Doda Sara.

- Ja sam sve knjige pročitao što mi je mama kupila, besplatno - punih usta doda Adrian.

- Kako misliš besplatno?- doda Daniel.

- Tako što sam vidio da roditelji plaćaju djeci da pročitaju jednu knjigu. Možda bi i vi trebali tako da plaćate meni, ja bi taj novac onda štedio za fakultet.

- Oh, Bože- reče Sophie sva zaprepaštena onim što je čula, dirnuta njegovom izjavom o čemu njegova mala glava već razmišlja. Znaš već šta ćeš da studiraš?

- Aha, ako ne budem doktor kao tata, -malo zastade pa prožvaka špagete u ustima, nagnu malo čašu sa vodom, onda ću da budem informatički inžinjer.

- Informatički inžinjer?- upita Sophie radoznalo.

- Aha, video sam na Youtube- u kako se to radi.

- Youtube... imaš na...

- Nintendu – doda Adrian.

Sophie pogleda zabrinuto Daniela.

- Samo jedan sat dnevno- izusti ugledavši njen ljutit pogled.

- Nismo se tako dogovorili, znaš da igrice stvaraju ovisnost kod djece i podstiču stvaranje agresije i...

- Mama ništa od toga nisam -ponovo punih usta odgovori.

- Znaš da se punih usta ne priča već smo to razgovarali.

- Ali kada si me sve pitala kako drugačije da ti odgovorim. Osim toga mislim da sam suviše veliki sada za Orea da se stalno igram sa njim, treba da se borim za svoja prava u ovoj kući.

Svi se zasmijaše.

- Suviše si još mali da to radiš. - doda Sara.

- Nisam zato što sam vidio kako djeca već snimaju video klipove na youtube-u.

- Dobro sutra neće biti uopšte Nintenda već idemo van, mama ima slobodno, zar ne? -upita Daniel.

- Možemo ići u kino? Zar ne bi bilo lijepo, tata, da idemo svi zajedno?

- Ako se mama slaže ja sam za.

- I ja sam za- izusti tiho zamišljenog pogleda. Kroz glavu joj je cijelu veče prolazio David i njegova izjava.

- Kada sam postao ovako lud zbog nje?- kao da mu je prolazila samo ta rečenca kroz misli dok je sjedio u stanu, navučenih zastora kroz koje se lagana svjetlost uvlačila.

- Džaba vrištiš srce moje, na tvoje molitve Bog se oglušio. Možda ti je bolje da ućutiš, ne samo sada već za sva vremena. Zašto da čekamo novo jutro, šta nam ono donosi? Radosti više svakako odavno nemam, ni ja, a ni ti sa mnom. I obrisi njeni su nestali. Kao da nas je neko prokleo, pa i tebe kao i mene samo prati neko prokletstvo. Vjerovatno se nisi nadalo da će biti tako? A šta da radim, iz ove kože u drugu ne mogu! Da te iščupam iz svojih grudi kao korijen iz zemlje, ni to ne mogu. Nemam snage, nemam hrabrosti, a i vezani smo. Kao kakvom pupčanom vrpcom. Ja bez tebe i ti bez mene, ne ide to. Ali ne mogu ni da gledam, kako ti jedna žena nanosi bol. Posrćeš nad njenim riječima kao more pod svojim valovima. Previše brzo smo nadu posijali da će ona tek tako u zagrljaj da nam se baci. Šuti srce moje ne plači više, utjehu da ti pružim, znaš da to ne znam. Krila tvoja lagano venu, kako da se vinemo visoko, pusta želja naša. A zašto bi se i vinuli?

Život bez ljubavi je kao pustinja bez zelenila. Kao tijelo bez duha. Kažu ako savladaš pustinju, stićeš u oazu. Kako razbiti srce žene, ubaciti iskru da te samo pogleda? Kada bi mogao da proniknem u njenu dubinu duše, da znam šta misli i šta osjeća. Ostavila mi je dušu malaksalu od svojih riječi. Kako riječi duboko zakopaju čovjeka. Kome da se izjadamo srce moje, na ovu bol koja nam lagano struji venama? Ostali smo bez iskrenih i pravih prijatelja. Ne mogu da je mrzim, a ne znam ni kako da prestanem da je volim. Kako se samo lagano kao lastavica ugnijezdila u tvoje gnijezdo. Oh, srce moje, i sada tugu kome da ispoljiš? Prije isto nismo vjerovali u ljubav, za nas je ona bila samo jedna tanka nit, koja veže dvoje ljude u jednom trenutku i svaki čas prijeti njeno pucanje. Ali kada sam upoznao

Elenor, sve se promijenilo. Bol zbog samoće koji sam prije toga osjećao, nekim čudom je isčezla. Moj život je dobio smisao. Duša koja prije toga nije znala da iskreno voli i ljubi, nenadano se promjenila.

- Elenor, nedostaješ mi! Zašto si otišla?

Živim bez tebe kao na nekom dalekom otoku odsječen od svih. I kada sam se najmanje nadao, naišla je ona. Čudnog duha, baš kao što je i tvoj bio, lagano poput pauka uvukla me u svoju mrežu. Ja sam išao svjesno, ali da li je ona to uradila nesvjesno? To je ono što me muči? Ti si uvijek pjevala kada si bila tužna. Nekada mi je krivo što nemam bar mrvicu tvoje snage. Savršenstvo u svemu što si radila, mada si rekla da mnoga djela pripadaju grešnima. Kako ugasiti ove nemire koji su se poput kakvih taloga nastanili u duši. Tebe nema, a nju ne mogu imati. Ili mogu ali moram biti uporan?

Sara

- Svi smo rođeni sa sopstevnom snagom i slabošću u sebi. Tako i ja imam svoje slabosti, ali ne znam kome da ih povjerim. Prije nego što je isklesao statuu Davida, mnoge sate i dane, Mikelanđelo je proveo tražeći pravi kamen, razmišljajući da l' sve to što želi da napravi ima smisla. Jedno je znao, oblik kamena je mogao uvijek da promjeni, ali ne i sastav. Tako je i kod ljudi, izgled se mijenja, ali unutrašnjost teško. I sa vremenom, treba da to prihvatimo, naviknemo se na tu zlobu i ljudsku nepravdu. Obrišemo suze i krenemo hrabro dalje. Tako su svi veliki ljudi radili, nakon nebrojenih padova. Mikelanđelo se sam navikao na čekanje, na samoću na razočarenja. Od njega možemo svi dosta da naučimo. Ne samo to, Mikelanđelo je odlazio u mrtvačnicu secirao ljudska tijela, proučavao mišiće i tetive, ne bi li još dublje prozreo u ljudsko srce. Ali u dubini sebe, odlučio je biti srećan zato što je znao da će svijetu da ostavi nešto veliko. I ja sam tako, kao Mikelanđelo gledala Sophie jednim pogledom, secirala njene pokrete, dok taj pogled svakog dana nije počeo da se mijenja. Razvija u nešto drugo. Ne znam tačno kada se to desilo, koji je dan bio, koliko sati? Možda je to bilo kad sam joj se ponovo pojavila na poslu, prestrašena, iznemogla od nespavanja, sa ogromnim teretom na grudima, i plodom koje raste u stomaku.

- Sebastian je napisao poruku da je HIV pozitivan?

Njen šok poput munje joj je preletio licem. Znala je šta to znači, možda smo dijete i ja također.

- Glupost! - brecnu se. Čime se sve ne služi da te prestraši. Prijavit ću ga policiji!

- Voljela bih da je tako, ali imam rezultate njegovog testa. Potpuno u tajnosti Sophie je sve organizovala, na moju sreću test je negativan, da li Bog ili me je neka druga sila spasila od te strašne bolesti. Prigrlivši me sebi snažno, osjetila sam po prvi put da mi srce kuca nekako drugačije. Ali nas smo dvije po karakteru potpuno različite. Sophie je pravi sangvinik. Gdje ona vidi cvijeće ja vidim korov.

Ona privlači ljude privlači mase, dok ja, ja to sve odbijam. Ona je srdačna, osjećajna, i svaki kontakt sa drugim ljudima ona uspostavlja tako lako i prirodno. Ona se iskreno brine za druge, i osjetljiva je na njihove potrebe, dok ja gledam samo sebe. Ona u sebi ima još i osobine kolerika. Ona je rođeni vođa, lako preuzima sve odgovornosti koje joj život nameće. Sophie je hrabra, ona odbija da se potčini svijetu. A sta sam ja? Ja samo jedan mirni flegmatik osoba koja samo izbjegava prepiranja i ne želi da ulazi ni u kakve sukobe i diskusije, ma kakve one bile. Jer kako mi je to Sophie rekla: Flegmatik je obično taj koji govori: Ne želim da niko zna kako se osjećam! Da, onda sam ja flegmatik. Ali opet nekako, u svoj život sam privukla Sophie. Uz Sophie sam naučila mnogo. Pravilnom upotrebom karaktera lakše koračamo kroz život, i ne pravimo katastrofalne greške. Da bi bila bilo kakav vođa moraš da inspirišeš druge, a da pritom uživaš u tome što radiš. Moraš da imaš oštro oko za pravi detalj i da se trudiš da ne gubiš vrijeme na nebitne stvari. Trudi se uvijek da cijeniš umjetnost i da voliš ovaj život, jer život je lijep. I pored bola koja iz njega proizlazi ustajemo jači, dižemo se kao Feniks iz pepela. Moraš da ideš dalje, jer kretanje je neophodno, ono nas održava u životu. Moraš da imaš odlučnost čak i ako su ti sve ideje okovane mrakom. I ono najvažnije, moraš da budeš istrajna da se držiš puta istine, čak i ako budeš izložena podsmijehu i izigravanju. Žene koje pomeraju granice uvek nailaze na osudu i omalovažavanje, tako da moraš naučiti da plivaš u ovom moru koje se naziva Život. Ne znam da li sam tada možda zavoljela Sophie i ovaj svoj život koji mi je prije toga djelovao kao jedna kutija puna ništarije. Postala sam ljubomorna na Daniela i na njenu bliskost s njim. Je l' Sophie postala smiraj za moju dušu i moje srce. Ali nije li to tako u životu, svaka od nas žena ima taj svoj mračni kutak, kutak gdje ključ od vrata ima samo ona. Svaka žena ima svoju iskru, koja se kao sunce u proljeće pojavljuje. Ta iskra njene samotne dane čini ugodnima, i gluve noći poput himne od slavuja raspjevane. Ta iskra kao da je čisti svojom ljupkošću i podatnošću. Svaka žena se moli da ova iskra ne ostane samo jedan neproživljeni san koji joj stvara bolne uspomene i kvari hrabrost koja u dubini duše i dalje negdje tinja. Žena se pita: ljubav, ljepota, smrt, šta je to? Šta predstavljaju? Možda samo jednu rastočenu crnu tintu na bijelom papiru. Tinta koja pokušava da prekrije njene nade, sakrije sačuvane radosti i obriše vidljive osmijehe. Ta tinta ako se previše proširi grudi ispunjava bolom, a glavu mislima, lukavo oko srca šije na oko nevidljivi veo. Veo očaja, tuge i beznađa. Tog beznađa koje te čini da si najnesrećnije stvorenje pod kapom nebeskom. Ali tu je ta iskra. Neočekivano se probudi. Ruke su joj svilenog dodira. Na pogled se čini nemoćna, a na sceni tako snažna. Snažna da ščepa srce iz očaja, dušu iz beznađa. Srce od njene moći počne da podrhtava. I kao nekim čudom, život u grudi ponovo udahne, u ranjena ramena krila mladosti umetne. Ta sakrivena iskra, usmjeri zalutali potok prema moru. Osjećanja koja smo potisnuli u taj kutak, opstala su, iako su odgajana i čuvana u tami. Uz Sophie se osjećam slobodna, drugačija, jezik mi se drugačije izražava. Moja osjećanja prema Sophie prelazila su sve granice, ali ne i prepreke. Kada bi ona samo znala koliko je sve ovo iscrpljuje, konstantno razmišljanje samo o njoj. Pogotovo noću, noću ne mogu ni da spava, glava je kao usijana lopta. Osluškujem da li ću čuti njene korake. Bol koja je prije izbijala iz moje duše kao živa rana, ona je nesvjesno liječila svojim riječima. Ali sve ovo što ja osjećam ne znam kako da sprovedem u djelo. Taj moj osjećaj da ne bude oskrnavljen i lažno predstavljen, izložen ruglu i ismijavanju. Ali čega se ja zapravo plašim. Ćutanja? Sada je i vrijeme drugačije. Normalno je da žena zavoli ženu. Ćutanje me ne može zaštititi ali može stvoriti nepotrebnu brigu. Zar više poštujem strah i imam osjećaj za njega nego za razgovorom i definicijom? Pored toga nameće mi se drugo pitanje: Ko da odgaja ovo moje dijete? Ja želim da svome djetetu dam ljubav, slobodu, snove. Da ima sopstvene vizije, i naravno da ne raste u nekoj seksističkoj porodici. Kada odrastate u domu za nezbrinutu djecu, nagledate se svakakvih gnusnih stvari. Kakve sve torture djevojčice prolaze od strane nadležnih. Iako sam kao klinka već stigla u dom, nakon smrti roditelja, imala sam neku sreću, Sophie me uzela pod svoje okrilje i dolazila je relativno često. Stavila sam tačku na svoj odnos sa Sebastijanom i izvukla mnoge zaključke iz našeg odnosa. Sada se jedino bojim da ne izgubim Sophie iz svoga života. Imam osjećaj da stojim na margini ovog društva, sa svim svojim pogledima i stavovima sam drugačija. Ne želim da budem potlačena u ovom životu, to je ono što je Sebastijan upravo pokušao i u jednom dijelu i uspio tek sada to shvatam. Gurnuo me u ponor svog muškog neznanja ne uzimajući u obzir moje potrebe i osjećaje. Na početku je bilo veličanstveno, luda veza, puna droge, vina, seksa. Upustivši se sa njim u istraživanje seksa, mislila sam da ću uvijek da budem njegova Gunivere. Nakon čina, spavam sa njim u spletu znoja i sokova i shvaćam da je stvarnost sasvim drugačija. Iako je on pokazao sve svoje mudrolije u krevetu kao iskusni Kazanova, duša mi govori da je prepredeni lukavac. I najgore od svega nisam slušala signale koje mi šalje duša. Olako je prešao preko duševnog mira koji sam prije imala, i razorio ga. Skidanje sa nekih ljudi je puno teže nego skidanje sa nekih droga. Svašta smo spremni samo da osjetimo i doživimo pravu ljubav. Pa čak ako treba da prodamo i dušu. Tako je teško iskorijeniti lažne predstave o našem životu, izbaciti ih van, jer ipak, te lažne predstave otvaraju nam mnoga svjetska vrata. Ali poenta je ta da je više ne želim da mi neko govori šta mogu šta ne mogu. Sebastian je to stalno radio. Donosio odluke umjesto mene. Ali svemu dođe kraj, sve se svrši i uruši pa tako i ovo naše. Sada je krenula potraga za smislom mog života. Drugačije se gleda veza muškaraca i žene, nego žene i žene. Ljudi su takvi da teško mogu da razviju instrumente za ljudsku različitost i da je kao takvu prihvate. Strah da će neko u vas da uperi prst da je vaše opredjeljene drugačije, odvelo je mnoge ljude u izolaciju, uvuklo u teško depresiju, a mnogi ne žele o tome da pričaju. Da budu po-dvrgnuti nekom ruglu. Muči me sve ovo, zato što nemam kome da se povjerim. Jedno znam, ova ljubav prema Sophie nije se rodila iz usamljenosti. Kakav će biti svima nama život na zemlji? Osjećam da imam previše bijesa u sebi, iako znam da to šteti djetetu kojem dajem hranu i vazduh u sebi. Pokušavam da upratim ritam ovog bijesa, da koračam uporedo sa njim i u hodu naučim nešto od njega. I opet se vraćam na početak, da li sav ovaj bijes dolazi od straha. Pitam se odakle bijes dolazi i gdje odlazi? Ali da bi mogla da savladam bijes i otklonim strah moram da skupim hrabrost i hrabro pređem preko svega. Imam osjećaj da sam se povukla od života, odbacila ga kao nešto previše opasno, nešto u što bi se samo budala upustila dopuštajući samoći da se polako uvuče u srce i kosti. Ali pored nje, nisam sama. Ona je tu, nevidljivo leprša pored mene. Htela ja to ili ne. Ne mogu zamisliti kakav je osjećaj kad si primoran odustati od nečega što strastveno voliš, što je sastavni dio tvog bića. Nešto u tebi tada zacijelo umre, dio se duše ugasi, a srce, da li će ikada više moći tako da voli. Osjećam kao da polako nestajem, lagano dio po dio, ali ona me drži, ne pušta. Ne želi da odem. Naizgled je opuštena i nasmijana, ali nešto je muči, bore na njenom licu je lagano otkrivaju, odaju. Napeta je. Ona to ne zna, možda osjeća, njena tuga dopire do mene. Njena duša plovi kroz moju, i dijelimo osjećanja. Kratko je zadrhtala stisnuvši vruću šolju čaja. Daniel se igrao sa Adrianom. Prišla sam joj lagano, gotovo nečujno. Nastupila je kratka tišina. Spustila sam šake na njena ramena. Osjetila sam napetost, počela sam lagano da je masiram. Čeznula sam da mi prsti dodirnu njenu kožu. Da osjetim njene ruke, na izgled krhke ali ipak snažne. Da sam nešto bila „hrabra", nisam. Glava joj se lagano pokretala sa mojim pokretima. Osjetila sam kako mi se miris njenog parfema širi nosnicama. Golica me, poput zmije omotava se oko mene. Trenutak je bio veličanstven, previše dragocjen da ga vrijeme tek tako odnese. Mogla sam da osjetim kako mi srce preskače.

- Bezobrazna sam, još ću da te zaposlim kao terapeuta- tiho se nasmija i blago slegnu ramena.

Njen smijeh izli se po meni.

- Sve se u našem životu svodi na umijeće balansiranja.

-Nisam mislila da ću takvu mudrost čuti od tebe- tiho izusti, uzevši šolju čaja otpi gutljaj i spusti je na kuhinjski sto.

- Pa znam i ja ponekad u moru svojih gluposti da bubnem nešto pametno.

- Žao mi je, nisam htjela da ispadnem gruba- tiho doda.

- I ja se u poslednje vrijeme iznenadim koje mudrosti posjedujem u glavi. Znam da to zvuči kao otrcana fraza, ali vjerujem da bi ti trebalo malo sna za bolje raspoloženje.

- Izvini. Jednostavno...

- Problemi?

Osjetila sam da me treba, sjela sam pored nje, ne razmišljajući dotakla sam joj šaku. Moja je ljubaznost bila iskrena ali za nju nedovoljno uvjerljiva. Bila je to spontana gesta i odmah se povukla. Njezina napetost kao da se povećala. Podigla je glavu i pogledala me. Željala sam da se ukopam u tim njenim očima. Srce kao da mi je pupalo u njenoj blizini.

- Znaš da mi možeš vjerovati. Možda i ja tebi mogu da pomognem kao i ti meni?

Željela sam bar na trenutak da skinem teret njenih briga sa uma.

- Vrijeme je takvo...

- Pokušaj da se ne brineš previše. Sve će biti u redu. Ustala sam, na trenutak zastala, obgrlila je rukama oko ramena i poljubila u obraz. U dubini moje duše samo je jedno vrištalo: Dovraga, volim te Sophie! Kao da smo obje u istom trenutku duboko udahnule i zadržale dah. Srce mi je imalo demonsku pohlepu za njom. Uhvatila me za ruku i pogledala u oči. Tamo, duboko ukopano ugledala sam bol. Bila sam sigurna da će progovoriti. To nešto što je brine, ulijeva strah i nervozu.

- Tako je to u životu, svi povremeno griješimo. Vrijeme je tu da spere krivnju i izbriše greške koje smo napravili.

Prelazila je rukom preko moje ruke kao da samim dodirom može prodrijeti u moj život. Sada me prožela blaga nelagoda.

- Trebala bih da nazovem Marie- izusti. Dobro je što smo izašli malo van. Već se osjećam poletnije i bolje, glava mi se malo ohladila.

- Da, Adrianu se svidjela Mulan- reče tiho Sara.

Žurno je izašla s posla, brzo sjela u auto i uputila se prema knji-žari. Daniel joj je poslao poruku da se nađu tamo. Gužva je bila nes-nosna.

- Dovraga! - reče lupkajući prstima po volanu automobila.

Još deset minuta i tu je. Parkirala je auto u obližnju garažu, do knjižare ima još dobar kilometar da prošeta. Žurno je išla sijekući vazduh ispred sebe. Konačno je stigla, uhvativši se za vrata knjižare jako je otpuhnula.

- Uf, ovo bi žestoko! Gurnula je vrata, zvono na vratima se oglasi. Ona zakorači unutra.

- Madam Bovari?

Sva zatečena pritvori vrata. Cijela knjižara je bila ukrašena crve-nim balonima. Izvadi telefon iz džepa da pozove Daniela. Kao iz da-ljine čula je zvuk telefona.

- Daniel? - poče da razgleda oko sebe.

U jednom trenutku sa plafona se rastvori kutija napunjena ru-žama i ružine latice počeše da lepršaju u vazduhu, nečujno padajući pored njenih nogu.

-Bože!- uzviknu i spustivši torbu na pod poče da djetinjasto prs-tima hvata latice u vazduhu.

Daniel ju je posmatrao iza jedne police, smiješeći se. Tiho joj se privuče, prste stavi na njene oči. Glavu je nagnuo prema njenoj.

- Šta vidiš? - tiho joj prošaputa na uho.

- Ovako zatvorenih očiju ne vidim više ništa- nasmija se, svojim prstima dodirnu njegove šake.

- Tako je u mom životu kada tebe nema, ja ne vidim ništa.

- Oh Bože, postao si pravi pjesnik. Okrenu se prema njemu, ruke ovi oko njegovog vrata. Prepao si me. Znaš da ne volim kad to radiš?

Ali on se zavrti s njom u krug. Vrtjeli su se par trenutaka, a onda se zaustavio gledajući u njene oči.

- Sada mi se već vrti- nasmija se. Dobro, da čujem zbog čega smo ovdje?

-Jednom sam se zakleo, pružila si tada svoje ruke prema meni, on joj uze i prste prinese usnama... Sjećaš se šta sam tada rekao?

Izvi blago osmijeh, privuče se još bliže njemu, tiho mu šapnu na uho.

- Ne mogu da se sjetim što si rekao, možeš li me podsjetiti?

- Rekao sam da ću te učiniti srećnom do kraja života i da se ljubavi sa tobom ne plašim, ljubav rješava sve. Tako sam srećan sa tobom Sophie. Imamo porodicu! Ti si mene učinila srećnim, sreću treba da dijelimo, tako se ona širi.

- Šta si uradio?

- Kupio sam ti ovu knjižaru! - nasmija se.

Ona je bila u šoku. Rukom prođe kroz svoju kosu, jedan pramen povuče iza uha. Primijetio je kada su joj se zjenice blago proširile od uzbuđenja. Oči su joj bile vedre, pune života. Šake stavi na usta, kroz njih mrmljajući.

- Je l' ti to mene zezaš? Da li sanjam ovo! Uštini me za obraz!

On je blago uštinu i nasmija se koliko je djetinjasta.

Rukom ga je pogladila po licu osjećajući pod prstima njegovu bradu.

- Volim te!- prošaputa poljubivši joj ruke.Ponovo ga je poljubila ali je sada poljubac bio žešći. Volim te puno!

Ona se rasplaka od sreće. Ruke ovi oko njegovih leđa privuče se na njegove grudi, osjeti njegov miris. Miris sreće raširi joj se nosnicama.

„Čovjek proputuje svijet u potrazi za onim što mu je potrebno, onda shvati da je cijela potraga bila uzaludna. Sve je bilo na dohvat ruke, još od ranije."

Jelena Nikolić

- Prolaze nam tako dani, noći, godine. Rasipaju se lagano, skoro nečujno pod našim nogama, kao pustinjski pijesak. Sat otkucava. Gramzljivo jede stotinke, sekunde, sate. Mnogo puta do sada sam se pitala da li je život grijeh ili vrlina. U meni kao da dvije žene obitavaju. Jedna me iscrpljuje a druga mi daruje prostranstva. Ali obje imaju jedno zajedničko pitanje: Da li je moje zaljubljeno srce postalo osamljeno? Srce koje krije tajne, ali nema povjerenja da ih bilo kome povjeri. Osjećam se prazno. Među ljudima sam, hvale moju priču, osuđuju moju tišinu. Ali mudri ljudi su davno rekli: Pazi se ljudi i iznošenja svojih emocija van. Boj se čovjeka koji se pred djetetom ne pokunji. Bez ljubavi se ne živi, ali mnogi i sa ljubavi umiru. Da li je ovo moja žetva od sjemena koje sam posula po plodnoj zemlji?

- Bolje da mi kažeš šta te muči? Teško da mogu da proniknem u tu tvoju filozofiju. Sa tobom bi i Sokrat došao u sukob dok bi sve razjasnio. I da, imaš mene, možeš da mi se povjeriš! Koliko dugo se poznajemo, zar je to uopšte upitno. Ti si mi najbliži prijatelj. Sa tobom sam podjelila nebrojene priče iz svoga života, i ono najvažnije nikada me nije zbog toga glava zaboljela.

- Shvatila sam da svi mi robujemo ovom životu. Svaki dan nešto donosi, neizvjestan je, i većina nas živi u strahu. Mi smo djeca tuge, plača i radosti.

- Ne slažem se sa tom konstatacijom. Imamo mir, sreću, i blagodati. Život je čudo i blagoslov. Prođi se crnih misli, i bolje da se obje zahvalimo na svojoj sudbini, na kojoj nam, vjeruj, mnoge zavide.

Bolje da mi kažeš ko ti je prouzrokovao brigu.

Sophie se malo zamisli, blago otpuhnu.

- David.

- Ko je sad pa taj?.- tiho joj reče Marie pogleda usmjerenog na vrata.

- David, znaš ga, kada smo bile ti, Choe...

- Radni kolega? Onaj zgodni?

- Taj zgodni je sa svim iskoračio više nego što treba! Zabrinuto pogleda Marie, držeći zdjelu od salate u rukama. Rekao je da me voli!Zapravo ispričao mi je takvu priču gdje sam ja to skužila da Daniel treba da umre da bi on bio srećan.

Marie je šokirano pogleda.

- Bolje je biti udaren istinom, nego pogubljen sa laži.

- Sve znam- nastavi Sophie, nisam mu dala nikakvog povoda, jako sam zabrinuta.

- Zna li Lukas za ovo?

- Zaboga, naravno da ne!

- Ne treba da se brineš zbog toga. Vidim Daniel je bolje, toliko te voli da ti je kupio knjižaru. Bez teksta sam. Nadam se da će se Lukas ugledati na njega, kupiti mi Jimmy Choo štikle koje nisu ni pola cijene vrijednosti knjžare. Već sam želju iskazala, čekam njegovu akciju. Ali Saru ne njuškam ni malo. I David, na stranu njegova zgodnoća, ali sada mi se već i on ne sviđa.

- Zato što mi se upucava?

- Da, znaš da smo se dogovorile da voliš samo Daniela i mene, šta on sada dovraga hoće?! - nasmija se Marie.

Sophie zgrabi malu Snikers čokoladicu, brzo je otvori, Marie je pogleda zbunjeno...

- Mislila sam da ne jedeš slatko?

- Hormoni, ovih dana jedem kao luda- zagrizavši čokoladicu skoro punih usta, izusti. Samo da kažem nije ti se sviđao ni Amir, pa...

- Nema pa, Sara mi je skroz nekako čudna, a o Davidu ne želim da načinjem temu. Jesi primjetila da te...

- Naravno da je čudna kada je hormoni rade. Tijelo se mijenja u trudnoći, i razne uticaje sa vana upija. Osim toga škola, posao u biblioteci...

- Koliko dugo će da bude kod vas? Zar to nije malo previše?

- Ne mislim da je previše, ima dobar odnos sa svima nama, pogotovo sa Adrianom.

- Naravno, ako se uzme u obzir da ne treba da plaćaš nekoga da čuva dijete.

- Marie, nije stvar u plaćanju, već je jako teško nekoga da nađemo, osim toga nisam pogovornik da nam u kući boravi osoba o kojoj ne znamo ništa. Saru znamo svi, odličan je učenik, i vjerujem da će da prokrči put u svom životu.

- Mon cher ami*, prokrčili bi svoj put svi, da imaju tebe u svom životu. Marie se zagleda u svoju ruku i vjenčani prsten, i kao da opazi na prstu par novonastalih bora.

- Zašto ovako brzo starimo? Vidi ovo, pogledaj? Ova bora nije bila juče ovdje.

Sophie se nasmija, ali u stomaku kao da osjeti neku mučninu.

- Mislim da umišljaš.

Sara je razgledala na polici knjige. Lukas i Daniel su razgovarali, dok se Leo igrao sa Adrianom.

- Gledaš knjige?- začu glas iza sebe.

- Da - okrenuvši se spazi Sophie. - Priča o princezi Danaji, znaš ko je ona? - Izvadivši knjigu pređe par redaka pogledom.

- Zeus ju je zaveo, i ona mu je rodila sina Perzeja, ubojicu Meduze Gorgone, velikog junaka kojeg je nadmašio samo Heraklo. Mitološka slika Grčke.

- Da li misliš da je postojao Aheront?

- Aheront je u Grčkoj bila rijeka bola. Jedna od rijeka podzemnog svijeta Hada. Ostale četiri su Stiks, Flegeton, Leta, i Kokit. Mitski lađar Haron je prevozio umrle preko rijeke boli i močvarnog jezera do Hada. Aheront se spominje i u Homerovoj Odiseji.

- Da, sada sam se sjetila. Čak je i Platon u svom Fedonu prikazao Aheront kao drugu najveću rijeku.

- Da. Sophie se nasmija. Stari Grci su vjerovali da svoju sudbinu mogu da saznaju u Delfima. To je bilo čuveno proročište čiji Bog je bio Apolon. On je govorio kroz svećenicu Pitiju koja je obično sjedila na jednoj maloj stolici postavljenoj nad jednom pukotinom u zemlji. Ljudi bi svoja pitanja prvo dali sveštenicima, a oni bi dalje sve to proslijedili Pitiji. Imam tu knjigu. Možeš je od mene uzeti na čitanje.

- Imaš nešto o nordijskim mitovima?

- Imam o Thoru.

- Thor i njegov čekić, gledala sam film sa Chris Hemsworth i Natalie Portman.

- Ljudi u Norveškoj vjerovali su da Thor putuje nebom u kočiji koju vuka dva jarca. Često su Bogovima pridonosili žrtve, nekada čak i ljudske. Kada pada kiša, vjeruju da Thor zamahuje svojim čekićem. Vikinzi su vjerovali da je svijet zapravo jedan otok, kojem stalno prijeti neka nova vanjska opasnost. Taj dio svijeta zvali su Midgard.

- Moj Bože, baš kao u filmu!- zaprepasti se Sara.

- U Midgardu je smješten i Asgard, koji je bio i dom bogova. Izvan Midgarda bio je Utgard, zapravo to vanjsko carstvo, koje je zadavalo prijetnju, gdje su živjeli opasni trolovi i tako dalje i tako dalje.

Sophie se nasmija.

- Daću ti knjigu, možeš sa Adrianom zajedno da čitaš.

- Naravno, oh, Sophie...

Sara priđe zagrli je jako. Ona uzvrati zagrljaj. Potapša je rukom blago po leđima.

- Idemo da večeramo. Sklonivši joj jedan pramen kose iza uha, pomilova joj nježno lice. Daniel, Lukas večera. U stanu se oglasi zvono.

- Ja ću- blago se nasmija Sophie.

- Pomoću Marie- reče Sara.

- Možda je moj tata - dobaci Marie, - bez Lea ne može da diše.

- Je m'en doute- izusti Sophie.

Otvorivši vrata Sophie osta zatečena, a i druga strana isto.

- Sophie! Kakvo iznenađenje, naravno zbog toga se Marie i ne oglašava, ima goste.

- Chloe- iznenađeno reče Sophie, sa dozom rezerve. Blago se skloni u stranu, pokazavši rukom da uđe.

- Je l' tata?- doviknu Marie.

- Ja sam. Skinuvši kaput sa leđa preda ga Sophie u ruke, i uputi se prema boravku.

Sophie okači kaput na čiviluk i krenu za njom.

- Chole!- reče Marie iznenađeno.

- Oui, kad već nećeš da se javiš, riješila sam da te posjetim, vidim imaš goste. Ako smetam...

- Ne naravno, samo nisam te očekivala, sjedi večeraj sa nama.

Marie uputi pogled prema Sophie, na šta ona blago prevrnu očima, Daniel to spazi, a i Sari nije promaklo. U Lukasa kao da je ušao talas nervoze.

- Ne bih da smetam, ali kada sam već ovdje, rado. Umirem od gladi.

- Moramo da donesemo još jednu stolicu?- reče Lukas prišavši Marie i spusti joj poljubac na obraz.

Chloe bocnu žalac ljubomore.

- Znaš gdje su...

- Znam. Stižem brzo.

Tiho sa leđa Chloe se prišunja Marie.

- To su se neke promjene desile?

Marie se blago zacrveni, kao da je pogodi žalac ljutnje:

- Sve je u najboljem redu Chloe, kao što je uvijek i bilo.

Sophie nervozno, vidjevši scenu između Chloe i Marie, priđe stolu i dosu u čašu vina. Popivši gutljaj osjeti laganu aromu kako joj klizi niz grlo. Kao da se za tren osjeti opušeno i ugrijano.

- Stolica je tu!- izusti Lukas prošavši pored Chloe, ne obraćajući pažnju na nju. Ti baš negdje žuriš?- reče Chloe gledajući u Sophie dok je ostavljala flašu s vinom.

- To sam i ja sada pomislio ugledavši je šta radi -doda Daniel.

Sara uze Adriana za ruku i povede ga do stola.

- Evo ovdje, mama će ti sjediti ovdje, tata tu, ja ću tamo.

- Ne, ti sjedi do moje mame, ja ću do tate. Može tako?

- Može, ovdje se ne možemo svađati.

- Svi smo na okupu zauzmite mjesta- reče Marie.

- Marie pomoći ću ti, da sve postavimo na stol.- Sophie doda svoju čašu sa vinom Danielu. Sjedim do tebe! Čuvaj mi mjesto.

- Mama ja sjedim sa tatom!- ljutio se Adrian.

- Ti sjediš sa Sarom, a ja sa tatom. Kupit ću ti igricu. Sophie mu namignu.

- Za igricu može. Izvini Sara, slegnu ramenima.

- Postao si kockar. Sara se nasmiješi i štipnu ga za obraz.

Ušavši u kuhunju, Marie prosikta:

- Ne razumijem otkud ona. Lukas je nikako ne miriše, iskreno mislim da je bolje da se udaljimo od nje.

- Marie savjetujem ti da se držiš Lukasa. Znam koliko se kaje zbog svega, jako mu je stalo do vašeg braka. Žena kao Chloe može samo da unese neki nered. Uze oval sa mesom u jednu a salatu u drugu ruku.

- Je l' ti se nešto Lukas povjerio, znam da on u tebe ima povjerenja, možeš da mi kažeš?

Sophie se par trenutaka zamisli, pogledavši Marie, dvoumeći se da li da kaže ili ne.

- Jeste, nešto ti je rekao. Vidim ti na licu. O Bože, u šta sam se uvalila. Nasloni se rukama za kuhinjski šank.

- Marie... izusti Sophie, Znaš da...

- Zna li da sam bila na večeri sa Timotheeom. Chloe ga je tada nazvala i ..

Sophie priđe, drhtavim rukama ostavi hranu na šank, blijedog lica pogleda u Marie, tiho, gotovo šapatom joj reče:

- Prevarila si Lukasa?! Okrenu se prema kuhinjskim vratima. Marie, moraš ponovo da zavoliš sebe. Ne traži sebi bespotrebne mane. Zavolivši sebe vratit će ti se i ljubav prema Lukasu. Svaka žena je dovoljno snažna da golim rukama pokori svijet, a kamoli da prebrodi jednu bračnu krizu! Ne mogu da vjerujem da si..

- Samo piće! - prekide je Marie. Kunem ti se nije bilo seksa. Vjeruj mi da osjećam toliko kajanje zbog te večere, pogotovo kada se situacija sa Lukasom smirila. I onda se pitam šta je ljubav. Zbog čega imam osjećaj da na trenutak trčimo za njom, u nekom drugom bježimo od nje?

- Teško pitanje koje je i mene ostavilo bez odgovora.

- Ali šta je onda ona uradila... nastavi Marie.

- Ko je uradio šta?- u kuhinju uleti Lukas.

- Pričamo o Sari- doda Sophie gledajući u njega.

- Aaaa, mi smo gladni jako.

- Stižemo, ponesi ovu piletinu kad si već došao ovamo- Marie sa izrazom krivnje pogleda u Sophie pružajući mu piletinu.

Sophie krenu da uzme zdjelu sa salatom, ali Daniel uđe u kuhinju držeći njen telefon u ruci.

- Phillip- reče pruživši joj telefon.

- Oui - izusti sada već radoznalo, pogledavši u Daniela i u Marie. Marie se pretvorila u uho širom otvorenih očiju.

Muški glas je odjekivao kroz telefon, Sophie nervozno poče prstima cupkati po radnom stolu, zabrinuto pogledavši u Daniela. On stade bliže nje, uze joj slobodnu šaku, ali ona je nervozno izvuče, i kao da poče nokte od nervoze da gricka. Shvativši šta radi, uze Daniela za ruku i čvrsto stisnu.

- Ali to je nemoguće!- viknu. Ko je to uradio?

- Ne znam- odgovori Phillip s druge strane slušalice. Osim toga plašim se šta bi sutra moglo da se nađe u papirnom izadnju novina. Stigao mi je e- mail da ste vašom dobrotvornom organizacijom utajili porez.

- Molim?

- Naravno da znam da to nije istina, ali novinari trebaju žrtveno jagnje.

- Šta da radimo?- reče zabrinuto, lica blijedog kao smrt.

- Provjerit ću sutra sve i detaljno javiti, želio sam samo da Vas obavijestim.

- Da sazovem sastanak odbora?

- Mislim da bi stvorili kontra efekat, jednu bujicu koju ne znam da li ste u mogućnosti da zaustavite. Mislim da imamo kobru u timu, još je u stanju mirovanja, do kada, nisam siguran.

- Oh Bože,- izgovori izvukavši šaku i protrljavši čelo, osjeti nalet mučnine.

- Javit ću Vam sve.

Sophie spusti telefon na radni stol, uplašeno gledajući u mramorni kamen, duboko uzdahnu.

- Dobro, šta se desilo?- upita Daniel.

Marie je zabrinuto pogleda, Lukas se ponovo vrati u kuhinju.

- Dobro, šta se dešava? Sara i Chloe su same sa djecom. Jedini ja nosim hranu.

Sophie je problijedila, podiže blago obrvu, ispusti zrak iz pluća.

- Neko je prodao svoj paket bolničkih dionica.

- Molim!- zaprepašteno rekoše svi u glas.

- Zato me Phillip nazvao.

- Šta da radimo? - reče Daniel.

- Ne znam, nisam baš sigurna šta možemo uraditi po tom pitanju. Philip je rekao da će mi javiti. Neko pokušava da pliva u našim vodama, molit ćemo se Bogu da ga nalet odnese. Na kraju kad sve vidim, ne znam koliko je čovjek u mogućnosti da mijenja svoju sudbinu, kada je svakako sve u Božijim rukama.

- Ne lupaj gluposti!- brecnu se Marie. Nego svi treba da se pokrenemo i vidimo ko stoji iza svega toga, Bog se sam neće aktivirati, ma koliko da ti je svim tim glupostima Amir isprao mozak.

Najveća slava nije u tome da nikada ne padnemo nego da nakon svakog pada ustanemo.
Konfucije

Daniel je držao Adriana u naručju, dok je Sophie držala ključeve od stana u rukama. Krenuvši da stavi ključ u bravu, zaprepasti se kada ugleda da su vrata samo pritvorena. Pogleda i vidi da je brava sa strane razvaljena. Stade kao ukopana pored vrata, pogleda u Daniela.

- Da li je moguće da nam je neko provalio u stan?

Sara i Daniel je čudno pogledaše.

- Kako misliš „da li je moguće?"

- Vrata su samo pritvorena - ona tiho izusti.

Pridrži Adriana - reče Daniel. Sara uze njenu torbicu, dok joj Daniel lagano pruži uspavanog dječaka. Ona osjeti njegovu težinu na svojim rukama, zaprepasti se koliko je otežao. Daniel lagano rukom obavi kvaku od vrata, desnom nogom zakorači unutra. Kročivši unutra upali u hodniku svjetlo. Začudio se kada je ugledao ispreturan stan.

- Oh!- reče zaprepašteno.

Sophie prokrči put iza njegovih leđa i bi u čudu kada ugleda razbacane knjige po podu.

- Opljačkani smo.

- Molim?!- iza nje uleti Sara i ugleda sav razbacani nered. Ko je ovako nešto mogao da uradi?

- Bolje pitanje je ko i zbog čega?! Brecnu se Daniel gledajući je u oči, da se od njegovog glasa Adrian promeškoljio Sophie u naručju.

- Daniel, ne donosi zaključke na brzinu- izusti Sophie tiho, gledajući u Saru.

- Izvini samo sam...

- Svi smo nervozni, i nema potreba da pravimo još veću nervozu. Sara dođi sa mnom u Adrianovu sobu. Sara krenu za Sophie sa dječakom u naručju. Sophie lagano spusti Adriana na krevet, on se okrenu na bočnu stranu kapom od jakne malo zaklonivši lice, što mu nije previše smetalo. Sophie priđe i upali stolnu lampu.

- Sophie ja...

- Ne brini, mislim da ovo, nažalost, nema veze sa tobom. Priđe ormaru, duboko uzdahnu, otvorivši vrata izvuče Adrianovu pidžamu.

- Je l' ti problem da...

- Naravno da ne. Sara ustade i uze joj pidžamu iz ruku, spustivši je na krevet.

- Idem do Daniela, hvala ti. Priđe joj i zagrli je jako. Ne brini ništa, vjerujem ti.

Daniel polako udahnu i dohvati bačenu knjigu sa poda. Knjiga je bila starija, listao je požutjele stranice. Iz knjige ispade mali papirčić. Sagnu se ponovo i ugleda Amirov rukopis.

Dok svi na ovome svijetu samo trče i žure,
ti budu drugačiji, pa makar i na tren, zastani.

Zastani, udahni vazduh, nahrani pluća. Okreni se oko sebe, poslušaj cvkut vrapca, a ne trači vrijeme na zvuk novca. Jer, sve ćeš to za čim sada trčiš, iza sebe da ostaviš. Tako je to u životu. Tako bude sa onima koji rade zlo i dobro. Sve se vrati. Sve kruži. Jer davno je rečeno: „Praveći drugima zamku često u nju upadnemo sami."

- Šta je to?- upita Sophie. Stavši pored njega, udahnu duboko.

- Neki papir. Zgužva ga blago, ruke stavi u džep. Šakama protrlja lice. Šta misliš čije je ovo djelo?

- Kaži mi ko nam je neprijatelj, reću ti koliko je opasno.

- Nemoj mi samo reći da nisi shvatila?- blago povisi ton na nju.

- Shvatila šta? Znaš nešto što ja ne znam?

- Sebastian u saradnji sa Sarom, ne treba neka velika inteli...

- Nema potrebe da mi vrijeđaš inteligenciju, ali odmah ću da ti kažem da Sebastian nema veze sa ovim, a Sara pogotovo. Nije li čudno...

- Da, čudno je, mi izađemo van, ostavimo stan prazan, ona dojavi njemu, i sasvim lako se sve odigra - reče ne skrivajući bijes.

Tiho je prešla preko njegovog odgovora analizirajući nešto drugo u glavi.

- Oh Bože! Uputi se prema kuhinji, iz frižidera izvadi jedno pivo. Pogleda u Daniela, i dohvati još jednu bocu. Otvori ladicu, ugleda otvarač, uputi se prema njemu povuče ga za rukav majice, odloži flaše na stol, sjedoše zajedno na krevet. Ona priljubi koljena uz bradu, rukama obuhvati potkoljenice duboko zamišljena.

- Kolika je šteta, šta tačno fali? Otpuhnu jako, blago se nagnuvši, otvori im boce.

On se na njeno pitanje, blago zakašlja.

- Što je najgore sam ne znam- izgovori nagnuvši gutljaj piva u boci. Samo su knjige razbacane, par stvari pomaknuto. Mračna komora je prerovljena.

- Što nas vodi do...

- Ne znam. On se okrenu prema njoj.

- Da je kradljivac tačno znao šta traži - ona nastavi. Nije odnio ništa od stvari...

- A šta bi drugo tražio?

- Bojim se da ovo ima veze sa kupovinom dionica. Otpila je gutljaj piva, dok je prstima lagano u rukama okretala flašu. Jako mi je sve ovo čudno. Nazvat ću Kenana ovih dana, u njega imamo povjerenje. Spusti pivo na sto. Mislim da treba stan da osiguramo, postavimo videonadzor...

- Ja sam u stanu svaki dan i...

Sophie se okrenu prema njemu osjetivši se umorna od svega.

- Ljubavi, uze ga nježno za ruku, pritom čvrsto stiskajući da je on osjetio vrućinu koja zrači iz njene šake, sve znam, ali zar imamo drugo rješenje. Ne mogu da vrijeme provodim na poslu i razmišljam da li ste vas dvojica van, a u stanu neko treći. Samo želim da imamo mir.

On na trenutak ušuti kao da pažljivo bira riječi.

- Nije li mir ono za čim svi teže?

- Slažem se. Složit ćeš se da ne možemo druge da okrivimo dok

nemamo dokaze- reče mu blago izvivši obrve sa prikrivenim smje-
škom i prepusti se njegovom nježnom dodiru.

Kao da je osjetila kako njegova energija života, ljubav, teku kroz
nju. Ti energetski provodnici nama okom nevidljivim, ali sa kojima
smo svi povezani.

- Kada sam ovako blizu tebe osjetim otkucaje svog srca čak i u
ušima.

On je zagrli i privuče sebi. Zabrinutog pogleda duboko otpuhnu.
Primi je za ruku i primjeti kako savršeno pristaju jedna uz drugu.

- Kada bih izgubio tebe, jedno znam, sjeme u utrobi zemlje bi
prestalo klijati, šume bi prestale listati, a rijeke teći. Jer za mene si
ti i prošlost i budućnost. Rodivši se dobio sam dar da živim, ali moj
život da nisam upoznao tebe ne bi imao smisao. I predao sam ti se,
sav, ovakav kakav sam. Jer nismo mi povezani ovim strahom koji
osjećamo, već ljubavlju. Jer ljubav je ta, koja nas prati i u sjeni i tuzi,
radosti i sreći. Beskrajna ljubav. I čovjek nauči da bez svega može
živjeti, ali živjeti bez ljubavi nije moguće.

- Mnogi od nas se žele vinuti visoko, dosegnuti visine, ali...

- Samo polako draga. Ja nisam čovjek koji žuri. Žurba ne vodi nikuda. Moraš da ovladaš strpljenjem. Strpljiv čovjek zna kada je mrak, da će doći jutro. Tebi baš to fali, strpljivost, ta tvoja brzopletost neće nam dobro donijeti. Znaš kako rade lovci?

- Lovci? - ona ga prekide.

- Kada sam bio u Katru to sam vidio. Na nogu dresirane ptice vežu pero, ptica leti, lovcu na noge dolazi plijen, koji inače uz mnogo truda ne bi mogao da uhvati.

- Nadam se da shvaćaš da ovdje priča nije o pticama, osim toga tvoja opsjednutost njom donijet će nam samo probleme. Prošlost se može zaboraviti, ali svoja jedra moramo da okrenemo prema boljim stvarima. Ne donosiš li ti u poslednje vrijeme odluke malo prebrzo?

- Probleme?

- Naravno- uskomeša se na stolici. Rukom u kaputu dodirnu kutiju cigareta, ali znajući da njemu smeta dim, ne izvuče kutiju van. Cijelo ovo vrijeme se pitam šta ti zapravo želiš. Prevelika očekivanja imaš po pogledu svega, znaš da život zna to sve da pomete?

- Ja sam čovjek problem. Nasmija se. Nije to opsjednutost, već želim da imam taj neosvojivi dvorac, i nanesem mu bol. U vratima prošlosti ključ je budućnosti. Ništa neću da zaboravim šta sam sve prošao. Predugo sam se bio predao sudbini. Sada je moj red. U ratu sam sa sudbinom, sa svime i svima ko mi se nađe na putu. Kao zadnje mrvice hljeba, skupio sam snage i povratak želim da učinim u velikom sjaju. Ako to znači da je to osveta, onda je osveta. Ni ti nisi ništa bolja, ti i ja smo tama, veliko nebo bez Mjeseca i zvijezda.

- Starog psa ne možeš da naučiš nekim novim zamkama i vještinama. Osim toga oni nisu krivi za tvoju sudbinu, za to što nisu...

- Hoćeš mi reći, nisu znali- prijekorno je pogleda. Ona nije, ali on... Osim toga zašli smo u duboku vodu, oboje, prijekorno je pogleda, i htjela ti to ili ne, sada nema više izlaza van! Tajne koje čuvamo, pronađu način da zagrebu površinu i kad-tad izađu van.

- Nekada bi željela da mogu da vratim vrijeme, da pomjerim kazaljke natrag.

- A tek ja, možda bi mi dospjele bolje karte za igru?

- Misliš da neće otkriti ko stoji iza kupovine dionica, i dokle će cijela ova farsa da ide.

Ona ustade, ode do prozora, mraz se bijelio po krovovima kuća. Strese se na samu pomisao da snijeg stiže. On to spazi krajičkom oka, ustade, laganim korakom priđe do nje.

- Znaš šta je tipično za vuka?

Ona se strese na zvuk njegovog glasa.

- To što vuk preživi veliku hladnoću, zimu, ali jedno neće, neće to zaboraviti. Lijevu ruku stavi pod košulju, prstima napipa debelo udubljenje na koži. Kroz glavu mu, poput blica, munjevitom brzinom prođe događaj:

- Dušo, sjedi ovdje- umrljanog suzama, majka ga je posjela pored sebe.

- Moraš da ideš odavde, naravno da ideš na neko bolje mjesto.

- Na bolje mjesto?

- Da, ideš u jedan divan dom, gdje se nalaze djeca kao što si ti. Djeca koja te razumiju.

Svaka riječ mu je bila poput oštrice mača. Već je tada mogao da osjeti kako mu se život raspada u djeliću sekunde. I tada je mogao da nanjuši koja je to samo ženska sponozoruša. Svoje dijete je dala samo da bi ostala uz bogataša. Sada je bila ogorčena što ga ima, i smatrala je da joj je on prepreka u daljem životu.

- Ne želim da idem odavde!- viknu.

Ali u tom trenutku su ušla dva čovjeka, pogledala njegovu majku i rekla:

- Vrijeme je.

Cijelo to vrijeme tješio se : Doći će po mene!

- Onaj koji nije ispunio zadatak, gasimo mu cigaretu na tijelu. Uslijedila je teška tišina. Tvoj je red. Dolazi ovamo! Svi su zurili u njega. Duboko je uzdahnuo, i sav doživljeni bol prignječio duboko u sebi. Prošlo je, izdržao je još jedan val. Svi su se razišli, onda je došla ona, stala pored njega, rukom ga potapšala po ramenu.

- Biti lud to je ogromno zadovoljstvo, samo luđaci kao što smo nas dvoje to mogu da razumiju. Žao mi je. Kakav je osjećaj imati bogatog oca, oca koji ne želi da izbavi sina iz ovog zla?

- Izbavit ću se sam! Nije htio da gleda u nju, tupo je i dalje gledao u mermerni pod. Rubovi usana mu se blago osmijehnuše:

- Kako se zoveš?

- John- stišćući pesnice, pogled ponovo usmjeri na nju. Tvoje ime?

- Clementine Morrigan, ali ovdje me ne zovu tako.

- Kako te zovu?

- Chloe.

On strahovitom brzinom izvuče ruku, osjetivši kako mu se disanje ubrzalo. Rane prošlosti jednostavno ne mogu da zarastu.

- Je l' ima još nešto što trebaš da uzmeš iz Danielovog života?- okrenu se prema njemu, pogled joj se susrete sa njegovim, uglovi usana joj se blago izviše kao da će da se osmijehne. Ta žena čini te nervoznim, i ništa više nego kao u mrežu pauka upadaš u njeno gnijezdo.

- Žena je takva da svijet može da pokori jednim osmijehom, samo treba da zna kako- reče gledajući u njene usne, na šta njoj osmijeh splasnu. Ona mi je više nego dovoljna. Bolje se trudi Chloe da pronađeš ravnotežu, čini mi se da previše paničariš. Mislim da je tvoj privatni život i previše zanimljiv, da ne bi trebalo da se još zanimaš sa mojim. Ali znaš šta radi panika, uvijek ljude baci u neku jamu. Ja znam šta radim, ljudima samo uzmeš ono što vole. Pripremi se da onoj brbljivoj Marie pošaljemo fotografije. Već vidim njen izraz lica. Ti?

- Marie se treba spustiti na mjesto koje joj pripada, jako je bahata. Što se tiče Sophie, nadam se da neću biti tu, da gledam kako goriš u čežnji zbog neuzvraćene, nemoguće ljubavi. Toliko drugih žena...

On joj prekide rečenicu.

- Ne zanima me druga. Ruku žene koju volim, ne može da drži

drugi muškarac! Težina zadatka ne smije nas odvratiti od našeg ci-lja.

- Kada bi dopustio, možda bi tvoje srce prokucalo za neku drugu ženu, a ovako grijesi prošlosti ubice su budućnosti, ali sve to sami biramo tako, il' možda ne?

- Moraš da naučiš da kontrolišeš emocije, ako to ne uradiš izgubit ćeš kontrolu nad sobom.

- Izvini, možda sam suviše oštro i ishitreno napravila...

- Nauči da vladaš sa svojom nestrpljivošću, jer ona te baca u is-kušenja, iskušenje u razmišljanje, a svi znamo da previše razmišlja-nja...

- Nije dobro za zdravlje- ona nastavi. Rekao si mi to već.

- Svaka priča ima svoju priču, a svakoj priči se nazire kraj. Ako jedno od voljenih umre, tada već imamo jednu ekstra priču. Život je takav, da puni potencijal niko od nas ne može da ostvari, ma koliko se on trudio, ali može da se koncetriše na jedan prioritet, ne na više njih, tako će i potencijal biti bolje ostvarljiv. Ja nikada ne gorim sam, uvijek povučem nekoga sa sobom. Znaš koji je najveći nedostatak kod ljudi?

Ona ga je pažljivo slušala.

- Zato što misle da su pametniji od drugih. Druge potcijene, a to nikako nije dobro. Svako će se naći na zasluženom mjestu, ako se to ne desi, ja sam tu da se za to pobrinem.

Jednu ruku osjeti na ramenu, dok joj drugu obavi oko struka. Os-jećao je kao da mu se glava pregrijala od previše razmišljanja. Pri-vuče je sebi, pogled zadrža na njenom, vidi kako oči lagano zatvara.

- Opiranje donosi samo probleme. Najbolje je kada se čovjek pre-pusti i prihvati stvari i okolnosti onakve kakve jesu.

Usne spusti na njene.

Daniel i Sophie su pola noći proveli u radu. Probudila se umornog lica, i još umornijeg tijela. Iskrala se iz kreveta poput kakvog duha. Očajnički je trebala kavu.

- Prvo kava, pa tek sve ostalo.

Još u pidžami, bosih nogu, stajala je u kuhinji, otvarajući lagano ormariće. Slabašna svjetlost svitanja bojila je zidove. Zrak je bio malo hladunjav. Pogleda na zidni sat u kuhinji 6:30. U glavi joj se prizvaše uspomene na stan, kada su zidovi imali drugačiju boju, kuhinja drugačije elemente. Blaga glavobolja tiho se prikradala iza ugla.

- Stiže kava, a sa njom i tvoj kraj. Otvorila je aparat stavila patronu, dosu čistu vodu i uključi aparat. Kroz misli su joj prolazile dionice, Chloe, provala stana. Osjeća blagi nemir, ni sama ne zna zbog čega, nema razloga da bude zabrinuta, ali situacija ne pokazuje tako. Osim toga, ko bi želio da im tek tako provali u stan i zbog čega? Mačak Oreo, poče da prede pored njenih nogu.

- Dobro jutro, kako si spavao? Spustivši se pored njega, vrhovima prstiju mazila je njegovo mekano krzno. Njegove vibracije osjeti kao da joj prolaze kroz prste. Ali Oreo je bio takav, dovoljno je da ga čovjek pogleda i on odmah dolazi po svoju porciju nježnosti.

- Gladan si, to je u pitanju? Pogleda u njegov odjeljak sa hranom i vidi da je prazan. Pa da to je, koja si ti lopuža! Pridiže se otvori kuhinjski element izvadi kutiju sa hranom, nasuvši mu suhe krekere u zdjelu, uzevši posudu za vodu, opra je pod mlazom mlake vode, i dosu čistu.

- Vaša visosti da li je sada sve u redu? Nasmija se gledajući Orea dok jede krekere. Priđe svojim ljubičastim ljubičicama pored prozora:

- Je l' vam hladno tu? Dobile ste dovoljno vode.

Kao da ugleda da neko viri pored vrata. Spazi Adrianovu kosu.

Samo da znaš vidim te. Nasmija se.

-Mamice- dozivao ju je šakama trljajući oči. Ne mogu više da spavam.

- Dođi mami. Sagnu se i raširi ruke prema njemu, on joj potrča u naručje. Želiš jedan čaj da popiješ?

- Može, sa medom- mama zašto pričaš sa cvijećem.

- Zato što bolje rastu ako im se obraćaš. Njima je otac voda, a majka zemlja. I što im se ljepše obraćaš one sve više i više cvjetaju, na taj način iskazuju svoju zahvalnost prema tebi.

- Wow- reče Adrian zaprepašteno.

Sophie se pridiže, stavi vodu za čaj dok je Adrian držao za nogu. Moramo da budemo tihi, Sara i tata još spavaju.

- Mama zašto je nama provaljen stan?

- Ne znam, ali tvoja glava nema potrebe da misli o tome.

- Ja mislim da znam šta su lopovi tražili.

- Ako ne znaš ti, ja ne znam ko drugi zna. Nasmija se uzevši šoljicu dosu vruću vodu, stavivši filter od čaja.

- Tražili su moj sef. To je bio sef od tvoga prijatelja Amira, tata ga je dao meni.

Sophie se okrenu prema njemu zamišljeno ga pogleda.

- I gdje je sada taj sef?

- Sakrio sam ga u svoju sobu, u tajno skrovište, tata mi ga je napravio, što smo vidjeli na Youtube-y.

- Imaš tajno skrovište?- Sophie klonu duhom, sada svjesna koliko je stvari propustila u njegovom odrastanju.

- Aha, dođi pokazat ću ti ali ne smiješ nikome da kažeš.

On je povuče za ruku i krenuše prema sobi, mačak se uputi za njima. Soba je bila topla, lampa je bila ugašena, ali Adrian brzim korakom priđe i upali je.

- Zatvori vrata- tiho joj reče - ne želim da Sara zna za skrovište.

- Dobro- tiho odgovori Sophie.

Adrian priđe policama za knjige, na donjoj polici otvori vrata lažnih knjiga, gdje Sophie ugleda sef. – Wow!- reče zaprepaštena.

- Tata mi je to naručio. Sef od knjiga.

Sophie se sagnu na koljena i ugleda svoju ogrlicu sa Hu znakom.

- A tu je i moja ogrlica.

- Ona otključava sef. Pokušao sam tati da kažem, ali on me ne sluša- sav uzbuđen, radostan, izusti dječak. Sophie je u šoku, rukama obuhvati sef da ga izvuče van, ali kao da začu korake.

- Neko ide, Sara se probudila, mama sakrij ga odmah u skrovište. Sophie brzo zatvori vrata knjiga, pridiže se pogleda Adriana, kada Sara lagano poče da otvara vrata.

- Sophie? - reče iznenađeno.

- Adrian ne može više da spava, napravila sam mu čaj. Želiš i ti jedan?

- Dobro bi mi došao prije nego što krenem na posao- izusti Sara.

Prošlost je nepredvidiva.
Jean Grosjean

Vani je hladno, mraz se čvrsto držao na granama drveća. Snijeg tu i tamo proleti. Sada joj je nedostajao New York i njegova zima. Gusti snijeg koji pada skoro bez prestanka, gužva na sve strane. Ljudi za vrijeme praznika troše nemilice, kao da su svi milioneri. Užurbano trče kući u kaputima i ogromnim poklonima u rukama. U holu ispred ogromne jelke, koju je prije toga viđala samo u filmovima, pjevaju u horu tradiocionalne Božićne pjesme. Sjeća se kako je jednom žurno išla kući, i upravo tada su pjevali Ave Verum Corpus. Zaustavila se i uživala, Daniel je nebrojeno puta zvao, čekao ju je na parkingu u blizini, ali nije čula telefon zanešena zajedno sa svim tim ljudima euforijom. Evropa jeste lijepa, ali je u nekim stvarima dosta hladna. U stanu se osjeti neka tišina, tišina tako čudna da para vazduh. Čak se i mačak Oreo umirio. Sara je na poslu, Daniel je u mračnoj komori, Adrian igra igricu, a Sophie stoji pored prozora posmatra svijet vani, kao da je vrijeme stalo. Kratko otvori prozor, hladan vazduh zapljusnu joj lice. Adrian se pridiže i upali TV.

- Eksplozija se dogodila u Koblenzu, četvero ljudi je nastradalo kada je eksplodirala plinska boca. Na drugom kanalu javljaju: Opljačkana banka u Italiji, pljačkaši isčupali automat sa automobilom. Adrian još mijenja kanale, Sophie pogleda u njega, kako je zagledan u TV.

Velika panda je sisavac, uobičajno kvalificiran u porodici medvjeda, Ursidae, iz središnje i južne Kine. On je istovremeno i jedina vrsta (Ailuropoda melanoleuca) roda Ailuropoda. Njegovo glavno jelo je bambus, ali može jesti i drugu hranu, kao što je med.

Adrian ustade, uze Orea u naručje zajedno s njim smjesti se na krevet. Sophie je razmišljala kako Davida nije srela na poslu. Odmor nije pisao, otkaz nije dao. Taj čovjek je definitivno lud. Tek tako je nestao. Pa ništa, imaju sada novo osoblje, niko nije nezamjenjiv.

- Kakva neodgovornost prema poslu- prozbori sebi u njedra. Philip još ništa nije javio za dionice. Klupko je zapetljano, ne nazire se kraj da se sve otpetlja. Zvuk telefona je prenu iz razmišljanja. Priđe telefonu i ugleda broj od Marie.

- Sophie! - reče Marie panično.

- Marie je l' sve u redu?

- Sophie stigle su mi fotografije na adresu, ne znam da li će to sve da stigne i Lukasu isto, ja..

- Čekaj, polako, kakve fotografije?

- Gdje sam na večeri sa Timotheeom, kada smo se opraštali ne znam kako, ali poljubio me, nisam uzvratila, to sada nije ni važno, zato što slike govore drugačije.

Marie osjeti kako joj suze naviru, želi da zaplače na sve, ali strah joj ne dozvoljava. Preznojila se od straha, mogla je da osjeti znojem natopljenu majicu na njoj, dok joj je ruka podrhtavala držeći telefon.

- O Bože!- uzviknu Sophie.

- Ne znam šta da radim, ali to nije sve...

- Ima još?- zabrinuto upita.

- Došla je poruka da prodam svoj paket dionica od vinarije, ili će mi biti zagorčan život, kao da mi se nije dovoljno danas zagorčao.

- O, Bože!

- Da li možeš da nazoveš Lukasa i vidiš njegovu reakciju, raspoloženje, da ispitaš da li je njemu šta stiglo?

- Sad ću ga nazvati, a ti pokušaj da se smiriš. Treba da ostanemo pribrane, i pokušamo da otkrijemo ko iza svega ovoga stoji.

Sophie par trenutaka osta zamišljena, držeći telefon u rukama zabrinuto. Okrenu Lukasov broj.

- Hej...

- Hej- reče Lukas vedro. - Kojim dobrom?

- Je l' sve pod kontrolom? Željela sa da vidim ako imate vremena da napravimo neko druženje.

- Naravno ja sam „Za" samo javi kada, u frci sam. Kasnije se čujemo.

- Dobro onda, čujemo se.

- Čujemo se, imam operativni zahvat, veoma složen. Vidimo se danas.

- Ok- prekinuvši vezu Sophie odahnu. Hvala ti Bože- tiho reče. Nazva ponovo Marie.

- Sve je u redu, nema potrebe da brineš.

- Nemam ali za koliko dugo, da sve ovo ne bi Lukas saznao i pukao mi brak, treba da dam paket svojih dionica nekome skoro besplatno! Ne znam da li sam spremna toliko da rizikujem.

- Naravno da ne, treba sve da prijavimo policiji- nastavi Sophie.

- I da kažem šta? Kao da sve to Lukas neće saznati, a ovdje jasno stoji „Nikome ni riječi!" O, Bože, šta je ovo!?

- Doći ću do tebe, smislit ćemo nešto.

- Sophie, hvala ti!

Sophie uzdahno duboko, stavi telefon u džep, pogleda u Adriana koji je i dalje gledao TV, laganim korakom uputi se u njegovu sobu. Duboko uzdahnu, priđe njegovom tajnom sefu. Knjige kao da škljocnuše tačno je mogla da čuje, kada su iskočile iz svoga ležišta. Ugleda sef unutra i svoju ogrlicu. Lagano ga izvuče van, i položi na Adrianov krevet.

- Pa da vidimo šta se krije ovdje. Uze ogrlicu sa znakom, lagano uzdahnu kao da se premišlja, da li da otključa sef, kakav sadržaj on krije. Položi privjesak na stražnju stranu sefa, umetnu ga unutra, sama se iznenadivši kako je lako ulegao. Brava na vratima škljocnu. Ona sjede na krevet, otvorivši vrata sefa ustade upali svjetlo u sobi, ponovo sjede na krevet, sada već gledajući u papire unutra, šaku uvuče unutra i sve izvuče van. Par slika se rasu po podu. Ona ih pokupi i osta zatečena onim što vidi. Prsti na rukama počeše da joj podrhtavaju, poklopi usta šakom da suzbije jecaj, krik koji je nadolazio. Drhtavim prstima dohvati sve ostale papire. Brzo ih prelista, još brže prelazeći očima preko slova.

- Moj Bože!

Odloži sve papire u šoku na krevet, na pismu prepozna Amirov rukopis. Nespretno otvori kovertu tako da je malo pisma pri vrhu poderala.

Draga Sophie,

Ako si otvorila sef vjerovatno si našla ovo pismo. Tako mi je žao draga što to nisi saznala od mene, već na ovaj način, ali put do istine je trnovit i težak. Preispitivao sam sebe puno puta, i onda sam odlučio da sve ostavim u rukama Boga.

Sophie je bila šokirana svim onim što čita. Par puta je pročitala sve ostale redove.

- Ne to nije moguće!

Bol u glavi joj se pojača. Sada osjeća kao da munje sijevaju, i cijeli nervni sistem joj je narušen. U očima joj se vide suze žalosnice. Osjetila je kako joj srce lupa i ubrzava. Sada joj se od suza zamutio cijeli svijet. Pokušala se sabrati, odmaknuti se da dobije perspektivu, ali soba je već igrala oko nje. Osjetila je kako joj se tlo pod nogama urušava. Obmanjena je. Cijelo ovo vrijeme, obmanjena je. Daniel je sin miliardera, naslijedio je 42.5 milijardu dolara, što znači nakon najbogatije vlasnice velikog kozmetičkog lanca L'Oreal, on je druga najbogatija osoba u ovom gradu. Ne, to nije moguće. Bogatstvo stečeno prodajom ljudskih organa, moj Bože. Ruke i noge joj podrhtavaju. Užurbano korača po sobi, sa listovima u rukama krenula je prema van, ali noge kao da su joj se zateturale, naslonila se na zid kako se ne bi srušila. Tijelo joj je na sve otupjelo, bila je emocionalno i fizički prazna. Bila je zgrožena njihovim duplim životima. Kao u daljini, čula je Danielov glas:

- Znaš li gdje je mama? Izradio sam naše slike, odlične su?

- Ne znam, gledam film o medvjedima.

Sophie kao pijana, drhtavih nogu, blijedog lica izađe van iz sobe. Daniel je ugleda, sa smijehom krenuvši prema njoj, ali ugledavši papire u njenoj ruci, osmijeh mu splasnu a lice se zaledi.

- Sophie...

- Jesi znao za sve ovo? - žmirkala je kako ne bi pred njim zaplakala.

- Ja... Danijel je preblijedio.

- Jesi li znao za sve ovo?!- viknu, ošinuvši ga pogledom, priđe mu drhtavim nogama kažiprst mu zabivši u prsa.

- Sophie... - pokušao ju je umiriti. - Ja sam još više bio šokiran od tebe kada sam saznao da Amir sve zna, pozvao me i sve mi rekao, ali nisam znao za papire i...

- Da li je sve ovo jedan od Božijih trikova da ovako sve saznam? Telefon joj je ponovo zazvečao u hlačama.

- Postoje dobri razlozi zašto...

- Ne želim više da te... - donja usna joj poče podrhtavati. Obuzela ju je ogromna srdžba. Adrian priđe omotavši se oko njenih nogu.

- Mama, volim te puno, nemoj da se ljutiš na tatu.

- Molim te, sve ću da ti objasnim, dlanovima joj obujmi glavu. Trebam te. Nisam ja ništa kriv. Rukama prođe kroz kosu, koja je sad stršala na sve strane. Lice mu je bilo blijedo, osjećala je blago podrhtavanje tijela.

Sophie je par trenutaka gledala u njega, sagnu se i jakim stiskom stisnu Adrijana uplakanih očiju.

- Volim te maleni moj! Mama će brzo doći.

- Je l' se ne ljutiš više na tatu?

- Naravno da ne, tiho izusti želeći da umiri dječaka, naravno da ne. Ustade, uze ključeve od auta sa stola, brzim korakom ode u spavaću sobu, izvuče zimsku jaknu i krenu van. Osjeti oko struka Danielove ruke, osjeti njegov dah na svome vratu, on je povuče prema sebi.

- Ne radi gluposti!

Ali ona se poče ritati i otimati, izvuče se brzim korakom iz njegovog naručja:

- Ne prati me! Ne usuđuj se da me pratiš!

Zatvori vrata treskom.

- Dovraga! Daniel potrča prema svom telefonu.

Zato proklinji to, molim te, danju i noću.
- Ciceron

Stigao je u bolnicu natečenih kapaka, noć je proveo izbezumljen tražeći krivca, opravdanje, obuzet tugom, bijesom vrteći se poput kakvog točka u jedan krug. Pogled mu je izgubio na snazi. Molio je Boga da je sve ovo što se dešava jedna užasna noćna mora iz koje će se svaki tren probuditi. Hodao je kao kakav duh. Sada je došao do zaključka da noću sve izgleda teže, dalje, drugačije, i bolnije. Snagom svoje volje pokušao je udahnuti život u nju, ali bezuspješno, sada je kao uspavana ljepotica. Lice koje je jutros vidio u ogledalu nije prepoznao, bio je sav uneređen usljed nedostatka sna. Strah ga je paralizovao, ali također učinio da shvati koliko je voli. Sada je visio na litici svojih duševnih boli.

- Doktore Weston?- glas ga vrati u stvarnost.

Suznih očiju ugleda prijatnu puniju ženu, okruglog lica. Srdačno mu se osmijehnu. Na licu je imala puno bora, naročito predio gornje usne, posledica pušenja pomisli Daniel. Lice joj je bilo puno saosjećanja, a glas blag, pun razumijevanja.

- Želim samo da kažem da nam je žao, i da znate da u svemu ovome niste sami- dodirnu mu ruku. Ovdje radim dugo vremena i dobro poznajem Sophie, svako od nas želio je da radi baš u njenom timu. Uvijek je nalazila vrijeme da sasluša druge. Čak smo malo bile ljubomorne na nju što ima tako pažljivog muža, koji za rođendane šalje cvijeće na posao, i sama nam je rekla da ste joj raznorazna iznenađenja priredili. Obrazi joj se blago zacrveniše. Mnogo vas voli. Sophie je i moju sestru zaposlila u ovoj bolnici. Svima nam se srce cijepa kada vas vidimo u ovakvom stanju. Njoj se to ne bi svidjelo, treba da budete jaki, zbog nje, dječaka i sebe. Danielu ponovo suze orosiše lice. Želim da znate, svi mi ovdje molit ćemo se za Vas, i Vašu porodicu.

- Hvala Vam. Prstima sklonu suze sa lica. Stajao je par trenutaka pored vrata, otvori ih lagano, svjetlost je zidove okupala nekom čudnom bojom.

Prišao je tiho krevetu spustivši Bibliju na stolić pored kreveta. Sinoć je nakon dugo vremena uzeo i čitao. I ono što ga je zapanjilo, osjećao se drugačije. Neka toplina stvorila se oko njega, kao da mu daje do znanja da nije sam. Sada je želio da njoj pročita Psalam do kraja. Pokušao je glavu da sabere. Najviše od svega mučilo ga to da je nesreća bila izazvana. Ljuspice farbe automobila koji je udario u nju, pronađene su još dvjestometara dalje, gdje je automobil zapaljen. Odužilo se čekanje na sve strane, forenzičari ne rade svoj dio posla. To je jasno kao dan, pomisli u sebi. Nekoga štite. Nagnuo se prema njoj, spustio usne na njene. Ne može da podnese da života u njoj nema. Nije mu uzvratila poljubac. Tuba sa kiseonikom bila joj je na nosu, infuzija joj je lagano kapala u ruku. Priključena je na aparate koji otkucavaju tromi ritam srca. Lagano se odmaknu, ugleda cvijeće na prozoru, neko je donio. A gdje je njegovo cvijeće? Ne, ne može sada i sa tim da lupa glavu. Duša mu je vrištala i bez toga. Sa suzama u očima, gledao ju je kako leži nepomična u krevetu. Priđe opet bliže, uze joj šaku u svoju.

- Šta je život Sophie? Zrno pijeska koje nam svaki dan klizi niz prste, nismo moćni da to zaustavimo. Staze su mu kamenite i strme, i na svakom uglu vreba po jedna oštrica mača, uvijek spremna da te okrzne i zakači. Taj mač koji čovjeka u pojedinim momentima poput drveta razlista, u drugom tako okrutan, ogoli ga i skreše. Stavlja nas kao žito u vodenicu, bezmilosno melje. I znaš koji opstanu u životu? Oni koji najmanje traže! Žive od danas do sutra, ne opterećeni ničim. Poput lista lete lagano na povjetarcu, smjer i put su prepustili njemu. Tako lako nošeni, poput harfe sviraju predivnu muziku.

On je pogleda, u očima mu se ogleda tuga, ljubav, poštovanje. Poljubio joj je jagodice svakog prsta, njenim dlanom pređe po svome obrazu. Osjeti njenu toplinu. Želio je da bude u nekom drugom svijetu, da pobjegne od tuge, sjete koja se nakupila u grudima, otežale duše.

-Toliko si me ispunila svojom ljubavi da se prelivala, svaki se-
kund jedriš mojim mislima. Zajedno nošeni vjetrom šetamo pros-
tranim pašnjacima. Ja nas i dalje vidim, kako izboranog lica sjediš
na tvojoj omiljenoj stolici, znaš onu, što ima uvrnute nogare. Kada
si neraspoložena ja nam spremim neko ukusno jelo, uz bocu vina
gledamo zalazak sunca. A onda opet, malo se prepriječimo, žestoko
se posvađamo, zaboga upitam se otkud ti snaga za sve to, na kraju
oboje prasnemo u smijeh. Čitam ti knjige, krajičkom oka gledaš dok
mi slova lagano klize sa usana. I onda, na tren, kao da se vratim u
stvarnost. Shvatim da nam je život bar za sada, dodijelio neku drugu
kombinaciju, pravi neki novi redoslijed, novi red na koji nisam spre-
man, na koji se nisam navikao. I onda se sjetim tvojih riječi:

- Jedan život može da promijeni svijet, jedna ljubav može da pro-
mijeni tvoj život.

Tako si ti promijenila moj život. Koračala si svojim putem, dono-
seći meni svjetlost. A sada, udahnem ustajali vazduh, proklinjem
dan kada se sve ovo dogodilo. Život je takav, prekriven velom briga
i sumnji, množi se nepravda isto kao i nada. Koje zrno će brže da
proklije? Možda ono gdje široko otvorimo srce za život? Kako otvo-
riti srce kada od straha drhti, kao tihi povjetarac što gasi plamen
svijeće, tako se gasi nada u srcu. Na momente kao da prestaje da
diše, da živi. I onda kao neko čudo da se desi, na momente ponovo
vaskrsne, oživi. Zatočen sam u moru tuge. Svjestan da najljepša pje-
sma ne dopire kroz rešetke. Vraćam se u lijepe dane. Gdje smo je-
dno. Gdje živimo u hramu u vjeri. Gdje nas ništa ne dotiče, i Božja
ruka nas štiti. Tog Boga, kojem se nikada nisam molio do sada.

-Sophie, zašto se samo molimo u nevolji i kada nešto trebamo?
Uze joj šaku i prste prinese usnama. Oprosti mi draga. Molim se
sada svaki sekund da mi te Bog vrati. Zatvorim oči, udahnem tišinu,
srce mi neobično zatreperi. Neobično je, pomislim, kako smo svi
mali, i koje strahopoštovanje osjećam u molitvi. Ne znam da li Bog
sluša moje riječi ili šapat moje duše? Ali u momentu kada se molim,
imam osjećaj kao da se uspinjem kroz vazduh sve više i više bliže
njemu. Da li se i tebi to događalo? Na početku molitve, duša mi
plače, okovana grijehom spremna da dobije oproštaj, lagano

počinje da prima osmijeh. U tom času mogao bih da se zakunem da sam se sreo sa samim Bogom. Čudan je to osjećaj. Neopisiv! Duša žubori kao more. Ne luta više besciljno kao brod bez kormila. Srećna je, spokojna je. Mirna je. Lagano se rascvjetava i poput bambusa, strpljena, spašena, lagano izrasta u drvo. Niko nam ne može otkriti ono što se nalazi u nama, do nas samih. Molitva lomi u čovjeku bol, kao što biser lagano razdire školjku, stvara sebi neki novi prostor. Što se više usijeca u školjku to će biti veći biser. Možda je tako i sa tugom. Što je veća, više ima nade za sreću. Kada bi moglo u životu drugačije? Da na vagi biramo samo ono što nama odgovara. Ne mogu sebe ni da zamislim da živim bez tebe. Osjećam se kao da sam u hibernaciji tokom zime, ali moje proljeće si ti Sophie. Zato se probudi. Sve ovo što imam vrlo rado bih dao, samo da mogu da te vratim u život. Da ne strahujem za sutra, da mirno zaspim, i ne gledam kako vrijeme pijeska lagano curi. Dao bih sve, i spreman sam da iskrvarim bolno, izgorim u nadi, za to „Sutra" da nam bude bolje, jer nisam te dodirivao samo rukama, dodirnuo sam te dušom. Svako ko misli da može da opiše ljubav, vjerujem da nije nikada osjetio ništa od toga, jer ljubav, ljubav se ne može opisati. To se osjeća, nosi u njedrima, srce je rascvjetano, i tačno možeš da osjetiš njegov pjev.

On se okrenu i oslušnu svađu pred vratima. Njegova žalost je bila svježa, da nije imao prostora da se nosi u ovom trenutku s tuđom.

- Nadam se da će ti samopoštovanje porasti i da ćeš prestati da skupljaš mrvice ljubavi oženjenih muškaraca, pored muža kojeg si imala. Da se valjaš po tuđim posteljama Marie...

- O ne, ne da se valjam dragi, već da imam sex. Da sex koji sa tobom nemam duže vremena, sex koji si sam rekao da oslobađa endorfine ljude drži vesele i srećnim...

- Gadiš mi se...

- Ne, ti se meni gadiš više! Mrzim te!

Osjeti kako je sada razjeda osjećaj krivice zbog izgovorenih riječi, izgovorenih laži. Usne joj blago zadrhtaše.

- Lukas, nisam došla ovdje sa tobom da se raspravljam, naročito ne ovdje Lukas- Marie osjeti kako joj se utroba prevrće.

- Uzet ću ti Lea samo da znaš!

- Zaboga, dosta!- otvorivši vrata viknu Daniel.

Marie briznu u plač. Osjećala se užasno poniženo, pred bolničarima koji su stali i odvojili vrijeme da prisustvuju predstavi. Kroz cijelo tijelo joj prođe jeza. Daniel joj priđe i krenu rukom da dodirne rame, ali ona se izmače.

- Ne diraj me, za sve ovo ti si kriv! Bujica bijesa krenu iz nje. Zbog tebe je Sophie ovdje, misliš da ne znam. Reći ću ti da me nazvala kada je bila u autu, prije nesreće i sve mi rekla. Od doživljenog šoka nije bila u stanju da normalno diše. I Sophie nikada ne bi prebirala po tuđem telefonu kao što si ti uradio sa njenim, i javio sve Lukasu! Ali C'est ecrit!

Daniel proguta knedlu.

Pogled usmjeri na Sophie.

- Žao mi je.

Nazvali su ga iz bolnice. Prije pet dana dovezena je u salu za hitne slučajeve, i od tada više nije došla svijesti. Samo deset dana prije palcem mu je prelazila po dlanu, tražila liniju života, pogled usmjerila na njega:

- Toliko te volim, i ljubav se svakim danom sve više i više proširuje, razvija, da ne znam da li ću imati dovoljno mjesta da je uskladištim.

On se na tu njenu izjavu nasmijao.

- A tek koliko koliko ja tebe volim!

Sada je pored nje u bolnici, nijema je, slijepa je, ne osjeća šta se dešava u njegovoj duši. Trebalo mu je zrno nade da će se probuditi. Ali Sophie i nije bila veliki optimista po pitanju nade. Često su na tu temu imali nesuglasice.

- Kako da ne vjeruješ u nadu?

- Daniel vjerujem, ali u zrno nade ne možemo sve polagati. Nekada, koliko god nam to teško bilo priznati smrt je bolja. Jednostavno si mrtav, bez bola, patnje, svega. Oslobođen si. Nada čovjeka često smete sa puta, vine te visoko i u konačnici svega pad bude veoma bolan. Nada je takva da srcu često pjevuši, ali onda ga bez imalo srama tako lako zgazi. I tako možemo da se vrtimo u krug, ne, ne volim da se nadam. Volim da znam na čemu sam.

- Gdje ima ljubavi ima i nade. Kako da vjerujemo i nadamo se čudima ako nema nade?

- Kako ja da sa tobom ulazim u rasprave, kada si ti kao advokat, potkrijepiš nekako sve to činjenicama?

- Koliko je stvar ozbiljna, želim da znam Lukas?- iscrpljen i bezvoljan upita. Marie se provuče pored Daniela, uđe u sobu i stade pored kreveta.

- Izliv krvi u mozak, obavili smo operaciju, sve znaš, ali kada će da se probudi iz kome ne mogu da ti kažem. Mnoge ćelije su oštećene, žao mi je što to moram da ti kažem. Nego to nije sve...

- Ima još? Daniel osjeti kako mu ruke podrhtavaju a srce ubrzano lupa.

- Nadam se da si to znao...

- Znao šta? - reče zabrinuto.

- Da je trudna?

- O moj Bože! Šakama se uhvati za lice.

- Kako je beba?

Daniel se okrenu prema Marie:

- Znači ti si znala?

- Jesam, javila mi je taj dan, kako je željela da te iznenadi. I onda se desilo sve ovo i poremetilo sve- Marie duboko uzdahnu.

- Nisam to htio da ti kažem odmah, zato što nisam znao kako će stanje da se odvija. Pritisak u mozgu je bio ogroman da je snabdijevanje krvi bebe bilo ugroženo. Kao hirurg svjedočio sam ovome samo jednom u životu, ti znaš kada je to bilo...

-Da- reče zabrinuto Daniel.

- Znaš da je ovo jedna bitka, u kojom ishod sad ne znamo.

- Ostavite me nasamo sa njom. Ne želim da bilo ko ulazi i uznemirava je.

- Nemaš pravo na to! Osim toga treba da dovedeš Adriana, čitala sam, kad majke čuju glas svoga djeteta, bude se.

- Ne mogu da dovedem dijete i stvaram mu stres. I ovako misli da je Sophie na putu. I do sada me pitao ni sam ne znam koliko puta : Tata kada će mama da se vrati?

Nije htio da kaže da je Adrian još pitao da li ih je mama ostavila zato što se posvađala sa njim. Sada je osjećao krivnju što mu se Sara nije sviđala, a da nije Sare, sam Bog zna šta bi sa njim i Adrianom bilo.

- Možeš da dovedeš Adriana kod mene da se igra s Leom- tiho izusti Marie. Lukas je pogleda sa bijesom u očima, da li zbog toga što je on sada u hotelu ili što je vidio slike gdje je bila sa Timotheeom na večeri? Da li je ona stvarno spavala sa njim, ili njegov bijes još jače potpiruje?

Daniel je počeo da jeca. Suze mu kliznuše niz lice.

- Izvinite, žao mi je zbog svega! Kriv sam, i za svoj uništen život a i za vaš brak. Vjerujem da ti to nikada ne bih rekao, ali kad sam vidio slike, Marie, okrenu se prema njoj, nisam mislio ništa loše, nisam želio da te neko ucjenjuje neč... telefon mu zavibrira u džepu, broj je skriven, on se ne javi, vrati telefon u džep, ali telefon se opet oglasi on ga izvadi, ugleda poruku:

- Znam šta si uradio! Samo da znaš brate, znam sve! Talas koji stiže prema tebi nećeš moći da zaustaviš!

Hladan znoj ga obli ga preko čela. Lice mu je bilo blijedo kao kreč. U ušima sada poče da mu zvoni osvetnički zvuk, ali nije znao kome da se sveti, koga da kazni, što pored boli koju proživljava neko kopa prošlost i rovari po staroj rani. Marie i Lukas se zagledaše u njega. On ponovo pročita poruku, obuze ga strah a sa njim i blagi nalet mučnine, u srcu mu se sada rodi neka neopisana mržnja, ispela se, ovila oko njega, tiho, podmuklo, svaki sekund steže ga sve više. Ne ne smije da pokazuje strah, jednom kada strah ovlada čovjekom teško se suzbija. Sada već ne može da se koncentriše, veliki nemir krenuo je u juriš prema njemu. Neko je upravo pronašao tipku za njegovo samouništenje. Sada je mogao da vidi sliku svoga oca, sjetio se one njegove ćudljive naravi, teških bučnih svađa između njega i majke:

-Daniel, ne rovari tamo gdje ti nije mjesto! Ne znaš zbog čega je tamo!

- Zbog čega je kaži mi, ne želim da osjećam ovaj teret na svojim leđima! Zašto mi niste rekli, nego sve moram da saznam od drugih!

Otac otpuhnu jako, priđe radnom stolu uze čašu i dosu malo viskija.

- Sjedi. Pokaza mu na stolicu.

- Iako nije moj sin, sviđao mi se kao dječak. Nije mi to bila prepreka da oženim tvoju majku. Ali stvari su krenule da se razvijaju u drugom smjeru. Još od ranije primjetili smo njegove čudne sklonosti.

- Sklonosti?- upita Daniel sumnjivo podignutih obrva.

- Da, kako da kažem, volio je uvijek da prisustvuje nekom nasilju, u momentima u njemu se nalazi zlatan dječak, u drugom kao da se rodi neko čudovište. Zabrinutog pogleda ispi malo viskija. Sam je sebi zasijecao kožu, i stvarao ožiljke po rukama. Tvoja majka ga je često nalazila kako sjedi nag na krevetu, umrtvljen i gleda u jednu tačku.

- Pomoć sam potražio kod slavnog Doktora Leea, gdje je ustanovio da John pati od podvojene ličnosti.

- Podvojene ličnosti?

- Da, tome je vjerovatno poticaj dala neka trauma iz djetinjstva, prijašnji život tvoje majke nije bio uvijek ovakav, ali to i ne treba da te zanima. John je to sve pohranio u sebi. Čuva, skladišti, njeguje, i po potrebi izbacuje dobrog i lošeg lika van. Druga ličnost kada ispliva van, mi ne znamo koliko sati, dana može da u njemu ostane. To je jedna vrsta bijega iz stvarnosti. Osim toga ulagao se, šta god ga pitaš on slaže. Ali to ništa nije neobično za takvu djecu.

- Da li on to može da kontroliše?

- Obično ne, zapravo da stvar bude gora on uopšte ne zna šta radi, jer kada lošu ličnost zamijeni dobra, sve se vraća na isto. On je opet jedna dobrica.

- Bože!

-Postoji mnogo takvih slučajeva doktor Lee mi je rekao, gdje ljudi izvrše masakr ne znajući šta su uradili. Nažalost ta druga osoba kontroliše njihov mozak, tijelo, motorne funkcije, jednostavno upravlja osobom kao sa nekim robotom. Pokušali smo da dopremo do njega, da saznamo odakle potiče sva ta trauma...

- I?

- Ništa. Ne želi da kaže. Sve je to u njemu zaključano on to ne želi da izbaci van. Tvoja majka mi je nešto nagovjestila šta bi to moglo da bude, ali to ne želim da dijelim ni sa kim, čak ni sa tobom. Sreća je što je Meryl stigla na vrijeme, par trenutaka kasnije i on bi uspio da zadavi Cheryl. Svi ti zapisnici su zapečaćeni, sve smo morali da odradimo precizno i tajnovito. Znaš kakav bi to skandal bio za nas da se povlačimo po novinama.

Pogleda u pravcu Daniela.

- Da, ja znam šta ti misliš, on izgleda sasvim normalno, ali do kada, dok druga ličnost u njemu ne ispliva van. I šta onda Daniel, da strahujemo kada će da ubije tebe, mene, vlastitu majku! Ustade od stola i stade pored prozora.

- Ne mogu to da dopustim!

Daniel nije imao snage da se povjeri bilo kome, na kraju je odlučio i rekao sve Lukasu, da je nekoliko godina kasnije potražio brata. Kada ga je našao, načelnik klinike je rekao da John nije dobro. Djevojčica za kojom su tragali, pronašli su ju u krugu dvorišta, zakopanu među žbunjem. Patolozi su došli i izvršili uviđaj, u izvještaju piše da je isječena oštrim predmetom. Žena je došla u posjetu ocu, sa sobom je povela psa, pas je slučajno iskopao tijelo. Njegova krvna grupa nađena je na njenom vratu, sigurno dok se od njega branila, da je zadala neki udarac i njemu. Informacije su tada procurile iz kancelarije patologa, njegov otac je tada platio pravo malo bogatstvo da se cijeli taj slučaj zataška. Stigao je rano u kacelariju patologa, pored njegovih nogu stajala je velika plastična kanta. Patolog je uzeo papire od Johna i ubacio ih u gladna usta mašine. Mašina je počela da izbacuje konfete u kantu za smeće. Danielov otac je duboko udahnuo. Jedan problem manje. Spasit će Daniela od svega i njegovu karieru. Daniel tada nije vidio Johna, nije znao kako on izgleda. Želio je da sa njim popriča, da mu pomogne, ali načelnik odjeljenja je rekao da to možda ipak nije dobra ideja.

Osjetio je kako mu se tlo pod nogama poljuljalo. Nekoliko trenutaka mu je trebalo da se vrati u stvarnost. Kao kroz maglu čuo je Lukasov glas. Grudi mu se stegoše, otpuhnu jako. Pokuša da se smiri, da razbistri misli.

- Daniel jesi dobro? Lukas mu priđe, potapša ga po ramenu.

Ali on je sada osjećao kao da se vrijeme sažeo, a prošlost zgusnula i pokucala na vrata.

- Pojavio se!

- Pojavio se ko?

- Moj brat Lukas! Moj brat!

- Sranje!- viknu Lukas!

Marie je u šoku svim onim što čuje. Priđe Lukasu udari ga rukama u prsa, blago ga odgurnuvši.

- Gade! Sve si znao, sakrio si to od mene! Sada mi se bez ikakvog uvitlavanja gadiš Lukas! Mrzim te!

Lukas pogleda Daniela, obori glavu prema podu, šakama pređe preko lica, lupnuvši nogom od pod.

- Dođavola sve!

U kuhinji se osjeti miris začinskog bilja.

- Žao mi je zbog svega.

Nasuvši mu tanjir supe Sara sjede preko puta njega. Mrzim sebe što moram ovo da ti kažem, ali Adrian je već nervozan.

- Svjestan sam svega. Hvala ti puno na svemu. Žao mi je. Žao mi je što uvijek osudim prije nego što provjerim. Sto puta me na to upozorila. Odgurnu tanjir supe.

- Nisam gladan. Sutra će doći bravar da postavi nova protivprovalna vrata.

Ne želeći Saru da plaši nastavi:

- Zbog provale. Tako da ste Adrian i ti sigurni dok me nema. Ne mogu da jedem, nemam apetit.

- Pored svega mislim da joj se to ne bi dopalo, da zna da nećeš da jedeš. Sam znaš da ne smiješ da slabiš imunitet.

On privuče tanjir ponovo sebi, par puta promješa kašikom, duboko udahnu, osjeti na nepcetu topli ukus. Osjećao je da mu se grlo steglo, da je hrana jedva pronalazila put do želuca.

- Je l' zaspao?

- Jeste ali teško, mislim da osjeća da nešto nije u redu, samo ne zna šta. Čak je i mačak čudan. Izvini, možda ne bi trebalo sve ovo sada da ti govorim. Znaš da možeš da mi se povjeriš. Čovjeku je lakše. Nisam svetac, ali znam da čuvam tajne.

- Sada to više i nije neka tajna. Ostavi kašiku u supi. Znao sam za taj sef odranije. Ali ono što nisam znao je to da je sve papire Amir ostavio u sefu. Proklet bio! To ni u snu nisam mogao da naslutim. Prije nego što je Amir umro, Kenan me pozvao kod njega. Za to Sophie nije znala. Duboko uzdahnu. Iskreno, nisam htio da se nalazim s tim čovjekom, nije mi se sviđao uopšte, i to sam Kenanu rekao. Ali onda mi je na what up stigla poruka od Kenana sa slikovnom porukom.

- Poruka, kakva poruka?

- Sadržaj te poruke je uznemirujući, to je nešto od čega sam ja zapravo pobjegao, i volio sam svoj novi život koji sam izgradio.

- Šta je bilo u poruci?- upita Sara radoznalo.

Daniel duboko udahnu puštajući zrak u pluća.

- Bolnica u New Yorku gdje sam prije radio pripada mome ocu. Sophie to nije znala sve do sad, ali nakon njegove smrti ja sam to sve naslijedio. Moj otac i majka nisu umrli kako sam rekao od raka, već su oboje ubijeni tokom noći. Otac je upucan u obje noge, vezan za stolicu gdje mu je u usta ubačena tableta cijanida, usta svezana trakom. Majka je ubijena na isti način kao i on. Policija je izjavila da je bila provala, ali nisu nikada našli počinioce. Nakon nekog vremena saznao sam da i otac nije bio velika svijećka, i sve moje lađe su potonule saznavši to. Bolnica u kojoj je i sam radio i bio većinski vlasik sa dionicama, prodavala je organe mrtvih pacijenata drugim pacijentima za veliki novac. Nakon jednog šoka dobio sam brzo i drugi. Očev prijatelj me jedno vrijeme sklonio, dok se cijeli taj slučaj zataška i smiri. Poslao me u Evropu na studiranje, na razmjenu studenata koja se organizuje svake godine. Mogao sam da idem tek tako, sin sam milionera, ali da se ne otkrivam ponašao sam se kao sasvim normalan stanovnik ove planete. Tada sam upoznao Sophie. Imao sam i prije djevojaka, mnoge su mi laskale, govorile kako sam duhovit, pametan, inteligentan, ali kada veza ne bi potrajala smatrali bi me čudakom. Ja sam jednostavno tražio jednostavnu osobu. Jedne večeri me zatekla kako sjedim i plačem..

Sara ga začuđeno pogleda, on to primjeti.

- Da, nakupilo se u meni svega, bujica je jednostavno krenula van. Sophie je u tom momentu došla, pitala me šta se dešava. Tada mi je palo na pamet da tada kažem da su mi roditelji bolesni. Prvo sam rekao za majku, kasnije je sve vuklo jedno drugo pa sam slagao i za oca. Žao mi je što sam sve slagao, ali nisam imao drugog izbora.

Sarin izraz lica preplavi šok.

- Da, sve znam, ali jednom kada se upleteš u laži, jedna laž povlači drugu. Mrzim sebe što nisam reagovao kada me Adrian zvao da mi nešto u vezi sefa pokaže. Mislio sam uvijek da je sef prazan, a Amir dovoljno pametan da takve papire ne ostavlja u sefu. Ono što nikada nisam slagao je to, da Sophie volim. Volim je svim svojim bićem. Za cijeli slučaj pobrinuo se očev prijatelj, da se sve zataška i da se takvo nešto više ne dogodi. On je drugi čovjek u bolnici poslije mog oca. Kada sam mislio da je sve gotovo, stigavši ovdje, Amir se već prije toga upustio u istraživanje svega, naravno ne rekavši Sophie ništa. Ali je zato sve rekao meni, hladan znoj me oblio kada sam zaključio da svaki djelić moga života zna. Ništa nije ostalo skriveno. Možda je mislio da sam ja loš kao i moj otac, da ću da naudim Sophie, ne znam, ali je pronašao...

- Šta je pronašao?

- Pronašao je...

- Tata! Ne mogu da spavam. Je l' mi možeš da ispričaš priču kao što je to mama radila? Bosih nogu, raščupane kose pojavio se Adrian u kuhinji.

- Naravno, dođi tati. Ispruži ruke prema njemu.

Adrian dođe smjesti se u njegovo krilo i ovi ruke oko njegovog vrata.

- Kad će mama da dođe, i zbog čega me ne zove?

Danielu se nakupiše suze u očima.

- Doće brzo, ima veoma važan operativni zahvat koji treba da obavi.

- Ali može da me nazove kada izađe iz sale? Osim toga brojim dane, već par dana je nema. Jako sam tužan. Želim svoju mamu.

Daniel ga privuče bliže svojim prsima i zagrli jako.

- Nazvat ćete, naravno, tako će da uradi. Bio sam danas kod nje, išao sam da joj pomognem da sve brzo riješi. Utisnu mu poljubac u kosu. Idemo spavati! Večeras nas dvojica spavamo zajedno, i sve ostale dane dok mama ne dođe.

- Trčao je žurno ulicom. Još par blokova i kod kuće je. Kako je našla prokleti sef, i šta je sve bilo u njemu od papira? Da li ima njegova slika?

Amir mu je dao veliku svotu novca u nadi da će da nestane iz njihovih života. To se i desilo, ali ne za dugo. Nema Amira, nema prepreke. Svakako da Amir nije umro prirodno, ubio bi ga on sam. Kapi znoja slijevale su mu se niz lice. Desnom šakom obrisa znoj, nastavi dalje da trči. Sada već vidi obrise svoje zgrade. Ugleda komšiju koji polako sjeda u svoj stari Citroen, sa malom francuskom zastavom okačenom sa strane. Došao je pred vrata, lagano cupkajući u mjestu dok je otključavao bravu od stana. Vrata se otključaše on zakorači u predsoblje, zatvori vrata otpuhnu duboko.

- Stigao si?
- Mrzim kad mi se dolazi nenajavljeno!- brecnu se na nju.
- Svoje nezadovoljstvo ne treba da istresaš na meni. Znaš da se Lukas preselio u hotel?
- Sve znam, i karte nam nisu naklonjene koliko mogu da vidim.
- Govoriš to zbog Sophie što je u bolnici ili što nosi Danielovo dijete?
- Kako ti to znaš?!
- Bar to nije teško.
- Vidim nisi previše iznenađen, što znači znao si?

On se uputi prema kuhinji ne obraćajući pažnju na nju, otvori frižider i izvadi flašu vode.

- Znao si to? A krio si?
- Nema šta da krijem, nego to nije nešto što treba tebe da se tiče. Nedavno sam saznao, bolnica ima svoje doušnike. Znaš šta Chloe, bolje se pripazi, znaš kako kažu: Ko sije vjetar žanje oluju.

Ona se blago namršti.

-Naravno, besmisleno je otvarati oči nekome ko je zaljubljen kao klinac!

- Ne lupaj!

- Ne tiče me se, pitam samo, blago se namršti, nego jesi saznao šta je bilo od papira u sefu? Ima li kakav papir koji može nas dvoje da kompromituje?

- Nisam- odmahnuo je glavom, držeći flašu vode u ruci.

- Pitam se gdje se sakrilo ono jezgro ključale mržnje?

Ona priđe bliže njemu, zavuče ruku u njegove grudi, zaustavi se kod srca.

- Shvatam opasnost zaljubljivanja, pogled usmjeri u njega. Doživjela sam to, daš srce i onda ti ga neko tek tako zdrobi. Grozno je, mnogo grozno kad staneš da kupiš one sitne komadiće, u nadi da ga spasiš, da li se može spasiti?

On otrgnu njenu ruku od sebe.

- Nisam danas raspoložen za tvoje gluposti. Ne misliš li da je sve ovo možda sudbina?

- Sudbina? Ona se nasmija. Ti si pukao. Nisi li ti sam rekao da uspjeh ovisi o našoj sposobnosti da kontrolišemo osjećaje?

-Da, i ja upravo držim pod kontrolom sve. Sudbina nas često uplete u svoju mrežu, dogodit će se ono što je najbolje za nas. Znaš li zbog čega ljudi uzimaju neki lijek čak iako im se on ne sviđa?

Posmatrala ga je tupog pogleda.

- Zato što znaju da će taj lijek da odagna njihovu bol. Tako je i kod mene!

- Koliko god ti se sve činilo opravdano ne možeš bratu da uzmeš ženu, ne vjerujem da sudbina radi na tome. Osim toga ti si lud čovjek, jedan dan je mrziš, drugi dan je voliš.

On je sasječe pogledom. Kao da ga uhvati blaga vrtoglavica. Nagnu flašu vode ponovo.

-Kakav je to čovjek, da dođe do izvora, ne napije se vode, i ostane žedan ponovo?! Želim samo da pati, a patit će kada nema nje. Ništa drugo! Provuče se pored nje, uputi se u boravak i sjede na kauč. Najvažnije je da progutaju mamac.

- Baš nije ništa, slučajno sam se danas zatekla tamo kada si donio cvijeće i ovlaš joj poljubio usne.

- Slučajno si se zatekla tamo, bolje rečeno, pratila si me?

- Nemam naviku da opsesivno uhodim ljude, ali kada si ti u pitanju stvari jednostavno ne mogu tek tako da se puste slučaju.

- Slušaj Chloe, bolje ne radi pogreške koje mogu prijatelje pretvoriti u neprijatelje. Lako je krenuti putem koji vodi u pakao. Osim toga dovest ćeš nas oboje u nevolje, nevolje koje će zaustaviti sprovođenje plana. Zar ne bi trebalo da smo anonimni, sutra do nečega da dođe, povezat ćete sa mnom...

- Ušunjala sam se u stan lagano, nije me niko vidio, ako te to brine.

Ona podiže blago lijevu obrvu, krenu prema njemu, sjede na ležaj preko puta njega.

- Slušaj tvoje emocije prema njoj me ne zanimaju, ja samo želim paket dionica koje si mi obećao, želim da se obezbijedim.

- Već sam te obezbijedio koliko se sjećam?! Ljutito je pogleda. Zar nemaš najjaču galeriju u Parizu, zahvaljujući meni?

- John ili da te zovem...

On je prekide.

- Chloe danas nisam raspoložen za tvoje gluposti. Mojim venama trenutno kovitla mržnja, srdžba, gnjev. Bolje je da ništa od toga ne osjetiš na svojoj koži.

- Vjerovatno bih sada trebala da šutim, ali jednostavno ne mogu. Prebaci mi novac na račun da isplatim Timotheea, inače će da progovori. Najbolje bi bilo...

- Dovraga začepi!- viknu, bacivši flašu vode prema njoj, na šta se ona izmaknu.

On stisnu zubima vilicu.

- Isplatit ću ti sve, samo se sada gubi odavde. Napolje! Napolje!

- Moja Ljubav, moj život. Sophie...

Njeno ime mu zapne u grlu.

Sjede na stolicu pored kreveta, šakama joj uhvativši ruku. Gledao je u njene sklopljene oči, koje su mu nekada pružale sjajne zrake, sada su mu ih uskratile. Duboko udahnu.

- Otvori usne da ti čujem glas. Kaži nešto. Samo glas pusti, da pukotina koja se stvorila na srcu, bar malo zacijeli. Otvori oči da me tvoj pogled okupa, nemoćan sam pred tvojim pogledom, jer je on svjetlost mojih očiju. Sjećaš se da si davno rekla: Oči su kapija kroz koje se može vidjeti duša drugog čovjeka. Kažu da nesrećna duša pronalazi mir u samoći. Znam da ti se ovo neće svidjeti, ali kao da sam se izolirao. Osjećam se kao ranjena gazela koja bježi od krda lavova. Pariz koji je samo prije nekoliko dana, pokazivao sav svoj puni sjaj i raskoš, sada mi djeluje tako mračan. Vidiš, ova tmina što se nadvila nad njim, gleda kako da što više sčepa za vrat našu ljubav želeći da nas uguši i ostavi bez zraka. Kakve sve tajne krije ova tmina? Ne mogu da spavam, bdim nad mrakom čekam zoru, kao kralj koji zna da je izgubio krunu, ali nije izgubio nadu, sa zorom očekuje i neku promjenu. Probudi se! Počeo sam da lutam! Gubim smjer! Pitam se da li ću više imati priliku oslušnuti tvoj uzdah, čuti tvoga glasa šapat? Da li se ovo život poigrava sa nama, kao oluja sa pustinjskim pijeskom? Reci mi Sophie, daj mi znak. Znaš da si ti krila mojoj duši, svjetlost mome srcu. Znam da me čuješ, tu sam, pričat ću ti. Sad se ispostavilo da je svaka tvoja odluka dobra. Mislim na Saru. Šta bih sada da nema nje? Čisti nam, sprema nam, uči sa Adrianom.

-Znaš da je počeo da čita „Tvornicu čokolade"? Želi da budeš ponosna na njega kada dođeš. Lažem ga, loš sam otac, zbog toga i zbog svega. Nisam u stanju da stanem pred svoje dijete i kažem da sam ja mogući ubica njegove majke. Bože! Rekao sam mu da si svakako na njega ponosna, zbog mnogo čega. Sinoć sam čitao jednu Amirovu knjigu. Zanimljiva je. Radi se o jednom dalekom plemenu, koje su okupirali Amerikanci svojim trupama. Ne želeći da se predaju, kralj je naredio da svi požele smrt. Ujutro kada su Amerikanci došli cijelo pleme je bilo mrtvo. Nekoliko hiljada ljudi. Pitao sam se zbog čega je to tako? Shvatio sam da su ti ljudi imali snagu volje, odabrali su smrt, ne predaju neprijatelju. Znam da imaš volje za život, zato se nadam da ćeš snagu da upotrijebiš na buđenje. Pred nama je život, poput lavande prosute Provansinim poljima. Vjerujem da univerzum nije tako okrutan, da nas ponese na svojim krilima visoko do zvijezda, i onda strmoglavo baci na zemlju? Želio bih ti svašta reći, ali jezik kao da se bolom zavezao, a srce kamenjem okovalo. Gorke suze lijem draga. Sjećaš se kada si rekla da se plašiš za nas? Sada ja to isto osjećam. Bojim se da će me strah usmrtiti. Ali onda se ohrabrim, da me samo Božja ruka od tebe može otrgnuti. Plašim se, šta da kažem Adrianu, kako da ga usmjerim na pravi put? Da li je to moguće da uradi muškarac, kada nosi ogromni teret i tugu za majkom? Ovaj očaj kao da slabi moju moć rasuđivanja, i strmoglavo me baca niz zastašujuće litice, gdje mali procenat pozitivnosti imam u svojoj glavi. Ne želim još ništa da mu kažem, da ga dovodim, uznemirit će se.

Ušutio je na trenutak dok su mu oči puzale po njenom licu. Ispusti duboki uzdah. Uze joj ruku i prinese usnama, stegnu je jako, kao da želi da joj da znak da je ne pušta. Oči mu se napuniše suzama. Kloni glavom na njene ruke, ispustivši duboke jecaje. Zvuk aparata parao mu je uši. Podiže glavu, gledao ju je suznih očiju. Suze mu u grlu zastadoše.

- Oko srca mi je strijepnja, a oko je vlažno. Osjeti li tvoja duša miris ovih ruža i vapaj moje duše? Lukas mi kaže da pretjerujem. Da previše cvijeća imaš u sobi. Ne mogu da mu kažem, da mi je duša omamljena osjećanjima za tobom, i ove ruže daju mi nadu, da njihov miris može da te probudi iz sna. Volim te kao što sunce voli cvijeće i pruža mu svoju toplotu. Volim te kao kao što rosa voli travu i daje joj svježinu tokom dana. Pitam se može li se čovjek koji je silno ljubio, sada da zadovolji samo sjećanjem na lijepe dane? Ne ide ovo ovako ljubavi, da sam u životu a ti u stradanju! Vjerujem u Boga i jedno znam, da će ponovo u tvoja usta da udahne zrak života. Probudi se Sophie. Žao mi je što sam ti lagao sve ove godine. Da li bi me drugačije gledala da si znala da sam sin uvrnutog milionera, koji je stekao bogatstvo na tuđim životima, prodajom tuđih organa. Žao mi je što ti nisam rekao za brata. Zapravo moga polubrata. To je bio sin iz prvog braka moje majke. Neke stvari i ja sam saznao iz dnevnika moje majke, koji sam pronašao nakon ubistva, gdje je sav njen život opisan do sitnih detalja, sakrila ga je u tajnom sefu iza slike. Kriv sam što ga nisam potražio i dao mu dio koji zaslužuje, kriv sam što sam glumio običnog radnika cijelo vrijeme, a imam imperiju. Imperiju koje se stidim i koju želim da zaboravim. Plašio sam se za nas, za našu porodicu, da prošlost može da ispliva na površinu, da mi oduzmu Adriana i tebe kao što su mi uzeli roditelje. Bojim se. Poče da jeca, šakama prekri usta. Plašim se koliko ljudi u svijetu to sve zna. Lakše bih sve podnio da si ti pored mene. Plašim se Johna, da će nekako da nam naudi.

Vrata sobe se naglo otvoriše. Lukas uđe unutra.

- Morat ćeš da se pokreneš i probudiš. To sjeđenje, plakanje kod nje neće nikome pomoći. Pogotovo kada čuješ ovo.

- Šta se desilo?

- Philip je pokušao da te nazove, zaboga gdje ti je telefon?

- U džepu ali su isključeni tonovi. Želim da budem u miru sa njom. Daniel ustade izvadi telefon iz džepa, ugleda hrpu propuštenih poziva. Dovraga! Šta se desilo?

- Desilo se to da je još neko prodao svoj paket dionica? To se desilo!

- Lukas, to on kupuje, John to radi, ali kojim novcem?

- Umišljaš, paket dionica nije sto dolara. Već hrpetina para. Dok ne vidim neću vjerovati u sve ovo.

- Da hrpetina para, koje se on neki slučajem dočepao. On sve ove dijelove pažljivo osmišljava kao u nekoj igrici. Bojim se, šta misliš da li ćemo isplivati iz svega ovoga?

- Mislim da ćemo možda udariti od dno, ali opet postoji mogućnost da se ispliva.

- Moram da se potrudim da ne budem strana priče koja završi loše.

Medicinska sestra uđe u bolničku sobu.

- Izvinjavam se, doktore ovo je za vas.

Lukas ugleda kovertu, uze ju u ruke, pogleda u Daniela.

- Ko vam je ovo dostavio?

- Ne znam, dežurna sestra mi je dala. Izvinite me.

Lukas brzo pocijepa kovertu i zaprepasti se onim što ugleda.

- Moj Bože!

U džepu poče da mu vibrira telefon. Zvala ga je Marie.

- Dovraga! Viknu bacivši kovertu sa sadržajem na pod, krenu da ide van, ali pred sobom ugleda dva policajca sa medicinskom sestrom.

- Doktore? - izusti sestra.

- Lukas Raymond?- upita jedan od policajaca.

- Da.

- Da li možete da pođete sa nama? Pogled baci na rasute slike po podu.

- Mogu li da znam razlog? - upita Lukas začuđeno, Daniel priđe i stade pored njega.

- Osumnjičeni ste za ubistvo Chloe Bennet.

- To mora da je neka greška, ja ne znam...

- Želite da kažete da Chloe Bennet nije sinoć izašla iz vaše hotelske sobe?

- Ja, poče blago da zamuckaju ali riječ ispade iz usta, naravno , Chloe je došla...

- Šta?! - reče zaprepašteno Daniel.

- Daniel ne sjećam se ničega imam rupu u pamćenju i...

Daniel se zagleda u Lukasa, pokušava da prokljuvi šta se dešava, o čemu je tačno ovdje riječ.

- Naravno, tako se to radi, brzo, bez dvojbe, milosti i razmišljanja. Jeste li kada uzimali droge? - upita policajac.

- Zaboga naravno da ne! Kakvo vam je to pitanje?

- Chloe Bennet je umrla od prekomjerne doze Speeda, znate...

- Od Speeda? Ja, ja sam u šoku!

Daniel priđe bliže Lukasu, stavivši ruke u džepove, sve to upija kao u nekom transu, trudi se da razazna riječi koje dolaze do njegovog mozga.

- To je nemoguće! – izusti.

Lukasov telefon i dalje poigrava, on pogleda i ugleda da ga ponovo zove Marie.

- Najbolje da pođete sa nama, da date izjavu.

Lukas pogleda na sat.

- Ja imam jedan operativni zahvat, nema druge nego da ga otkažem...pogleda u Daniela.

- Ne brini ništa, ja ću sve da sredim ovdje i da ti pošaljem advokata tamo.

- Marie...

- Otići do nje, Adrian je svakako tamo. - reče zabrinuto Daniel.

Marie i Daniel su stigli u mrtvačnicu.

- Dobar dan- ugledavši portira udobno zavaljenog u stolicu, priđoše pultu.

Na sebi je imao plavu košulju, i kačket u istoj boji. Upali obrazi isticali su se na njegovom licu. Brada na licu mu je već posjedila.

- Kakvo čudo pomisli Daniel.

Prevlačio je jednu čačkalicu preko usta, vodeći je sa jedne strane na drugu. Noge su mu bile dignute na pult, a prsti isprepleteni na trbuhu. Mislima kao da je negdje otplovio. Kao da je osjetio tuđi pogled na svom licu. Ugledavši njih dvoje brzo ustade, a onda još glasnije opsova. Čaša sa kafom se izvrnu i cijela tečnost se razli po stolu. On otvori jednu ladicu i brzo izvuče ubrus van, prelazeći njim preko ulaštenog stola. Uze čašu vidi da je prazna i baci ju u kantu za smeće.

- Dobar dan, kako vam mogu pomoći.

- Andre Silva, mislim da Vas je zvao?

Primjetno zelene oči gledale su u Daniela.

- Ah da, Vi ste doktor Weston? Došli ste da vidite leš ili papire? Želite da uđete u mrtvačnicu?

- Da, ovo je moja prijateljica Marie. Došli smo da uzmemo nakratko papire. Oprostite što vam smetamo, ali situacija je takva da ne možemo da biramo najpogodnije vrijeme.

- Naravno, leš svakako neće nigdje pobjeći. On se nasmija na sopstvenu šalu, ali vidjevši njihov ozbiljan izraz lica, osmijeh mu splasnu. Da vam budem iskren, pokojnica je bila lijepa žena. Šteta.

Marie i Daniel se pogledaše.

- Vjerujte, mene mrtvi nikada nisu uznemiravali, samo živi. Trebate obukcijsku nalaz?

Lagano istegnuvši tijelo, čačkalicu izvadi iz usta stavi na stol pored.

- Da, ako vam nije problem- izusti Daniel.

Marie ga uze za šaku stisnuvši je jako.

Čovjek otvori jednu ladicu, i prstima lagano poče da prelazi preko dokumenata.

- Chloe Bennet zar ne?

- Da, da..- rekoše oboje u isti tren.

- Hm... i dalje je prebirao po ladici, zaustavivši pogled na jednoj fascikli izvuče je van. Svakakvih luđaka ima, svašta se dešava. Evo ga. Kopirajte pa mi vratite.

- U redu, hvala Vam.

Marie i Daniel su se uputili van iz zgrade, vrata za njima se pritvoriše, odmaknuše se i duboko oboje uzdahnuše.

- Pa da vidimo šta piše. On pažljivo poče da čita bilješke.

Obudukcijski zapisnik

Ime i prezime pokojnice: Chloe Bennet

Broj dokumenta: TKP- 43/8

Sažetak: Hipertrofija i Dilatacija

Kardiomegalija: nepravilno uvećanje!

Hepatomegalija: nepravilno uvećanje!

Krvarenje u mozgu: (pogledati poseban izvještaj)

Toksikologija: (pogledati poseban izvještaj)

Zaključak:(Uzrok smrti)

AKUTNO TROVANJE OPIJATOM!

Vrsta droge: speed, rohypnol

- I šta ćemo sada?- upita Marie.

- Najbolje da sačekamo da Lukas izađe van, pa da zajedno svi sjednemo i obavimo detaljan razgovor. Marie, koliko god stvari krenule loše, treba da se držimo zajedno. Ne treba nikoga da osuđujemo bez jasnih i konkertnih dokaza, mislim da znaš šta želim da kažem.

Danielu zazvoni telefon.

- Hallo Andre, da upravo sam sve pregledao. To je jednostavno nemoguće. Lukasa poznajem jako dugo, zbog čega bi kod sebe imao rohypnol? Marie u njega pogleda zabrinuto. Od nervoze je počeo da gricka nokte na desnoj ruci.

- Da, sve. razumijem. U redu. Vrativši telefon u džep Daniel pogleda u Marie.

- Šta je rekao?- upita Marie zabrinuto.

- Kod Lukasa je u sobi pronađen speed i rohypnol, taj koktel u sebi je imala Chloe. Rohypnol ili drugi naziv koji koriste „droga za silovanje"...

- Moj Bože!- viknu Marie.

- Ili rufi, i tako je zovu...

- Sada mi je već poznat naziv- izusti Marie.

- Žrtve se omame ovom drogom i ne pružaju otpor. Osoba je dezorjentisana, ima poteškoće u govoru i kretanju. Veoma lako se istopi u tekućini, što znači da je Chloe ovo popila sa speedom, ne vidim drugo objašnjenje za sve ovo. A možda je čak i Lukas bio pod oviom dejstvom kada ima rupu u pamćenju.

- Šta to treba da znači, da je Lukas pozvao Chloe kod sebe i onda je silovao?

- Ili je Chloe silovala Lukasa, pa popila i ona da izgleda da je on silovao nju? Marie ovo nije cijeli izvještaj, znam kako izvještaj izgleda, radimo s tim u bolnicama. Treba da se utvrdi da li Chloe na sebi ima znakove nasilja, a samim tim snošaj...

- Ne, nisam spremna da to čujem! Nisam spremna ni za šta od ovoga svega!

- Jeste čuli za Samsona, Salomona i Davida?- upita policajac Lukasa gledajući preko puta stola u njega držeći papire u rukama.

- Molim?- reče Lukas zbunjeno.

- Kažu da na svijetu nije bilo jačeg od Samsona, istinitijeg od Davida, mudrijeg od Salomona, ali ipak, svu trojicu je zavodila žena.

Lukas se promeškolji na stolici, primjeti da mu policajac proučava lice.

- Jeste nervozni? Stavi notes ispred sebe.

Lukas je ćutao par trenutaka:

- Iskren da budem jesam, ne znam kako je do ovoga svega došlo, ali želim da izađem iz ovog košmara. Uvijek sam se vodio savjetima mog oca. Često je znao da mi govori da je čovjekovoj glavi dodijeljen razum, prsima volja, a trbuhu žudnja. Razum bi trebao da ima mudrost, a volja hrabrost. Kako god, čovjeku je najvažnije da žudnju drži na uzici, i upravo to sam i radio od kako sam se oženio. Slušao sam glas svoga srca. Prisustvo druge žene me nije zanimalo. Marie je jako dobra supruga i majka.

Odahnu duboko zabrinutog pogleda.

Par trenutaka streljali su se pogledom. Policajac je iznova pokušavao da u glavi sastavi sliku na osnovu dokaza koje ima. Iz džepa izvadi paklo cigareta.

- Pušite?

- Ne.

- Jako loša navika, ali sada je već kasno da odustajem.

Upalio je cigaretu, duboko uvukao dim, a onda sasvim lagano pustio da mu polako izađe na nosnice. Lukasu je izgledao poput nekog zmaja, čekao je kada će početi da bljuje vatru.

- Kada je Chloe Bennet došla na vaša vrata?

Lukas je par trenutaka ćutao.

- Ne moram da razgovaram još sa Vama.

- Pretpostavljam, po savjetu advokata.

- Da.

- Vjerujte da sam Vam prijatelj. Iako ni sam ne znam zbog čega. Policija već bila u stanu preminule, pretražili su kuhinju, sobe, hodnik...ma dovraga! U svakom kutku je otisak vaših prstiju. I sada želim da čujem šta se tačno desilo, bez ikakvog uvijanja.

Lukas ga je blago mjerkao očima, duboko uzdahnuvši progovori:

- Iskreno ni sam ne znam tačno. Između Marie i mene su se dogodile neke nesuglasice, iz tog razloga sam se preselio u hotel.

- Želite da riješim slučaj a glavu držite u pijesku. Trebam istinu, supruga Vam se zove?

Lukas zatvori oči, imao je osjećaj da mu je cijeli život proletio u jednom trenu. Policajac ga je posmatrao. Već se susretao kroz posao ranije sa raznim slučajevima. Ljudi su koristili razne metode ubjeđivanja, pokušavajući da zavaraju mozak policajca. On još jače ispravi ramena proučavajući Lukasov profil. Lukas duboko uzdahnu otvorivši oči, progovori:

- Marie Dubois.

- A kćerka Gustava...

- Da, prekide ga Lukas.

- Ovo može da bude skandal neviđenih razmjera?

- Mislite da nisam svjestan toga, još gore, nemam ništa sa tim. Ne znam kako je do ovoga svega došlo. Svega što se sjećam da sam se probudio sa jakom glavoboljom.

- Znači ne znate kada je preminula bila kod vas?

- Možda oko 22:00, ne mogu sa sigurnošću da Vam kažem, već sam bio u krevetu, smjene su nam jako naporne, pored svega desi se da imam 24-na dežurstva, odmor je neophodan. Kucanje na vratima me probudilo. Kao što sam rekao, obradovao sam se da je Marie, brzo sam ustao, ali na vratima je stajala Chloe. U ruci je držala flašu vina.

- I?

-Pitala me da li može da uđe, negodovao sam par trenutaka, ali ona je sve to opravdala da želi da mi pomogne. Saznala je za svađu između Marie i mene...

- I ona je kao neki dobrotvor?- prekide ga policajac.

- Tako je ispalo. Pomaknuo sam se malo, i ona je već bila u sobi. Nakon toga nasula nam je dve čaše vina, popio sam malo,ona je otišla do toaleta i...

- I?

- Nema dalje, to je sve čega se sjećam. Probudio sam se tek ujutro, Chloe nije bila tu, ne znam kada je otišla, šta se desilo, ništa. Kako ste Vi uopšte saznali da je mrtva?

- Komšinica je primjetila da vrata nisu zaključana, već samo pritvorena. Ne bih da Vas brinem, ali na kvaki od vrata su također Vaši otisci, na WC šolji isto.

Njegovo nekada lijepo lice sada je poprimilo boju neke bijele maske.

- Molim?! Osjeti kao da u grudima ima ogromnu santu leda, zakoluta očima.

- Da, spustivši papire na sto, blago primače stolicu, duboko udahnu. Viđeni ste kako još sa jednim muškarcem zajedno sa Chole izlazite iz sobe.

Lukas je bio zatečen onim što čuje. Počeo je da odmahuje glavom. Protrljao je čelo. Osjetio je kako mu je srce počelo jače da kuca. Blaga drhtavica zapljusnula mu je cijelo tijelo. Pokušao je svega da se sjeti ali u glavi je bila amnezija.

- Zatražio sam nadzorne snimke hotela.

Pogleda u kompjuter ali je monitor bio u stanju mirovanja, on pomaknu miša i aktivira ga. Par puta kliknu mišom i pronađe sačuvanu datoteku. Okrenu monitor prema Lukasu. Lukas ugleda da su kamere snimale iz četiri ugla. Snimak je bio čist i oštar. Iako je bila noć, svjetla hotela su osvijetlila prilaz da se sve jasno vidi kao da je dan. Policajac pokrenu snimak, par trenutaka ništa se nije vidjelo, onda Lukas ugleda dva mlada para zagrljeni ulaze u predvorje hotela. Nakon njih jedan stariji gospodin i gospođa izlaze van. Snimak ide dalje, ali par trenutaka nema dešavanja, a onda Lukas razgorači oči. Nije mogao da povjeruje ono što vidi. Nesmotreno uze miša sa stola, kliknu i pauzira snimak. Da, to je on, jedva se vuče na svojim nogama, Chloe i još jedan muškarac podupiru ga da ne padne.

Muškarac ima kačket na glavi i ne može jasno da se vidi njegov lik.

- Ovo je ne.. ne.. nemoguće! Poče da zamuckuje. Glas mu se podigao i zadrhtao. Pogled mu je bio očajan. Osjećao je kako mu se sad već vrti u glavi od doživljenog šoka.

On pokrenu snimak ponovo, ubrza ga, i par sati poslije, istog čovjeka vidi kada vozi njegovo auto, i ostavlja ga pored hotela. Nakon nekog vremena žena sa recepcije sa kolegom dolazi do auta i odvodi Lukasa do njegove sobe. Osjeti sada kako mu se tuga nadvila nad tijelom kao magla uz okean.

- Ko je to bio? Ja se ne sjećam ništa!

- Ne znamo, pokušavamo da saznamo. Na vratima hotela su samo Vaši, i od Chloe Bennet otisci.

- Imate otiske u mom automobilu?

- Forenzičari su sve obavili i nismo našli ništa. U jako velikoj ste nevolji?

- Zbog čega? Prvo treba da pronađate ovog čovjeka tek onda da na mene obraćate pažnju.

- Možda ste Vi unajmili ovog čovjeka da sve to tako odradi?

- O čemu, dovraga Vi pričate, da unajmim nekoga i sve prebacim na sebe. Ja nisam ubica!- viknu.

- Da li ste i kad zadnji puta bili kod preminule u stanu?

- Bio sam jako davno. Taj događaj sam ispričao svojoj prijateljici...

- Može ona to da nam potvdi, kada je to tačno bilo?

- Bojim se da ne, trenutno je u komi. Zahvaljujući vašim forenzičarima istraga se ne pomjera ni milimetar. Očigledno da to nekome nije u interesu.

- Nemamo još osumnjičenog, ali to ne znači da ništa ne radimo. Razlog Vašeg posjeta je bio? Policajac se prebaci na sledeće pitanje.

- Oh, Bože! - viknu Lukas i ustade od stolice. Ton mu je sada postao osoran i grub. Živci su pucali kao žice na gitari.

- Vidim da Vas je ovo dirnulo u žicu. Niste dužni ovo da kažete bez prisustva advokata, ali bolje je da sagledamo stvari.

- Razumijem, drhtavih ruku izusti. Vrati se i ponovo sjede, šakama stiskajući ručke od stolice. Bio sam kao što sam rekao, davno.

Prošlo je vremena. Naime imao sam jedan poslovni sastanak sa kolegama iz bolnice, bio sam u toaletu, ne znam kako se Chloe tu našla, ali jednostavno me zatekla, nisam mogao da se snađem šta se dešava, a ona me već ljubila pred vratima toaleta. Izvinjavala se kako me zamjenila sa nekom drugom osobom, Chloe je naime bila dobra prijateljica moje žene. On uzdahnu. Prstima poče da masira čelo. Nakon par dana počela je da mi šalje poruke kako osjeća grižnju savjesti i da li mogu da dođem do nje...

- I?

- Otišao sam, znam, naivan sam. Dočekala me u gaćicama i grudnjaku, uz izvinjenje kako nije stigla da se obuče, upravo se istuširala. Ako mislite da se nešto desilo, odgovorno tvrdim da nije, ja volim svoju ženu!

- Da li ste imali seksualni odnos u svojoj sobi sa Chloe Bennet?

- Naravno da ne! Lukas ponovo skoči sa stolice.

- Kako objašnjavate ovo? - Komesar gurnu prema njemu papir. Lukas drhtavim prstima uze, pogledom prelazi po rečenicama. Ne može da povjeruje rođenim očima. Sada ima osjećaj kao da je temperatura u prostoriji naglo pala. Obuze ga osjećaj hladnoće.

- Ovo je sumanuto!- glas mu je podrhtavao od ljutnje.

Sada je osjetio da su mu dlanovi mokri od znoja.

- Bože... ispustio je bolan, očajan krik.

- Ne mislite valjda...

- Ne mislim ništa, posao me je naučio jednoj lekciji: „U životu ne treba nikome vjerovati." Jako škakljiva situacija. Moja teorija ovdje još nije precizna, ne mogu da se izjašnjavam. Treba da date svoj uzorak sperme. Istražni sudac je na terenu. Zaplijenili smo Vaš laptop, nadam se da niste uradili inicijalizaciju podataka?

- Nemam šta da krijem. Na laptopu imam samo dosije pacijenata.

- Potpisat ćete ovdje da nećete napuštati zemlju dok je istraga u toku. Pazite doktore šta radite, još mogu da Vam napišem kaznu za pogrešno parkiranje, ili nekim slučajem remećenje javnog reda i mira!

Novi dan, nova šansa. Ponovo je stigao u bolnicu. Čini se da je to postala kao neka rutina. Jedi, spavaj, idi u bolnicu. Vrata su bila poluotvorena. Ugleda medicinksu sestru kako zapisuje mjerenja sa aparata. Klimnuo joj je glavom u znak pozdrava, na šta ona uzvrati. Tromim koracima krenu prema svom mjestu, stolici koja se nalazila pored kreveta. Par trenutaka je zurio u nju, u nadi da bi mogla da otvori oči, po navici, već je uzeo njenu ruku, i prinio je svojim usnama. Duboko uzdahnu, osjeti oštar bol tuge kako mu prođe kroz pluća. Sjede na stolicu pored kreveta, privuče je bliže njoj, zagrli je. Spusti svoje ruke na njeno tijelo. Zaplaka. Neizreciva bol mu prošara dušu. Osjeti se usamljeno i jadno. Stezalo je nešto grlo duže vrijeme i na kraju suze su se pomolile. Kao neko trenutno olakašanje, ali tuga u grudima brzo se vrati i počne da ometa disanje. Pogleda je suznih očiju.

- Sve se na ovom svijetu rađa iz jedne misli. Iz te jedne misli koja te poput mraka ovije, ali imaš nadu da sutra stiže nova zora. Ja sam o tome mislio pola svoga života, da upoznam nekoga poput tebe. Kada sam te ugledao, pored svih riječi koje sam u sebi nosio, nisam ih mogao izgovoriti, zanijemio sam poput nijema čovjeka. Oh, Bože! Jezik kao da mi je bio zavezan, a usne nepokretne, suhe. Kao kod žednog čovjeka koji u pustinji ugleda vrelo vode. Ali ne kaže li upravo ta šutnja više od riječi?

Doživio sam čudan osjećaj, mislio sam da je san ili pak vizija, srce se uzburkalo a duša usplahirila. Ne, nije to bio san što srce pohodi. Srce i duša, kao da su u tom trenu odskočili i dotakli neke samo njima znane veličanstvene visine. Osjetio je kako mu se u stomaku nešto grči, neka olovna ruka steže ga sve više i više. Nikada to prije nisam doživio, nikada prije nisam osjetio. Kao plamen svijeće koji podrhtava na vjetru. Tvoje riječi su za mene prava melodija. I veliki umjetnici na toj muzici bi zavidjeli. Siguran sam u to! Nije mene samo tebi privuklo tijelo, nego ono nešto što bi kod ljudi trebalo da bude mistično, duša.

One su nam se srele, prepoznale. Ljubav i jeste duševno razumijevanje. Malo ko samo to zna. Kada bi rekao pjesnicima da te pokušaju opisati, ugledavši tvoju sjajnu zraku u očima i slast na usnama, ostali bi bez riječi. Jedan tvoj osmijeh učinio bi i siromaha koji te ne poznaje najbogatijim čovjekom na svijetu. Kako da ne učini mene, gdje si svoje riječi utisnula u moje grudi, ostavila pečat na mojim usnama. Kružio sam oko tebe kao Zemlja oko Mjeseca. Kao gladan čovjek, kada se zadovolji sa mrvicama suhog hljeba, tako i ja jednim tvojim pogledom nahranim čežnju. Uz tebe se privih, tvoje želje sam pomiješao sa svojima. Osjećao sam svaki sekund, kako me samo ka tebi vuku neke nevidljive ruke. Jednom tvojom riječju, učinila si me svojim.

- Sjećaš se koja je to riječ?- šmrknuo je. Obrisa oči nadlanicom.

Ja se sjećam svega. Tačno se sjećam koliko sam godina imao, koji mjesec u godini je bio, koliko sati su kazaljke otkucale na satu kad sam te prvi put ugledao. To je bio taj čas kada si me povela u samu svjetlost života. Svi ovi osjećaji koji su se u meni stvorili, rodiše u meni sreću za koju nisam vjerovao da postoji, a sreća stvori ljubav. Ljubav, riječ koju mnogi lako izgovore, ali teško osjete. Ljubav doseže velike visine, gde ljudski zakoni nisu validni i ne može da im se sudi. Kako da osude čovjeka koji ludo voli jednu ženu?! Ljudi se često pitaju, da li je moguće da te toliko volim? Volim te! Zato što si ti jedinstveni cvijet koji cvjeta neovisno o godišnjem dobu. Zato što vjerujem da univerzum spaja duše koje se razumiju.

Sad dok te gledam kako nepokretna ležiš, spavaš u dubokoj komi, pitam se:

-Da li univerzum želi da te odvoji od mene? Da li je u njemu nemoguća ovolika ljubav za jednom ženom? Zar je univerzum zaboravio da je osjećaj za jednom ženom razorio Troju! Koga da razorim da mi te vrati u život?! Je l' nam suđeno da dane ovako provodimo zajedno, a noći razdvojeno. Možda je ovo još jedna igra sudbine, iste te sudbine koja nas je stavila na svoja krila, i vinula visoko u visine ljubavi, gdje samo rijetki osjete taj miris. Ljudi pogrešno misle da je pakao na zemlji, pakao se nalazi u srcu koje vene. Kada srce vidi da se njegovo more udaljava od njegovih obala a ono je bezpomoćno bilo šta da uradi.

Oh, Bože! Kako nam nedostaješ? Adrian svaki sat pita kada ćeš doći? On čezne za majkom, ja za voljenom suprugom. Imam osjećaj da i mačak Oreo tuguje kao nikada do sada. Ni Whiskas ne želi da jede, samo na jednom mjestu leži i spava.

- Znaš li koje je to mjesto?

Ona tvoja mala stolica od klavira. Ja vidim tvoju siluetu, oči su ti zatvorene, nježne ruke lete ti po dirkama nekom čudnom brzinom, kao da izvode valcer. Promatram sve, mislim da ćeš da zaboraviš neku notu, ali kada se to i desi, ti vješto napraviš taj prelaz.

On joj se približi i poljubi još jednaput. Spusti glavu blago na njeno rame i tiho joj govori:

- Da li Oreo osjeti nešto što je nama ljudima još nepoznato, može da prodre u neku dublju dimenziju? Možda vidi tvoje nježne prste dok lagano prelaze dirkama stvarajući melodiju od koje srce igra a duša se nakloni?

Duša mi zarida kada vidim prazninu u stanu, a tebe nema. Tuga je u meni golema. Kao noćna tmina nastanila se u meni. Ovu ljubav što imam u grudima i da hoću ne mogu da ućutkam. Kasno je za to. Zarekao sam se sebi da ću tvoje ime da udišem svako jutro, kao što udišem ovaj zrak. Sve naše ima poseban miris, protkan mirisom ljubavi. A sada, tama nas je okovala gutajući svaku zraku koju si ti prije toga ostavila. Moj život ima ime utkano u svaku poru mog bića. Da li je život pripremio za mene kavez znajući da sam bez tebe samo jedna ptica bez krila? Tugu razgalim pisanjem.

Odiže glavu sa njenog ramena, ruku zavuče u stražnji džep i izvuče telefon van. Prstima pređe preko displeja, potraži aplikaciju Word.

- Mnogo loših stvari se dešava draga, ne želim o tome da ti govorim, znam da me čuješ, znam da me slušaš.

Pišem, cijepam srce, dušu kidam na papir. Znaš da najteža stvar sa pisanjem nije samo sricanje rečenica. Bogami treba dobro da se mozga. Pišem pa stisnem „delete" tako se zna desiti i nekoliko puta.

Onda se zapitam, koliko su samo ljudi prije papira i listova bacali. Zadubim se u svoje stihove Sophie i pitam se onda: Da li me Haron prevozi rijekom boli? Ja znam da moja duša plovi Aherontom, ali tijelo se još pomahnitalo drži za ovaj svijet, i ti sama znaš zbog čega. Zbog Adriana, jer me traži očima, potrebna mu je moja blagost. Potrebno mu je da mu ulijem mir. Napisao sam ti pjesmu. Ne znam da li će da ti se svidi, draga.

Blago se nakašlja da pročisti grlo.

Na obzorju mog (pro)zračnog sjećanja
Trepere nizovi naših prošlih dana,
Rasplamsa se plam nadanja
Pletenim nitima sreće

Na trenutak zastade duboko udahnu, pogleda u nju. Um mu ubrzano luta. Glas mu je drhtav, ali progovara ponovo:

U vrtlogu (sve) vremena,
U pulsiranju naših uzdrhtalih srca,
U bezgraničnosti skladnog reda,
U klupku naših zamršenih pogleda...
A sada,
Sada mi se uspomene odzivaju
Samo u načetim slikama
Gradeći prazninu što se stravično širi

Blago joj stiska prste na rukama, povremeno pogled usmjerava prema njoj, u nadi da će da ugleda neku reakciju.

I razvlači na trakama,
Ko jezivi oktopod
Koji kida pribježište
Naših ustreptalih duša...
Al' u zadnjem bljesku nade
U prigušenom pulsu
Tvog netjelesnog srca
Slutim izliv tvoje nježnosti
U tihim šapatima duše,
Jer samo ono što nosiš u srcu
Buktinje tame ne mogu da sruše!

- Gledam svoj odraz u ogledalu, osjetio sam kada mi je duša zadrhtala. Gledam u suzu, tu malenu kap koja pokušava da se skotrlja niz moj obraz. Um mi je na trenutak utihnuo, prateći taj njen majstorski izvedeni put. I ona ide lagano, kao da je začarana ovom mojom tišinom. Ne, nemoj pogrešno da me shvatiš, osjećam ja bijes, ogroman bijes, silan, razoran, ali ne znam kako da ga se oslobodim. Zaključan je u meni, nagriza me, lagano poput crva jede svaki dan. I ja sam to tako lako prihvatio, da me ako treba jede gram po gram svaki dan. Ako je to jedini način da svoje grijehe okaljam, jer prihvatanje nečega u mnogočemu olakšava čovjeku život. Nisam siguran koliko je to tačno u mom slučaju. Plašim se svoga lika Sophie, lika koji se ocrtao jutros u ogledalu. Sve sam, samo to nisam ja. Ona ushićenost, volja za životom kao da je u meni iščezla. Sada poput konja, galopiram u jednom mjestu. Žena koja me bodrila, snažila, voljela, sada se bori za život mojom krivicom! A ja, kao kakvo siroče sam, ne znam ni šta ni kako, i u kojem smjeru da pođem, da promijenim smjer kretanja naših nevolja. Znam, da mi fali odlučnost. Ali za nju treba volja i snaga, a ne znam koliko toga još imam u sebi, sve što osjećam je velika nemoć, slabost. Sve me plaši. Kao da nisam muškarac. Sunce se izdiže poput rendgenskih zraka, probija se kroz staklo, izvodi neki baletni prizor. Poziva na život. Raznijelo me sve ovo u paramparčad. Raznio me život!

- Dobar dan!

Glas ga vrati u realnost. On svoj pogled usmjeri prema vratima, ne ispuštajući Sophie iz ruke.

- Ti?

- Da, vratio sam se, trebao bih da uzmem raspored.

- Kakav raspored? Kome si ti prijavio bolovanje ili godišnji?!Šta ti misliš, da možeš da dolaziš kada ti hoćeš! Sada ljutito ustade, i stade pred njega. David je l' tako?

- Tako je. Sophie mi je rekla...

- Sophie je kao što vidiš u dubokoj komi, a vjerujem da ti to znaš čim si kročio u ovu sobu, znam šta je rekla, da uzmeš odmor, koji ti nisi potpisao, niti si odsustvo opravdao, i tek tako se sad pojavljuješ, vraćaš se na posao. Nakon koliko dana?

- Vratit ću...

Snažan udarac u vilicu prekinuo ga je usred rečenice. Imao je osjećaj kao da mu zubi nisu više na mjestu. Krv se nakupila u ustima, zajedno sa pluvačkom on sve ispljunu van. On se spremi da zamahne prema Danielu, ali sve se odigralo tako brzo, osjetio je kada mu je kost krcnula. Krv je sada krenula punim intenzitetom. Daniel ga uhvati za ruku, skoro ga vukući po podu, sa bijeom u očima.

- Van, i da te nisam vidio u ovoj sobi! Luđače!- reče Daniel pritvorivši vrata.

- Tako je to kada čovjek pokuša da sakrije jednu tajnu, a onda nenadano ona pokuca na vrata. Nasmiješivši se, David rukavom obrisa krv sa lica. Išao je hodnikom bolnice smijući se punim plućima. Osoblje je zaprepašteno gledalo u njega.

- Tačno znam kako se osjećaš- sjednuvši do Marie reče Gustav.

- Ne, ne znaš. Nisi imao ovakvu situaciju u svom životu.

-Nisam, ali jesam probleme, i sa njima svi imamo iste osjećaje. Paniku, strah, tjeskobu. Ne znam da li je to tako uređeno, ili spada u sudbinu ili šta, da prvo treba da se dogode neki veliki problemi, da bi u konačnici svega spoznali koliko je život bogat. Vidio sam vijesti na TV- u, Lukasa još ne spominju, zvao sam...

- Hvala ti na tvom zalaganju- tiho izusti Marie.

Sakri lice rukama da prekrije nadolazeće suze.

- Nije to ništa, nešto veliko ne mogu da uradim. U godinama sam kada samo mogu da kontrolišem bankovni račun i popijem koju čašicu viška. Je l' vjeruješ da je Lukas to uradio?

- Ne znam više šta da mislim, ali za ovo vrijeme što poznajem Lukasa, mogu da kažem da on nije ubica, a nije me ni varao, vjerujem u to. Lukas je previše strašljiv sam od sebe. Nije sposoban da to uradi.

Lagano se odiže, uputi se prema komodi na kojoj su se nalazile porodične fotografije. Među njima je bila Lukasova i njena sa vjenčanja. Uzevši fotografiju u ruke zagleda se duboko.

- Bože, kako smo tada bili srećni!- pomisli.

U momentu kao da se teleportirala u taj trenutak. Osjećaji su je svladali. Sada može da čuje cvrkut ptica, osjeti miris cvijeća i dašak vjetra u svojoj kosi. Djeca trče kroz vrt, njen otac je veseo, malo pripit ali niko to sada, čini joj se, i ne primjećuje. Sophie popravlja Danielu leptir mašnu, nešto mu je šapnula na uho, i blago se nasmijala. Bend lagano završava postavke na binu. Lukasovi roditelji lagano plešu neki svoj ples samo za sebe. Gustav joj priđe tapnuvši joj rukom po ramenu. Sve slike izblijediše, i osta samo nostalgija. Udahnu duboko.

- Vjeruj da će sve biti dobro.

- To je upravo ono što je trebalo da čujem.

- Hoćeš javiti njegovim roditeljima?

- Šta da javim tata, da im je sin osumnjičen za ubistvo, ne znam da li sam spremna da mi njegova mama drži lekcije.

Gustav primjećuje njenu napetost, uočava kako kosu stalno vraća iz uha iako joj čak i ne pada naprijed. Zabrinutog pogleda uputi se prema ormaru. Otvori ga i izvadi bocu viskija i dvije čaše.

- Kako je Sophie?

- U komi je. Stanje se ne mijenja. Svima nam je teško. Sophie bi sada rekla: „Ne smijemo da krivimo sebe za ono što nam je donijela sudbina!"

- Dječak je jako tužan, mogu da osjetim njegovu tugu. Uzmi, pruži joj čašu viskija.

- Postat ćemo alkoholičari, ona se nasmije i kucnu čašom u njegovu.

- Smatra li se da sam alkoholičar ako svake sedmice popijem u prosjeku pet čaša?- nasmija se Gustav.

- To je već zabrinjavajuće- izusti Marie blago izvi usne u smješak. Iskapi čašu i blago se namrši. Priđe boci i dosu još malo. Suze joj se opet nakupiše u očima, Gustav to primjeti.

- Ne znam da li plačem od razočarenja, tuge ili gnjeva?

- Šta god da je, dobro je kada čovjek sve to iz sebe izbaci van.

- Srce mi priča jedno, glava drugo, ne znam više šta da slušam.

-Tako je to u životu, srce se ne vodi razumom, zastani na tren, duboko oslušni sebe, saznat ćeš odgovor. Neka dječaka kod mene. Matilda zna da bude malo šašava, ali moram da priznam da dobro kuha. Osim toga zna s djecom.

> *Mrtvi bi željeli samo jedno: da budu živi. Misleći, ako se vrate da*
> *će činiti nešto bolje. Sudbina plete, život određuje.*
>
> *Jelena Nikolić*
> *Sophie*

Postoje momenti u našem životu kad se sudbina nenadano ukršta sa našim događajima, čiji ishod mi nikako nismo mogli da predvidimo, ne samo da predvidimo nego i zaustavimo. Ili je to jednostavno tako: da su bajke u životu teško ostvarljive. Sada imam osjećaj da mi mozak poput kakvog kompjutera prelistava sve događaje. Vidim da je crveno svjetlo na semaforu, par trenutaka i prebacilo je na zeleno, vidim kako punom brzinom automobil ide prema meni Strah me. Osjećam kako se udebljuje metal na autu, zračni jastuk se otvara, ali suviše kasno, glavom sam već udarila od vrata. Veliki bljesak, a i prasak prolomiše mi se lobanjom. Koje prskanje stakla? Imala sam osjećaj da se sve odvija tako sporo, da sam najsitnije komadiće mogla da prebrojim. Krenula sam prema Marie, željela sam da malo produvam mozak. Da sagledam cijelu situaciju. Zadnje čega se sjećam je vika ljudi oko moga auta, osjećam kako mi se crvena tečnost sliva niz lice. Prstima sam je razlila po svojim jagodicama, kao da se prvi put susrećem s tim, a onda mi se nadvila tama. Mislila sam da je gotovo, ali još tamo negdje u daljini čula udaranje svoga srca i tupo pulsiranje u glavi. I sada se pitam, šta u čovjekovom životu čovjeka brže napada: Sreća ili nesreća? Gledam onog koga volim, kako sjedi pored kreveta, pored mene nepokretne, jecajima suze prikriva. Duša mi se stisnula, rasula na hiljadu komada zato što ne znam kako da pomognem njemu, ne mogu pomoći ni sebi da izađem iz ovog stanja. Stanje u koje sam zapala, gdje je tijelo nepokretno, mrtvo, a duša, duša o kojoj svi pričamo živa. I hodam sobom, dodirujem Danielove ruke, prstima prolazim kroz njegovu kosu, ali on me ne osjeća. Želim da mi oprosti, moju brzopletost. U jednom trenutku sam opazila kao da mu usne blago zadrhtaše, srce mi poskoči, srećno što je osjetio moj dodir, a onda sve moje nade poput lađe tiho, skoro nečujno potonuše. Ganuta sam njegovim stihovima. Ponosna. Vidim kako su njegove oči usmjerene na moj pogled. Sa nadom da ću da se probudim. Da kažem nešto, dam znak. Ali sve je bezuspješno. Sada sam svjesna da mi se duša oslobodila tijela, slobodna je da luta veličanstvenim visinama. Još davno sam na fakultetu pročitala da je doktor McDugal utvrdio da je duša teška svega 21 gram. Ne znam koliko teži moja duša, ali mogu da vam kažem da se osjećam previše lagano, poletno, sva čula i svi osjećaji kao da su sada više izoštreni. Prvo sam bila preplašena kada sam ugledala svoje tijelo, nemoćno, nepokretno da bilo šta uradi, tijelo koje živi uz pomoć aparata, dok sam ja slobodna da besciljno lutam. Spoznavši da se duša odvojila od tijela, čekala sam da neko dođe po mene. Zar to tako ne bi trebalo da bude? Ali ništa se ne dešava! Sjedim zajedno sa Danielom u sobi, na sve načine pokušavam da ga utješim, ali bezuspješno. Onda, zajedno sa njim idem do našeg stana. Ugledam Adriana dok se igra, gledam ga dok spava. Prolazim prstima kroz njegove upletene uvojke. Ne znam šta, ali nešto u meni kao da zatreperi, plače mi se, ali nemam suza. Tješim ga u toku noći, počeo je nemirno da spava, da se tokom noći budi, izmoren mislima i borbom u snu da se trza. Daniel se, isto budi. Privija Adriana nježno na svoje grudi. Zabrinut je. Duša mi vrišti. Ne znam kako da izađem iz ovog stanja, kao da sam u nekom balonu. Uzela sam njegovu ruku u svoju, i ono što me zaprepastilo je to što je on to osjetio.

-Mama tu si, znam! Osjećam Danielovo srce kako se stisnulo od tuge na njegove riječi. Prolazim kroz Danielo tijelo, grlim Adriana zajedno sa njim. Još jače se skupio, privio uz mene. Onda sam shvatila da ljudi izgovaraju riječi jezikom i usnama, ali ono što je iznad svega je taj nevidljivi nebeski jezik, koji dopire samo do onih otvorenog srca i čiste dječje duše. Spoznavši to, moja svjetlost još više kao da se razlila po Adrianu, koja je tugu pretvorila u čežnju a čežnju preobrazila u ljubav. Kao neka smjena dana i noći. Doživjeh malo smirenje, spoznavši da je Adrianova duša prepoznala moju. Novi osjećaj ispuni me cijelu, strah koji sam osjećala zamijeni mir. Taj osjećaj rodi mi sreću, ali samo na tren i opet me preplavi more tuge.

- Zar ću samo ovako od sada imati priliku da budem pored njega? Kao duh? Čijom voljom je to tako? Božijom? Zar Bog može da izbavi dušu iz tijela i ostavi je da luta tek tako bez igdje ikoga. Molim Ti se Bože, podari mi blaženost neznalice, ako to već ne možeš učiniti, daj mi snage da podnesem znanje, molim Ti se Bože izbavi me iz ovoga stanja. Iskreno sam se pomolila. Vjerovali ili ne, u ovom stanju drugačije posmatram Adriana, drugačije Daniela. Kao da je neka nova knjiga pored mene. Shvatam da imam najboljeg muža na svijetu, prijatelja, ljubavnika. Čovjeka koji je razumio moje potrebe i stavio ih kao prioritete. Ali život je takav, kada ide sve glatko i slatko, neko ga začini sa drugačijim začinima. Strah je kočnica za sve? Odvažiti se i istupiti iz svega, može da bude velika prekretnica. Sve mi ovo izgleda poput nekog sna, neke vizije kojoj sada kraj ne nazirem. Ne još. Mada, svjesna sam da sve ima kraj. Ako moje tijelo skinu sa aparata šta će onda da bude? Šta će da bude sa djetetom koje raste u meni? Ili će ipak, dijete doći na ovaj svijet, a ja nastavim svoj put dalje. Uvijek sam mnogo razmišljala a malo govorila. Pitam se da li je to dobro? Prije mi je majka govorila da šutnja najljepšu muziku svira, i bolje je da se čovjek veže za šutnju nego za tek tako pričanje. Stadoh pored ogledala i spazih čudesni veo oko sebe, pun sjaja, grudima mi se razli neki čudan osjećaj kao topot hiljadu konja. Ostavivši Adriana da spava približim se Danielu. Spazih mnogo naučnih knjiga nabacanih na njegovoj strani kreveta. Oči su mu umorne ali uporne, zadubljene u listove koje pažljivo gleda. Prelistava i iznova i iznova čita dalje. Blago zavrti glavom. Znam da je svjestan da je kušao vino života, i sada je u punom sjaju spoznao njegovu gorčinu. Prilazim mu puna osjećanja, ljubavi, nagomilane tuge, u nadi da ću izazvati u njemu isti osjećaj kao kod Adriana. Tako mi je žao što sam istrčala iz stana, trebala sam da ga saslušam. Ta moja brzopletost, kad sam ja u pitanju... Kažu da nam bol i loše misli oduzimaju smijeh, nestanak njegovog smijeha ja sam uzrok. Kod

Amira sam u knjizi pročitala, kada se zlo pokrene, ne zaustavlja se tako lako. Kotrlja se ta nesreća brzo i lukavo, krivuda putevima tako da ne možeš lako da je zaustaviš, da joj staneš na put. I onda se pitam da l' je to čovjek, blistavog uma, lukavog srca, da tačno zna na čija vrata će da kuca. Poput đavola natovari ti se na leđa i ne silazi lako. Ako se žališ na teret, on teret još više poveća. Tako to možda ide i u životu dragi moj, da kada se žalimo na poteškoće, one bivaju sve teže. Ne žalim se ni na šta. Život sa tobom donio mi je samo dobro. Da li ova ljubav koju nas dvoje imamo jedno prema drugome, treba da nas samelje, prodrma, da stara olupina spadne, poput Feniksa izdignemo se novi, još čišći i svježi? Vidiš ovaj pun Mjesec kako vlada nebeskim prostranstvom i zvijezdama je vodilja, gledam u njega kao kapetan koji traži Veneru, znajući da bez nje može da zaluta nemirnim morem. Ali on me ne čuje. Predan je svojim mislima, svoj dah koristim i blago mu pomjerim pramen kose.

-Uspjela sam! Ali on ne reaguje. I sada se osjećam prognano. Izbačena sam iz svoga tijela kao Adam i Eva iz Raja. Podignem pogled otpuhnem duboko, planine bih pomjerila, sjajni mjesec baca svoje zrake kroz prozor. Drugačije ga sada gledam, vidim tu neku njegovu dubinu i osjećam sav njegov puni sjaj. U nedostatku vremena i usljed previše posla, nisam tu mogućnost imala ranije. A sada, sada to mogu da radim neograničeno. Ljudi su ti koji misle da su nestankom Mjeseca, pojavom Sunca prevarili smrt, iznenadili ponovo život. A šta je život? Mnogi se to od nas pitaju, a koliko je srećnika što ima odgovor na ovo pitanje. Da li život čine naša djela koja na našem putovanju pravimo, ili su to ipak zidovi ogromnih kuća čije ivice ni sami više ne raspoznajemo kad sve završimo. Da li je život bogatstvo porodice u ranoj mladosti, koja se, kako dani odmiču, lagano ruši poput kule od karata. Ili je život uvijek bio i uvijek će biti jedno putovanje? Spazih jedan mali oblak koji zakloni Mjesec i njegov sjaj učini mudrim i mističnim. Cijela ulica je tiha, svi čvrsto spavaju, negdje u daljini čujem zvuk hitne pomoći. Svoj pogled usmjerih ponovo prema Danielu, zaspao je sa knjigom u rukama. A šta je sa mnom? Ne znam. Znam da stojim pred dverima novog dana i nekog novog života, ima li nade za mene? Ne znam! Ali jedno sam sigurna, zraci sunca koji su u meni, jači su od tame koja je oko mene. Osluškujem, čujem tihu lupu u kuhinji. Pređem u kuhinju. U kuhinji spazim Saru kuha sebi čaj. Otpuhnu duboko, uzevši šolju vrućeg čaja, sjede za stol. Vidim njenu auru izmješanu sa bojama. Nježne je ružičaste boje. Ne znam šta to znači, spirituelnim stvarima nisam se posvećivala. Nekada davno kao klinka sam nešto čitala, ali medicina je moja ljubav. Osjećam njenu ljubav prema meni. Mada ona to definiše kao nešto drugačije, strano, to je samo nedostatak majčinske ljubavi. Priđem, zagrlim je nježno. Već je postala mučna, sitnice joj idu na živce. U kutu stola nalazi se knjiga, ona je privlači sebi, „Anatomija i fiziologija čovjeka.”

- Samo upornost dovodi do cilja- šapnem joj na uho.

- Samo upornost dovodi do cilja- izgovori tiho, otvorivši knjigu.

Trgnem se kada na svom ramenu osjetim ruku. Ne to je nemoguće. Bojim se da pogledam iza sebe. Daniel, Daniel se probudio i nekim čudom vidi me. Sva poletna okrenem se. U šoku sam od onog što vidim.

- Amir!- izgovorim tako glasno da sam mislila da me Sara nekim čudom čula. Okrenem se prema njoj, ali ona je i dalje zadubljena u knjigu.

- Sophie...

Zagrlim ga snažno, uplašena, puna nakupljene tuge, bez izlaza iz svega ovoga.

- Samo da znaš...

- Znam sve, zato sam tu. Sophie ne brini. Ovo je jedan od puteva koje moraš da prođeš. Sve je već od ranije zapisano. Ljudi samo misle da mogu stvari da mijenjaju, ali malo šta je zapravo u njihovim rukama, Bog uvijek radi za naše dobro.

- Ljuta sam Amire, ljuta sam na njega jako. Jecam u njegovom naručju.

- Znam, zato me i poslao da dođem po tebe. I on je tužan jako, n voli da njegova djeca pate.

- Dođi, idemo. Vrijeme je.

On se blago odmače od nje, uze njene šake u svoje:

-Sada samo zatvori oči.

Zatvorila je, kroz ruke osjeti strujanje neke čudne energije.

- Sada možeš da otvoriš oči.

- Kako to? U šoku sam.

Više nije u svom stanu, sada je na jednoj zelenoj livadi. Okolo su velike planine, sa kojih se slivaju ogromni vodopadi. Cvrkut ptica odjekuje vazduhom, blagi mirišljivi povjetarac šiba joj lice. Nedaleko od njih spazi duboku travu. Potrča iz sve snage, baci se cijelim tijelom na nju. Osjeti njen miris u nosnicama, pređe lagano prstima, osjeti njenu težinu. Amir se smije. U daljinu gleda, nekome mahnu rukom.

- Sad ćeš upoznati Razan.

- Mrtva sam i u Raju sam. Adrian, Daniel, zajeca...

- Amir joj pruži ruku da ustane.

- Sophie previše misliš. Slabo se držiš uputstava koja sam ti dao.

- Pismo koje si mi ostavio, i sve ono, znaš da...

- Sve ćemo da riješimo, sve je već određeno. Idemo da vas upoznam i nešto da jedemo.

Zagrlila je Razan kao da je poznaje godinama. Tako je lijepa, lice joj je bistro, čisto, bez znakova starosti. Kao da su zamrznuti u vremenu. Pješačili su, ne tako dugo, dok na obzorju nije ugledala jednu drvenu kućicu. Pred kućicom posve mirno sjedi jedna mačka, pored mačke dve mala bambija, na krovu mali zeleni papagaj kao neka uvrnuta traka ponavlja:

- Amir je stigao i vodi nam gosta. Amir je stigao i vodi nam gosta.... Tako nebrojeno puta.

-Ne, ne mogu u ovo da povjerujem. Ovo je nestvarno. Da li ovo svi ovako dožive. Je l' ovo Božija kuća , on vam je ovo dao?

- Tako nekakako- toplo se nasmiješi.

- Dobro nam došla- reče Razan.

Otvorivši vrata, cijela kuća odisala je nekim čudnim mirisom. Sophien mozak nije mogao da apsorbuje ono što vidi. Priđe prozoru i u daljini ugleda nepregledna polja. Polja koja su je upravo dovela ovamo.

- Sigurno si gladna?- upita Razan.

- Ja... gleda u nju zbunjeno, prije nisam osjećala glad, sad osjećam sve. Miris vrućeg hljeba zadrža se u nosnicama.

- Kažu da je domaće najbolje- reče izvadivši vrući hljeb iz pećnice.

- Ostavila je hljeb u pećnici dok je Amira tražila po ovim poljima- pomisli u sebi, zbunjena.

Amir joj se već pridružio, sada već postavlja tanjire na sto, donosi svježu salatu sa raznim povrćem unutra.

- Voliš ribu?- upita me.

- Imate ribu ovdje?

- Naravno, sam je lovim, pokazat ću ti.

Na sto spusti veliki oval pun ribe, krompira. Iz hljeba je još izlazila vruća para.

- Dobro nam došla još jednom.

Zbunjeno sjedne. Amir izvuče stolicu Razan, nasmiješi joj se blago, Razan je uze za ruku, svoju pruži Amiru, Amir joj pruži svoju formirajući krug.

- Bismillahir Rahmanir Rahim. Bože Hvala ti na ovoj hrani. Hvala ti što si nam doveo Sophie.

- Amin- izgovorim još u šoku od svega.

Amir uze hljeb i drugu polovicu pruži Razan. Prelomiše ga i svakome staviše po parče pored tanjira.

- Sada uživaj u hrani- Razan odlično kuha.

Pomogla je Razan da sve skloni sa stola. Jelo je bilo i više nego ukusno. Ko bi rekao da će imati takav apetit. Dan je bio lijep i topao. Stajala je pored prozora i gledala travu kako se njiše u daljini nošena blagim povjetarcem. Amir joj priđe i toplo je pogleda.

- Baš sam se prejela. Sve je bilo tako ukusno.

- Treba da dobro jedeš, ne zaboravi da sada jedeš za dvoje. Nije sramota kada čovjek izgubi blagodati, ali je sramota ako se izgubi vedrina.

-Kako znaš?- reče sva u čudu.

Tvoja aura je drugačija. Čak i ti to možeš da vidiš. Novi život razvija se u tebi. Dođi ovamo.

Uze je za ruku i povede u drugu prostoriju. Prostorija je bila sva u knjigama. Svi zidovi bili su ispunjeni policama.

- Wow!- izusti Sophie u čudu.

- Dođi, stani ovdje pored ogledala.

Pored jedne police nalazilo se veliko ogledalo skoro u njenoj punoj veličini.

- Sada, gledaj u vlastito čelo, evo ovdje, pokaza joj rukom na čeonu čakru. Gledaj tačno ovdje ovu čeonu čakru, svoje treće oko. Gledaj u njega oko jedne minute, a zatim analiziraj područje oko svoje glave perifernim vidom dok još gledaš u svoju čakru. Samo tako radi, neka te moj glas vodi. Budi sasvim opuštena, ništa loše ne može da se desi.

Sophie uzdahnu duboko da odagna napetost. Osjeti kako joj ramena klonuše.

- Tako, samo polako, a sada idemo dalje. Pogledaj sad pozadinu svoje glave.

On ugleda njeno čuđenje na licu.

- Da, svjetlija je, ima različitu boju u odnosu na udaljene dijelove pozadine. Koncentracija na jednu tačku povećava osjetljivost zbog nagomilavanja aurinih vibracija u tvojim očima. Ne brini ništa, i dalje si koncentrisana na svoju tačku.

Sophie rukom dodirnu stomak. Nasmiješi se blago. Tačno je mogla da osjeti novi život u sebi i sadržaj energije u njoj.

- Mogu da ti kažem šta je...

- Djevojčica je- doda Amir.

- Da, Adrian će imati sestru.

Ne očekuj da se događaji odvijaju onako kako ti želiš, već prihvati događaje onakve kakvi su.
Epitet

- Čučnuo je iz auta. Nebo je bilo tamno, tek po koja zvijezda na njemu. Sklopio je pušku, par puta pređe prstima preko cijevi. Poslužio se unajmljenim kršom sa nevažećim tablicama. Ljudi su neupućeni, kupiš aplikaciju u čijoj bazi su već otpisane registracije tablica, pola problema je već riješeno. Najbolje su tamne boje, u mraku je auto slabo uočljivo.

Pokreti su mu bili uvježbani, vješti. Naceri se. Sve je mirno, dan odličan za pokolja, pomisli. Sve ovo je kao neka knjiga, sve treba da se do detalja isplanira. Treba dobro osmotriti sve oko sebe, ne privlačiti pažnju. Okrenuo je nišan prema Danielovom stanu.

- Tako mi je žao Sophie, čak i da se probudiš kroz nekoliko dana, tvoj ljubljeni neće više biti ovdje. Došlo je vrijeme da jedan od nas dvojice ode. Morat ćeš to da prihvatiš, kao što i osuđenik prihvati svoju presudu. Došao sam po dušu slavnog Daniela Westona.

Sada je već mogao da čuje u daljini njen vapaj. Moli ga da to ne čini, da se smiri, da možda razgovaraju.

Osjetio je kako mu adrenalin kola venama. Par puta prst mu je krenuo prema okidaču, ali se suzdržao.

- Smiri se, nema potrebe da pucaš u prazno.

Kao da je tješio sam sebe. Počeo je da vraća glas u pribranost. Iako je to jako teško postizao, očajnički je želio da nekoga ubije.

-Smiri se, i pritaji još par trenutaka. Zašto brzati, zar si zaboravio svoju mantru?- podsvijest ga je upozoravala.

- Kako je ovaj grad mali, braco, mali kada ne želiš nekoga da sretneš, veliki kada želiš. Tražio sam te i pronašao. Nećeš mi sada umaći. Ovdje se držim jedne parole: Ubij, ili ćeš da budeš ubijen! Osjeća da mu se dlanovi znoje, ali prisjeća se svih treninga koje je prošao, znao je dobro kako da umiri disanje, i smiri srce. Nema potrebe da sumnja u svoje planiranje, i svoju preciznost.

Dopala mu se ova misao, čak šta više u glavi mu je strujala kao nekakva zabava. Ustade, provjeri da nema nikoga u blizini. Sve je mirno. Auto ne privlači na sebe pažnju. Otvori vrata, bacivši pušku na suvozačevo sjedište. U ovom dijelu grada policija stiže za deset minuta, to je više nego dovoljno vremena da se izgubi odavde. U vazduhu je sada mogao da osjeti miris krvi. Išao mu je u zagrljaj. Spustio je blago sjedište, ulegavši tijelo u njega dublje. Bacao je pogled na retrovizor. Nikakav zvuk se nije čuo već više od dva sata. Kao da nije u Parizu. Kakva jama, pomisli. Prstima je prelazio par trenutaka po bradi, blago odiže rukave majice, poče prstima da prelazi preko ožiljaka na ruci. Koje zadovoljstvo kada sam sebe režeš nožem, pomisli u sebi.

- Ja to sebi nikada tako ne bi mogao da uradim!- poznati glas prokrči put do njegovih misli.

- A ko tebe šta pita?!- ostavi me na miru.

- Ne želiš to da uradiš John! Samo osoba u očaju povređuje druge.

- Da, želim Davide! Da me volio kao brata potražio bi me, i na kraju svega dao i meni dio koji mi pripada.

- John, ti nisi ubica.

- Nisam ni kukavica kao ti Davide. Da trčim za Sophie i njenom suknjom. Ili kao što si se smješkao onoj kurvi Chloe, da je se nisam riješio, i dalje bi mlatila sa tobom. Davno sam joj rekao: Chloe, nemoj da me ljutiš, zato što brzo može da stigne dan, kada ćeš me preklinjati da umreš.

- Vidim da se tvoja ljubav prema meni okrenula u mržnju. Tako si brzo sve zaboravio.

- Kako mi se samo smješkala, u jednom trenutku puna života, volio bih da si to vidio, ali kako je smrt sve bliže prilazila njenim vratima, tako je njena živost nestajala. Ali kada čovjek želi nešto da uradi, jedno je naučio, nema tu kolebanja, nema žaljenja, ne, ni u kom slučaju. Mogao je da osjeti kad joj je znoj probio ispod pazuha. Strah, nanjušio ga je. Boji se smrti. Boji se onog raspadanja u zemlji, kada se nakupe larve i lagano počnu da jedu tijelo. Ulaze u uši, oči, nos, usta, hrane se proždrljivo, a taj smrad, neizdržljiv je. Tijelo kao u kakvom loncu kuva, i meso kreće da se raspada na hiljade dijelova. Ta lijepa kosa koju sada imaš Chloe, otpast će, biće odlična hrana bakterijama. Chloe ubrzano trepće, pokušava da odagna nadolazeći mrak. Sada već u njenom pogledu može da pročita, smrt je blizu, spustila je prste na vrata, sad će da pokuca. Ponosno je sjeo pored nje, nagnuo se gledajući je pravo u oči, blago joj se osmjehnuvši, nije lijepo da na onaj svijet ide bez osmijeha. Usadio joj je strah u oči, drhtaj u srce. Uzdahnula je:

-John, šta si mu uradio? Affreux, affreux![6]

- Spavaj, spavaj bebice, ujutro je novi dan, sreća neće tebe jer ti nisi ta, spavaj spavaj draga, nada ima kraj, sreća neće tebe i sada je kraj.

- John, ne postoji čovjek koji nosi zlo u svojim prsima, a da mu se to ne vidi u očima, sada vidim koliko sam bila slijepa.

- Oh, draga! Zar si zaboravila šta je rekao Mart Twain: Everyone is a moon and has dark side which he never shows to anybody!

- Maintenant je sais![7]

Ispustivši preostali vazduh, sklopi oči.

- Davno sam ti rekao Chloe: Ono što ja zacrtam da bude moje, moje će biti, bez obzira na cijenu. Niko drugi to ne smije da dodirne, poželi, voli, miluje, samo ja. Samo ja, Chloe. Svako u životu ima nešto da žrtvuje, ti si žrtvovala sebe radi mene.

Grohotom se nasmija, u glavi poput kakvih bliceva, misli mu ponovo odlutaše na Chloe. Daj mi još para, daj mi ovo, daj mi ono. Pomozi mi da izađem odavde, John nije mi dobro. Što me nervira taj vapaj za životom. Aaaaa... vrisnu u autu, uhvativši se šakama za glavu.

- Davide nestani, ovo ne možeš da spriječiš! Odmahnu glavom. Drži se podalje od svega! Ovo je moj posao, i ja ću kao i uvijek da se postaram za ovo.

Sad je osjetio kao da mu srce staje u mjestu od straha.

---

[6] Grozno, grozno!
[7] Sada znam!

- Neće ti to ovaj put Davide pomoći. Dosta je pokazivanja kukavice. Pogledao je u suvozačevo sjedište, duboko zagledan. Sada je počeo da jeca.

- Upozorio sam te da to ne radiš, uzmi nešto žestoko kada te povrijedim da smiriš živce.

Otvori pretinac u autu, ugleda malu bocu viskija. Otvori je i iskapi. Blago se strese. Sjeti se Sophie i njene ruke u njegovoj. Jecaj mu se ote sa iz usta. Ali lice mu se u jednom trenutku opet izoštri.

- Koji si ti debil Davide! To je neviđeno. Jesi li razmislio šta će da se desi kada provjere tvoju diplomu. Još se smijem na tvoj rad u bolnici. Poče grohotom da se smije.

- Osjetili smo nešto jedno prema drugome- progovori tiho.

On opet promjeni izgled lica.

- Želiš da kažeš, ti si osjetio, ona nije osjetila ništa. Proračunata kučka! Sophie misli da su ljudi mala slova na papiru, i da može da te izbriše gumicom kada ona to želi.

Sjeti se kako ju je posjetio u bolnici. Kako je razvukao poljubac, u nadi da će da se probudi i uzvrati. Bacio je Danielovo cvijeće i stavio svoje pored prozora.

- Ovako je bolje ljubavi. Evo, ovako- tiho prošaputa, približivši joj se ponovo. Ponovo ju je poljubio. Kada se probudiš vjenčat ćemo se. Ja ću ti izabrati prsten. Nestat će iz tebe taj tvoj inat. Čvršći od kamena, veći od planine. Ja ću da ga slomim! Ti pomičeš svemir u mojoj glavi. Dolaziš mi noću, dolaziš mi preko dana, ispuniš moje vrijeme na neki čudan neopisiv način. Bićeš dobro, bićeš srećna. Znam šta misliš, Daniel... nema potreba više Sophie da se krijemo. Dođavola s tim!

Na lice mu se vrati ubilački pogled. Zapljeska rukama.

- Bravo Davide! Koji si ti komad budale čovječe. Cijeli život sam mislio da je čovjekov najveći grijeh požuda, a izgleda da je to ipak pohlepa. Da li kad želiš nešto tuđe, ili želiš nešto više? Pohlepa je uvijek tu. Sad kad sam gledao cijeli taj prizor, naveo si me na jedno razmišljanje: Ja ću morati da ubijem i Sophie čovječe! Tako jedna žena da mlati sa tobom ne ide to. Isto to ti je radila i Elenor. Gdje bi sada bio da je se nismo riješili? Ne znam šta prvo da uradim Sophie, da je odmah ubijem, ili prije toga prebijem, silujem, kao Chloe?! Ne mogu da podnesem koliko ti je isprala mozak. Uozbilji se, ovdje smo da sada sklonimo tvoju i moju najveću prepreku.

- John, možda sa svim ovim ćeš da dobiješ pažnju, ali ne i poštovanje za kojim tragaš.

- Filozofiraš Davide, ali baš previše! Svako podbaci u onome što bi trebao da bude. Ja neću! Završit ću svoju misiju koju sam počeo, i dobiti potvrdu da svoje vrijeme u onoj ustanovi nisam bezveze trošio.

Blago se sagnuo, ponovo pogledavši u prozor. Imao je osjećaj da mu se želudac vezao u jedan ogroman čvor od iščekivanja.

- A čovječe, koliko spavaju. Možda je bolje da stanare probudimo. Blago se odiže i iz džepa izvadi telefon. Savršenstvo zahtjeva preciznost, a ja sam više od toga. Telefon u prosjeku treba da zazvoni pet puta da bi se osoba javila, imam vremena braco da zvonim do mile volje.

- Čim ga ugledam ciljam glavu - očima mu preleti hladan pogled.

Prstima lagano prelazi po pušci kao da izvodi neki samo njemu znani ples.

Iz Danielovog ramena slivala se jarkocrvena tečnost. Prstima je opipao rame i pronašao ljepljivu ranu.

- Dovraga. Frknu bolno. Ležao je naslonjen na kuhinjski zid. Pretpostavio je da je to samo nasumični pucanj upozorenja. Skupio je atome snage i krenuo lagano da puže, ali tada je čuo još jednu rafalnu paljbu.

- Ne!- viknu. Sara, Sara.

Svaki hitac parao mu je uši. Sara je ležala na podu. On dođe pužeći do nje, nadvi se na nju.

- Lezi, ne ustaj. Ne brini, bit ćeš dobro. Pidžama u predjelu stomaka joj je natopljena krvlju. Zaboga, Adrian?

Lagano se pridiže, ali mu jedan metak kroz zid prostrijeli nogu.

- Auuuu!- viknu.

Sobna vrata se otvoriše. Ugleda dječaka na vratima.

- Adrian lezi! Lezi!

Dječak sav u strahu baci se na pod i poče da plače.

- Tata!- viknu sav uplašen.

- Možeš li pužeći da doneseš tati telefon?

On plašljivo suznim očima klimnu glavom.

- Donesi tatin telefon iz sobe.

Mačak Oreo izađe poče da se uvija oko Danijelovih nogu. Držeći se bolno za nogu Daniel priđe Sari. Krvarila je na više strana. Dve rane imala je na stomaku. Iz grudi joj je dolazilo krkljanje. Daniel se zabrinu Adrian nije dolazio iz sobe, ali Adrian sav uplakan dopuza do njega držeći telefon u rukama.

- Tata bojim se.

Novi rafal metaka osu po stanu. On ga privuče bliže sebi, vidjevši Saru, Adrian poče da rida.

- Sve je uredu. Ne diži se. Svjetlo je upaljeno, znači da nas vidi sa ceste. Krvavih ruku privuče dječaka sebi i poljubi ga. Sara, ne miči se. Brzo okrenu broj policije.

- Hallo, ranjeni smo, pošaljite brzo hitnu pomoć! Dovraga!

Glas sa druge strane žice postavljao je pitanja. On pruži telefon Adrianu:

- Kaži im adresu. Sav uplakan sa jecajima, drhtavih ruku Adrian prihvati telefon.

Daniel razdera Sari gornji dio pidžame. Pred očima mu se ukazaše krvlju umazane dojke. On ugleda ranu od metaka. Rukama pređe u predjelu rane.

- Smiri se. Tu sam.

Ona poče da gubi svijest.

- Ne, ne. Moraš da me slušaš. Slušaj moj glas. Šakama joj obuhvati lice. Njegov glas kao da joj je probijao mozak, ali sada je osjećala da je sve dalje i dalje. Danielu su usne podrhtavale, bacao je pogled prema Adrianu koji se skupio pored njegovih nogu. U daljini je čuo kola hitne pomoći i policiju.

- Vidiš, sve će biti dobro. Poče da plače. Ona pokuša malo da odigne glavu.

-Ne, smiri se, još malo. Prstima obuhvati njegovu glavu privukavši ga sebi, približi njegovo uho svojim ustima.

- Sophie...

- Sophie je dobro, ne razmišljaj sada o tome.

- Kaži joj da sam je voljela, voljela sam je.

On osjeti kada joj glava pade na njegove šake. Na usta joj izbi krvava pjena. On pogleda u Adriana uplakanih očiju, krvavih ruku, desnu ruku pruži ka njemu, on mu se privuče sav uplakan.

- Tata, Sara je mrtva?

On stavi svoj prst na njen vrat. Kao u daljini osjeti tupo udaranje srca.

Marie je poslužila večeru. Duboko uzdahnu, jače nego obično povuče stolicu prema sebi da se čulo blago škripanje. Lukas je držao Lea u svome krilu. Svako je gledao u svoj tanjir, ne progovarajući ni riječ. Marie uze hljeb, par trenutaka kao da se igrala s njim, zatim ga spusti pored tanjira, pogleda u Lukasa:

- I? Zar ćemo od sada uvijek ovako, sjedimo i ćutimo. Ti kada ubrljaš stvar, odeš do hotela, na kraju se vratiš kući da mi kažeš da je Daniel zaglavio bolnice, Sara je izgubila bebu, i tek tako se vratiš kući?

Lukas otpuhnu, prstima prelazeći po Leovoj kosi.

- Možeš malo da budeš tiša? Znaš da Adrian spava, dječak je još u šoku od svega.

- Izvini, lice obuhvati šakama, suze joj skliznuše ni obraz. Puna sam stresa...

Marie svoju ruku pruži prema njemu, dodirnuvši je sa dozom opreza.

- Sve razumijem, ali ne smijemo da se udaljimo. Kriv sam, posumnjao sam u tebe, posumnjala si u mene, ali baš kao što je Daniel rekao treba da idemo naprijed. Ne možemo dozvoliti da nas nemir razdvoji i produbi ovu pukotinu. Volio bih kada bih mogao da ti kažem više šta se desilo kada je Chloe došla kod mene u sobu, ali ne znam, dovraga ne znam. Taj dio memorije mi je prazan, kao kroz maglu skupljam slagalice i pokušavam da sklopim jasnu sliku. Ne spavam danima.

Ona mu udijeli pristojan, leden osmijeh, ali ruku ne izvuče iz njegove.

- Misliš da ja spavam? Da ne brinem za nas, za našu porodicu. Da ne brinem za čovjeka koji mi je prvo slomio srce, a sada dušu i duh. Potreban si kako ovom djetetu, tako i meni! Čovjek se ponaša drugačije kada ima dijete, jednostavno počne da strepi od svega.

Njene riječi kao da ga malo umiriše. Ona htjede ruku da izvuče iz njegove, ali on je zadrža. On se blago promeškolji na stolici, ni jedno ne obraćajući pažnju na Lea koji se već uveliko umazao hranom.

- Niko nam neće očuvati brak nego mi sami! Moji roditelji su uvijek imali iskušenja u braku, ali su se trudili da razgovorom sve prevaziđu. Krivim sebe što sam se obuzeo poslom, nisam primijetio tvoje nezadovoljstvo našim brakom. Daniel nije mislio ništa loše kada mi je rekao za poruke, koje je pročitao kod Sophie u telefonu, želio je da nam pomogne, mi se dugo poznajemo, nisam smatrao da treba da pričam o njegovom životu sa tobom. Ne zato što ti ne vjerujem, nego zato što me nikada ništa nisi ni pitala i ta tajna vrata nisu trebala da se otvaraju. Ali da, znao sam za njegovog brata, znao sam da želi da živi jednostavan život, ne okovan bogatstvom koje ima, znao sam da ludo voli Sophie, toliko ludo da se uputio u potragu za njom, gdje sam zahvaljajući tome, ludo zavolio tebe. Jesam li lud što ti nisam sve rekao i za Chloe? Ne znam! Rekao sam Sophie...

- Znam...

- Znaš, u čudu je gleda...

- Mislim da je to htjela da mi kaže one večeri kada je bila ovdje, ali ti si naš razgovor prekinuo u kuhinji.

- Ja Sophie vjerujem, isto kao i Danielu i znam da su nam iskreni prijatelji.

- Vjeruješ više Sophie, nego ženi sa kojom živiš?

- To je sasvim jedno drugo povjerenje, i sama to znaš. Zbog toga te molim dok je Adrian ovdje, a i u nastavku našeg života da ostavimo netrepeljivost iza sebe. Ako smatraš da ne možemo dalje da funkconišemo kao bračni par, razvest ćemo se. Ja razvod ne želim, Marie! Ali ne želim da i živimo kao u nekom kavezu pod nekom prisilom.

- Ne želim to ni ja- izusti tiho.

- Ne želiš razvod ili ovo drugo?

- Ni jedno ni drugo Lukas! Ona mu sad stegnu čvršće ruku.

- Još nešto sam htio da ti kažem... Premoškolji se na stolici blago.

- Pretvorila sam se u uho.

- Sophie je neko pokušao da ubije.

Marie sva u čudu iskolači oči.

- Da, sreća sestra je stigla na vrijeme, bila je isključena sa aparata, samo čudo je sačuvalo bebu i nju.

Prstima protrlja čelo.

- Šta je, dovraga, sve ovo?!- reče Marie.

-Opasno se nešto dešava moramo biti oprezni. Ali to nije sve...

- Ima još?

- Na snimcima vjerovala to ili ne, muškarac je isto obučen kao one večeri sa Chloe i...

- Želiš da kažeš da su uvezani, da je ista ekipa ubila Chloe, i sada želi i Sophie?

- Ne znam, ne mogu racionalno da razmišljam, pozvao sam komesara policije da dođe i sam se uvjeri..

- I? Ona ga prekide. Znači li to da će tebi, nama, da se skinu sa leđa?

- Rekao je to da su slučajnosti moguće, ali da će svakako sve da provjere. Neko se ovdje igra Nemeze, pokušava sve zajedno da nas namami u jedno veliko jezero! Ničim izazvani, doveli smo u opasnost naše najdraže, a i nas same. Komesar mi je rekao da imaju direktan pristup bazi FBI-ja, kao I od IAFISA...

- Ne znam šta je to?- prekide ga Marie.

- Automatska pretraga koja pomaže u rješavanju raznih forenzičkih zadataka. U sistemu su pohranjeni podaci otisak dlana, prstiju, izgled lica, krivična djela iz prošlosti kao i mnogo šta drugo.

- Da, baš je slučajnost, da neko ubije Chloe i sada želi isto da uradi Sophie. Kako sam samo mogla tako da popustim, dozvolim joj da tako lako uđe u naše živote, pronađe neke argumente, opravdanja za sve, i na kraju nas lako nasamari.

Lukas je na trenutak zaćutao, a onda joj rekao:

- Jako mi je poznata silueta muškarca, način na koji hoda.

- Ne znam šta čekaš ako je to tako, natjeraj svoju podsvijest da iskopa tog lika van!

Marie ga pljesnu po glavi.

- Liči mi na Davida?

- Gospode kakve ti veze imaš sa Davidom?

- Nikakve.

- Lukase, glava mi puca!

- Nego, mislio sam da nećemo trebati to da uradimo, sada više nisam tako siguran koliko god to bilo bolno za Daniela...

- Dovraga, šta da uradimo?

- Da sklonimo Sophie iz bolnice.

- Marie ja sam gladan!- začu Adrianov glas iza sebe.

- Šampione naš!

Ona ustade, spusti se pored njega, zagleda se u njegove sanjive oči.

- Šampion u spavanju! Osmijehnu mu se, prstima popravi njegovu kosu.

- Nadmudrio si i Lea- nasmija se Lukas. Kada smo kod Lea, ups, na šta liči.

Adrian se nasmija, stavi ruku na usta od čuđenja.

- Šta bi ti jeo?

- Je l' ima nešto od piletine?

- Pile moje malo, znaš da ja uvijek za tebe imam piletinu u sosu, tvoje omiljeno jelo. Neće ti smetati što je Leo razbarušio sav moj trud?

- Sve dok je i dalje jestivo, nemam ništa protiv.

Naša istorija je takva da je puna nekih strahova. Nismo sigurni
da li smo sami sposobni sve to da prevalimo preko svojih leđa.
Jelena Nikolić

Sophie se probudila neraspoložena. Dan je bio lijep, sunce se probijalo kroz zavjese ispunjavajući sobu predivnom svjetlošću. Ali kako ona da ovdje boravi, dok je, možda, njena porodica nezaštićena. Miran razgovor sa Amirom nije unio nikakav mir u nju, već upravo suprotno. I gdje je ona? Kada će nešto značajno da joj kaže, nema vremena da sate traći na razgovore o auri i Bogu. Sve ono što joj je rekao unijelo je još više nemir u nju. Kada sve sabere u svojoj glavi malo osjeća ljutnju i prema Amiru, što joj odmah takve stvari nije rekao kada je sve saznao. Nije lijepo stvari ostavljati nedovršene. Osjećala je da joj glava puca, I još jedan veći udar dolazi. Ruku spusti na stomak. Pokuša da umiri disanje.

- Bebice moja, tek si malo zrno ali već te volim. Neopisivo!

Ustala je teške glave, pomućenih misli uputila se prema kupatilu. Osvježila se lice, iščešljala kosu, oprala zube, vratila se u sobu, skinula spavaćicu, obukla cvjetnu haljinu i uputila se u kuhinju. Kao da je van na tarasi čula neku priču.

- Mislim da je ustala, brzo će ona- dopirao je glas do nje. Umorna je, treba dobro da odmori. Ljudi previse žure u budućnost, ne znajući da je ona neizvjesna, treba da žive u sadašnjosti.

Sophie se uputi van prateći glas, i za tili čas se nađe na tarasi. Na stolu se nalazilo različitih vrsta voća, spazi marmeladu, čaj, Amir, Razan sjedili su i gledali u tog čudnog čovjeka. On spazi Sophie, pogleda u Amira i Razan ustade lagano se naklonivši.

- Evo našeg agnostičara!- nasmijavši se reče Amir.

- Ti mora da si Sophie.

Sophie ugleda topli osmijeh koji se nadzirao ispod bijele brade.

Ličio joj je na nekog Djeda Mraza, samo što nije bio debeljuckast, već naprotiv sitne građe. Kosa mu je bila sijeda i dosezala je do ramena. Desnom rukom oslonio se o jedan drveni štap.

- Vi ste... upita ona radoznalo.

- Recimo, Amirov i Razanin prijatelj.

Sophie zbunjeno pogleda u njih, ne znajući šta da kaže, ali jezik kao da je bio brži od pameti:

- Jeste Vi Bog? Jesi me zato nazvao agnostičarem?- okrenu se prema Amiru.

- Jesi zamišljala ovako Boga?- on se nasmija ponovo, sada još srdačnije.

- Tako nekako, možda bih malo promijenila neke sitnice, ali iskreno dovodila sam samo postojanje Boga u pitanje.

-Onda jesi agnostičar, koliko ja znam, agnostičar ne zna da li Bog postoji?

- Da li postoji?- upita ona ponovo zagledana u starca.

- Nego?

- Da Vam kažem, ako ste Vi Bog da sam jako ljuta na Vas! Zar ne piše tamo da ne ostavljate svoju djecu i...

- Najbolje da sjednemo- on je prekide.

- Razan i ja idemo malo da prošetamo.

Tiho izusti Amir, ustavši potapša je po ramenu, blago se osmijehnu.

- Znači ne znate gdje se sada Vaš brat nalazi?

- Već sam Vam rekao da ne znam. Da znam zaštitio bih sam svoju porodicu bez Vaše pomoći!

Daniel pokuša da se pridigne, ali tiho jauknu, gledajući policajca ljutito.

- Dok Vi ovdje gubite vrijeme, jedan život je kritičan, izgubila je bebu, jedno plućno krilo joj je na ivici bilo da kolabira, znate li šta to znači?! Moj sin je kod mojih prijatelja, ja sam onemogućen da bilo šta uradim, supruga mi je u komi, i Vi me pitate da li znam gde je moj brat? Dovraga, zar to nije Vaš posao da saznate!

Poče iz sveg glasa da viče. Sijevnuo je očima prema policajcu.

- Gospodine Weston, molim Vas, smirite se.

- Koliko puta ste mi do sad to ponovili? Da li bi ste Vi bili mirni, kada ne znate odakle Vas opasnost vreba? Rekao sam Vam sve što znam. Dolazite mi ovdje snuždeni da mi kažete da niste pronašli čaure sa mjesta pucnja? Šta to treba da znači, jesam ja vidovit da sam zagonetku rješavam?

- To znači da je ovo neko ko zna šta radi. Mislim da ste još u opasnosti?

- Pa šta, dovraga, radite ovdje, zašto ne tražite potencionalnog ubicu?!

- Da li možete da se smirite i kažete nam kako se sve odvilo, svaki detalj je dobrodošao?

On uzdahnu duboko, pokušava da smiri dah i rastrzane živce.

- Sve se dogodilo nevjerovatno brzo. Užas. Ustao sam kao i obično malo ranije, zato što treba da izvršim razne obaveze. Odjednom sam osjetio kao da me nešto bocnulo na ramenu, nisam očekivao metak, ali kada sam pogledao kako se krv sliva, kroz glavu mi je projurio alarm poput mahnito jurećeg voza. U zadnji tren sam se sklonio, kažem „zadnji" mogu da se zakunem da sam osjetio metak kada mi je prošao pored glave. Kasnije se Sara probudila i mislim da dalje sve znate kako se šta odvijalo, sve sam Vam rekao!

- Sve to ste nam već ispričali, znači ništa niste vidjeli, ništa niste čuli, opazili?

- Ne, ali to je bio on! Znam to!

- Možda samo trčite pred rudu.

- Trčim pred rudu?!

- Gospodine Weston smirite se, mi ćemo to da istražimo, po Vašem zaključku treba da lovimo Vašeg brata kojeg ni sami niste nikada vidjeli, ne znate ni kako izgleda?

- Mislim da će sve ovo da izmakne kontroli ukoliko se i sam ne uključim u slučaj sa Vama, ležanje ovdje neće mi pomoći, osim toga moj sin je bez mene. Moja supruga me treba.

Krenu da ustane, ali blago jauknu. Uhvati se za nogu.

- Dovraga, šta mislite da radite?

- Idem svojoj kući!

Dan je bio topao, lagani povjetarac se igrao sa njenom haljinom. Sjeli su ispod jednog hrasta, nedaleko od njih se protezalo malo jezero. Vazduh sada kao da je bio malo svježiji od blizine vode. Pogled joj je lutao po plavoj površini, mirnoća jezera kao da je umirila i njenu unutrašnjost. Negdje u daljini kao da je čula zvuk vodopada, udaranje vode o zemlju.

- Ono što tražimo to uvijek traži nas- izusti starac zagledan u daljinu. Spustivši se na zemlju sjede.

- Ne znam da li mogu sa tim da se složim. Ako sam tražila razgovor sa Bogom, u redu evo dobila sam ga, a šta je sa ostalim ljudima.

- Isto ga imaju, kroz molitvu, kroz vjeru, spoznaju ga u sitnicama. Svaki trenutak priprema nekoga za nešto. Tako kada čovjek doživi tugu, on misli da će u tuzi da bude stalno, ona samo čisti čovjeka, produhovi ga za nešto više, da bi radost koja mu je namjenjena mogla brže da stigne.

- Kada je to tako, zbog čega odmah nemamo samo radost, a ne samo probleme i sve se tako odvija kao smjena dana i noći?

- Misliš da bi ljudi bili zadovoljni da je samo dan, ili da je samo noć? Ili da imaju sve u izobilju, da znaju samo šta je sreća a ne i tuga? Kroz te smjene naučimo da volimo druge, naučimo svi da srce ne treba da bude kamen. Kod mnogih to jeste, nažalost. Ljudi su zaboravili da za sve postoji hrana. Za oči, uši, srce, za sve organe, ali slabo potežu za tom hranom. Mnogo zla se na zemlji namnožilo. Većina od njih ima srce, ali njime ništa ne razumije, ima oči ali njima ništa ne vidi, ima uši ali su gluhi. Glava im je usijana, duše već više od pola mrtve. Svašta pričaju, ne znajući da prijatelj i neprijatelj izlaze upravo iz čovjekovih usta. Ne znajući, da je srce kod čovjeka kao jedna posuda, oni odlučuju čime će tu posudu da pune. Kada bi ljudi shvatili da je cijeli život samo jedan tren, jedan trenutak i da će sve brzo da prođe, mnogo lakše bi živjeli, ali malo je onih koji su u stanju da se odreknu prolaznih uživanja, da bi dospjeli ovdje.

- Uvijek sam se pitala zašto se duša gubi, i gdje nestane?

-Nema ljubavi. Pojedini više ne vole ni sebe, pa kako da vole i vjeruju u mene. Ako ti nešto puno voliš, to onda često i spominješ. Malo je njih koji pominju moje ime, ali zato dosta njih spominje novac. Zbog prolazne ljubave za materijalnim, izgubili su vječnu ljubav. Zar vam nije rečeno: „Kupi za dinar molitvu ubogih i ljubav siromaha." To bogatstvo i sav taj novac ih skrene sa pravog puta. Ako pokažu ljubav prema meni, bilo to veličine kao zrno maka, ja ću njima da otvorim okean ljubavi. Ljubav je osnova svega. Meni se more zahvaljuje, planina mi se zahvaljuje, ptice svako jutro, svaki dan, svojom pjesmom, samo je čovjek nezahvalan.

- Imam osjećaj da sam bez riječi, zato što je sve navedeno tačno.

- Sophie, ljudi su zaboravili izvor svoje snage, i onda se čude kada ih uhvati nemoć, neimaština, tuga. Ja pokušavam da pomognem, ali oni odlučuju kome će da vjeruju, šta će u njihovom životu da prevlada, dobro ili zlo? Zbog toga kada se odluče da rade zlo, neke stvari se odvijaju tako da čovjek spozna da to što radi neće donijeti dobro ni njemu ni drugome. Malo je onih koji to spoznaju Sophie, zato što su previše oholi, egocentrični, tračaju, ogovaraju, raduju se tuđim mukama, zavide tuđoj sreći. Mnogo žele, a malo udjeljuju. Čovjek pokazuje da ima dobro srce kada pomaže drugome, bio taj dobar ili loš. Ja mnogo dajem, ali malo se njih na mojim darovima zahvaljuje. I onda se pitaju šta je sva ta opskrba odjednom nestala, tada me se ponovo sjete. Zovu me, mole me, traže pomoć.

- Šta je najvažnije da jedan čovjek ima?

- Razum, a zato se najmanje mole. Čovjek kada ovlada razumom, on kod njega kuca kao žila kucavica, razum sa sobom nosi strpljenje, strpljenje sa sobom vuče odlučnost, tako da čovjek ne poklekne u svojim datim obećanjima, odlučnost sa sobom nosi snagu da sve nedaće koje se na putu nađu, čovjek izdrži, snaga sa sobom nosi mudrost da čovjek odvoji loša i dobra zrna koja susreće na svome putu, a mudrost nosi sa sobom dobro vaspitanje, tako da svakoga koga sretne čovjek se prema njemu ophodi lijepo. Ali nažalost, malo je onih koji ovladaju svim ovim mudrostima, zato što nisu već prvu stavku ovladali, da imaju razum. Čovjek koji je ovladao razumom, njime ne mogu da vladaju drugi.

- I zar to sve stvarno slušaju anđeli i prenose ti te poruke?- spustivši se do njega sjede na zemlju.

- Naravno, kada neko pogriješi ja ne kažnjavam odmah kao čovjek. Anđeo na njegovom lijevom ramenu, malo pričeka sa kaznom i njenim pisanjem, iz samo jednog razloga, ne bi li čovjek uvidio svoju grešku, uradio dobro djelo, da dobrim izbriše loše. Zato mi nije jasno kada ljudi potcjenjuju dobra djela, pa čak i kada žednoj ptičici ostave vodu. Zato svi dobrog čovjeka vole i kao takav je uvijek dobrodošao, mada nekada isto, čini se, upadne u probleme, ali jedno dobrog čovjeka drži, vjera da je sve iskušenje, i zato ne poklekne, već ide dalje. Neki ljudi čine dobra djela, ali kada se to sve gleda, tu postoji jedna velika razlika, kao između istoka i zapada.

- Zašto?

- Zato što neki posjeduju razum, pa dobro čine, zbog ovog svijeta ovdje, svjesni da je tamo sve kratkotrajno i prolazno, dok drugi čine dobra djela, ali samo zato da budu viđeni i da se o njima priča, jer čovjek s razumom kada i učini grešku on je spozna i gleda kako da je ispravi, a čovjek bez razuma drži se samo za ono dobro što je uradio, ne čineći ništa po pitanju greške.

- Zar ti, kao Bog, ne možeš svakog da mijenjaš?

- Naravno da mogu, ja to tako i radim onome ko iskreno želi promjenu, ali srce koje je postalo kamen, teško je mijenjati. Teško je Sophie kamen omekšati, a da ne pukne. Čovjek bi trebao da kopa duboko i temeljno do svoga srca, da ga vrati u prijašnju normalu, ali mnogi to ne žele, nemaju volje, a trud im se čini uzalud iako nisu ni pokušali. Ljudi su ti koji se okrenu drugim silama, žele više bogatstva, više moći, više svega samo za sebe, ne onako kako je propisano. Zbog toga ako je jedan roditelj bio loš, dijete može kroz krv da sve te loše osobine povuče, ali isto tako da se okrene prema svjetlu, i bude drugačiji od svega što je vidio i doživio. Mnogi prouzrokuju mržnju nesvjesno čineći da se mržnja naslijedi u dalje potomstvo. I ljubav i mržnja se nasljeđuju.

- Da, zbog toga su i nastale mnoge ove bolesti...

- Zbog srdžbe, draga moja Sophie, samo zbog nje. Što se više oslanjaš na mene, više pomoći imaš. Čovjek ne može da očekuje da trulo sjeme da plod. Sam treba da pruži doprinos nekim stvarima.

- Šta to treba da znači, da nam sudbina nije zapisana?

- Naravno da jeste, ali vašu sudbinu znam samo ja, a ne raznorazni vračevi koje su okružili ljude na zemlji. Koji vam gataju na osnovu imena, datuma rođenja i mnogočega drugog. Ne znajući da sam JA stvaralac, zašto me ne potraže, samo jedno moje ime, jedno, od mnogih drugih, ja bi se odazvao. Ne znaju da svako moje ime čuva anđeo čuvar, i kada su dobri prema meni, anđeo dijeli iz moje riznice za to ime. Koliko mi se obraćaju, koliko mi se zahvaljuju, toliko im se iz riznice dobra spušta. Koji god mojim imenom se okitiš Sophie, budi sigurna da će moja riznica da bude velekodušna prema tebi. Ja vidim tvoje mane i nedostatke, ali isto tako ih prikrivam. Ja otkrivam tajne kome hoću. Šta misliš da svako zna svoju sudbinu, šta bi radio? Da zna da sam mu odredio da bude srećan, zdrav, bogat, uspješan, ima srećnu i zdravu porodicu? Ljudi kada ovo čuju žele sve ovo odmah. Ugađaju tijelu hranom i materijalnim udobnostima. I šta su time dobili, prijatelja tijela, neprijatelja duha, duha koji je nešto najčistije, najvažnije za čovjeka. Ali za njegovo shvatanje, tako nevažno. Nema strpljenja, nema čekanja, žele odmah da su bogati bez truna zahvalnosti. Čovjek voli da se sam hvali, ili da to dolazi od drugih ljudi. Samo da je on najbolji, niko više pored njega. Čovjek treba dobro da se zagleda u svoju nutrinu, preispita sam sebe kojim putem je krenuo, a ne da od drugog vidi samo negativne osobine, a kod sebe sve pozitivno. Svaki čovjek ima nešto pozitivno u sebi. Isusa kada su vrijeđali, on je pustio da kažu ono što misle. Šta je on na to rekao: Iz njih izlazi ono što je u njima, a iz nas ono što je u nama. Svakog čovjeka treba gledati kao dio sebe.

- Da, život je postao dosta brz, jedno je sigurno davno su to Arapi rekli: Neznanje je najveći neprijatelj čak da ti je kao otac.

- To su ljudi sve sami uradili u trci za novcem, novcem sa kojim ne mogu da kupe mene i bilo kakva dobra na onome svijetu. Svaki čovjek je dobio uputu da zna oba puta. Put pozitivnog, put negativnog. Zato treba da pitaju svoje srce, kada žele nešto da urade: Da li je ovo dobro ili ne? Iskreno spustiti ruku na svoje srce i upitati ga. Treba napraviti razliku između uma i srca. Ljudi čine zlo ne štiĉeĉi druge ljude, a zbog ĉega? Zahladnilo srce. Ljudi bi trebalo da osnuju fakultet samo za srce. Srce još kod ĉovjeka nije u potupnosti istraženo. Sve potiĉe od srca, ako ĉovjek mrzi, znaĉi da ima hladno srce, ako vrijeđa sebe i druge, to nije zdravo srce. Možeš da voliš svakoga, ali tvoje srce bi trebalo da pripada samo meni. Iskreni vlasnik sam ja.

Starac poĉe da gladi svoju dugu bradu.

- Da, ali ljudi te traže. Ima onih koji vjeruju u Tebe, ja sam jedna od njih..

- Ti jesi, on je prekide, ali vidiš Sophie, prvi problem kada ti se ukaže ti svoju vjeru dovodiš u pitanje. Vjera ne smije da bude podložna tim stvarima, ako dolazi iz iskrenog srca. Srce treba da bude ĉisto, bez mrlja, neuprljano, kod veĉine ljudi je srce zamagljeno, i sva nedjela i nedaĉe što rade, dolaze iz prljavog srca. Dijalog bi trebao da se obavlja na najljepši moguĉi naĉin. Ĉovjek lijepim dijalogom otkriva bolje razumijevanje, i drži svoj ego na uzdi. Kako ĉovjek da razumije problem i situaciju ako nije pristupio dijalogu? Dijalog je poput vatre, kao kada se kali zlato, dijalog skida talog, i svu onu neĉistoĉu koja se stvorila u ĉovjekovoj glavi. Obiĉno ĉovjek misli da ono što je dobro za njega, bude loše za njega.

- Buni me još nešto...

- To što me svi sebi prisvajaju.

- Upravo to sam htjela da pitam.

- Pravoslavci slave jedno, kataloci drugo, muslimani drugo, budisti treĉe... ono što je važno da sam ja jedan. Da li me ti pronašla u Bibliji ili u Kur'anu sasvim je svejedno. Unijeti radost u srce ĉovjeka to je moje najdraže djelo.

Sophie ustade, skinu papuĉe i nogama zagazi malo u vodu. Iznenadi se prijatnom teperaturom vode.

- Znam šta želiš da mi kažeš, okrenu se prema njemu. Nisam trebala da onako postupim prema Danielu.

- Nesreĉe ĉine ĉovjeka zrelijim. Ono što drži dvoje ljudi da ostanu zajedno, to je ljubav. Ali kao i sve, ljubav se treba njegovati. Ne možeš sjeme da staviš u zemlju, a da mu nikada ne daješ vodu. Zakržljat će, i nikada neće dati plod. Da bi nešto uspjelo, treba oba srca da se otvore, ako je jedno zaprljano drugo će pomoći u njegovom čišćenju.

- Da li to znači što sam sada ovdje, da sam izgubila mogućnost da svoju grešku popravim?

- Grešku, on je pogleda blago uzdignuvši obrvu. Možda bolje više greškica da kažem. Ja sam uvjeren da si povukla osobine svoga imena, ali ih još ne koristiš. Ili mudrost dolazi tek u kasnim godinama kod čovjeka? Kriviš svoje roditelje što su te ostavili, iako ne znaš razlog tome, osim toga nisi sklona praštanju, i u tebi ima mali dio srdžbe, koja, ukoliko je ne sasječeš na vrijeme, može da izraste u veliku štetočinu. A kada oprostiš roditeljima, oprostit ćeš i sebi. Usta su Sophie kod čovjeka glavni razlog mnoge nesreće. To što si pričala sa bijesom o biološkim roditeljima, nije uticalo na smanjenje tvoga bola?

Sophie ga zamišljeno pogleda.

- Imamo posla Sophie, put koji si do sada prošla dao ti je uvid u neke stvari. Treba da te naučimo kako da budeš, učenik, ona koji voli, ona koja sluša, da bi iz učenika izrasla u učitelja. Ali sve je to proces, ni jedno sjeme ne izraste za jedan dan. Kad prepoznaš i nađeš u čovjeku trun dobra koje je zatrpano blatom, tek tada ćeš da spoznaš smisao života. Sreća je uvijek tu, samo malo treba skloniti zavjese sa srca i oslušniti, oslušniti ono što ono kaže, jer tada nećeš strahovati za ono šta će biti, i tugovati za onim što je bilo. Ne brini Sophie, ja sam uz tebe, bliži sam ti od vratne žile kucavice.

- Neke se stvari najbolje rješavaju oči u oči. Sreća je ptica koju treba brzo uhvatiti, nema vremena za gubljenje. Drugi su te podigli visoko Daniele, ali vidiš ja sam te vratio na zemlju.

Zatvorivši vrata automobila uputi se prema kući od Marie.

- Baš da vidim Daniele da li ćeš moći da spasiš život sinu? Nisam u položaju da ti dajem milost kada je došlo vrijeme za pravdu. Ja da cijeli život patim a ti da uživaš, ne ide to tako brate. Tako je to kada ljudi misle, ako neko nestane, ne pojavljuje se više, da je sve riješeno u njegovom životu. Ali brate i zemlja ćuti, ali u sebi drži vulkan.

Načekao se dugo dok je ispratio Lukasa, ali konačno, dočekao je i svoju priliku. Nogom je udario o jednu stepenicu. U protekla dva dana nije baš najbolje jeo, svu svoju energiju usmjerio je na gledanje vijesti na TV-u, i baš kao što je i mislio, istraga nije ništa značajno pokazala. Naravno da ovo nije prvi put da radi ovu vrstu posla, ali ipak mjera opreza nikad dovoljno. Marie je bila u kuhinji kada je začula zvono na vratima.

- Lukas, da li ćeš jednom aktivirati svoj mozak i prestati da zaboravljaš ključeve?- dok je brisala ruke o kecelju pričala je sebi u njedra. Baš kada se uputila prema vratima, zazvonio je kućni telefon.

- Pa Lukas morat ćeš da pričekaš, tako ćeš jednom da se naučiš pameti i stvari počneš da gledaš iz drugoga ugla.

- Marie,...

- Daniel... izusti začuđena što čuje njegov glas.

- Marie izašao sam iz bolnice, jednostavno ne mogu...

- Nisam htjela da te zivkam po bolnici, Lukas je krenuo tamo, ali je zaboravio ključeve, pustila sam ga da čeka malo pred vratima dok se javim na telefon.

- Čudno- reče Daniel, Lukas me nazvao iz bolnice, prije par trenutaka smo razgovarali... O, moj Bože...

- Daniel Šta se dešava? Plašiš me!

- Mari, ne otvaraj vrata! Sad ću da pozovem policiju! Gdje su djeca.

- Djeca, djeca su na spratu, igraju se.

- Ne otvaraj vrata, stižem kroz par minuta!

Marie drhtavim rukama vrati telefon na mjesto. Zvono na vratima se oglasi još nekoliko puta, na kraju poče kucanje.

- Marie... znam da si kući! Ja sam David Lebron. Želio sam da vidim kako je Adrian.

- Oh, David...

Ona krenu prema vratima, ali u glavi kao da joj se upali zvono.

Osjeti da je neka nevidljiva sila zaustavi, čak i da je željela nije više mogla da pomakne nogu korak naprijed.

- Zar on nije jurio Sophie, zbog čega on dolazi da pita za Adriana, zar Lukas nije rekao da mu se čini da je ono David na snimkama, kako zna da je ona kući?

Još veća panika poče da joj kola tijelom. Kucanje se nastavi, sada sa malo jačom lupom.

Već su počeli grašci znoja da mu oblivaju čelo. Prokleta kurva, neće da otvori vrata. Sophie joj se povjerila u vezi njega.

- Dobro Marie, kada nećeš tako imam ja i za to rješenje- pomisli u sebi.

Iz džepa izvadi set malog alata za otključavanje brava. Pogleda oko sebe i spazi da u blizini nema nikoga. Stavi jedan ključić u bravu. Marie je osjetila da se nešto dešava, ali još nije znala šta, dok nije čula čaprkanje u bravi.

- Samo da znaš Daniel dolazi i pozvao je policiju!- viknu.

Priđe ormaru za obuću i odjeću u hodniku, i poče da ga povlači prema vratima. On na njen glas stade.

- Ne moraš da mi vjeruješ, ali svaki sekund će da bude ovdje. I policija isto.

Upregnu svu snagu i dovuče ormar do vrata. On se nakratko zamisli pa izvuče alat iz brave i vrati sve u džep.

- Samo sam htio da vidim kako je Adrian, i da porazgovaramo? Samo želim da otvoriš vrata. Ne želim vam ništa loše.

- Aha, baš - pomisli u sebi.

-Ne pogađam se sa đavolom! Adrian je dobro i u Americi je kod Lukasovih roditelja, dok se ne nađe počinioc. Ne razumijem, zbog čega se ti zanimaš za stvari koje ne bi trebalo da te se tiču?

- Radoznalost će da te ubije Marie, isto kao mušicu svjetlo.

Usne izvi u blagi osmijeh, da li zato što ju je potcijenio i nije znao da je tako prepredena da laž smisli u sekudni, ili što misli da je on glup i očekuje da joj vjeruje. Šake je stisnuo u pesnice. Ugleda taksi kako se parkira u blizini, pogled mu se ukliješti sa Danielovim. Brzim hodom udalji se od kuće.

-To je nemoguće izusti Marie. Slušaj ja znam da je on čudan, ali da misliš da je tvoj brat, to mi već nema logike.

- Šta konkretno znamo o tom čovjeku osim što je radio u bolnici...

- I upucavao se Sophie... Marie prekri usta sada svjesna šta je rekla.

- Molim?!- upucavao se Sophie, šta to treba da znači?

- Joj, Bože! Moj jezik i ja! Uhvativši se objema šakama za glavu sjede preko puta njega, gledajući u njegova invalidska kolica, sreća imao je štake uz sebe, pa su uspjeli nekako u kuću da ga uvuku.

-Ima nešto što sam očigledno propustio?!- ljutito reče gledajući u nju, skrenuvši pogled na Adriana koji se igrao sa Leom.

- Sophie mi je to rekla u povjerenju, jako je bila iznervirana zbog toga. Zbog toga mu je rekla da uzme odmor, nakon kojeg se on više nije ni pojavio na posao. Ne znam zbog čega, ali taj dan kada me nazvala sumnjala je da David ima možda neke veze sa kupovinom dionica, mada ni sama nije znala kako, odakle bi to sve moglo da bude povezano. Paket dionica nije mala stvar, iziskuje novac.

-I sada mi sve to govoriš, dovraga!

Viknu ljutito, objema šakama stisnuvši ručke od kolica. Adrian je pogledao u njega, ali on mu se blago osmijehnu. Desnom šakom pređe preko čela, pomalo zamišljen.

- Zašto mi nije ništa rekla?

- Ne znam da li znaš, ali kada sam sve ove probleme imala sa Lukasom jedne prilike nazvala sam Sophie, ne znam, valjda da tražim pomoć šta da radim, kada izlaza iz ove situacije nisam vidjela i znaš šta mi je ona rekla: Marie, brak je kao sto, sto ima četiri nogara, nogari su tu da drže teret stola, dva nogara su tvoja, dva od Lukasa, ako jedno popusti teret će da padne, što znači da u tom braku nema ljubavi. Ljubav je tu zato što zaljubljeni ljudi prebace taj teret na sebe kada je jedan od partnera umoran. Ljubav je čuvanje tajni. Onaj koji ne zna da čuva svoj brak i čuva tajne koje su u stanju da naruše taj brak, znači da ne zna da voli. Ono što ubija jedan brak je ljubomora koja se stvori kada tajne isplivaju na površinu.

- A zašto ja nisam rekla Lukasu za Timotheea, zato što među nama nije ništa bilo, ali prvo što se stvori među ljudima je taj balon nepovjerenja. Oj, Bože! Šta je ovo više? Svakako sama Sophie nije imala povjerenje u Davida čim je rekla Lukasu da ga istraži.

Daniel je zgrožen svim onim što čuje.

- Wow...- reče razočarano. Sada mogu da zaključim da je svako išao svojim putem, čim je tako nešto prećutala. Mada sam na njenom licu mogao da iščitam zamišljenost i sada konačno znam i zbog čega. Pogled mu je lutao, osjećao je kao da riječi od Marie više ne dopiru do njega.

- Ja poznajem Sophie, a i ti isto. Ako ti se i nije povjerila to je samo zato što je strahovala cijelo vrijeme za tvoje zdravlje. Ona mu dodirnu šaku.

Sjenka bola se iscrta na njegovom licu, raširio je nozdrve i uzdahnuo.

- Da zato mi je prećutila da joj se David upucavao, zato mi je prećutila da je trudna i sam Bog zna šta sve još ne. Sva ova sumnja sada nagriza mi otvorenu ranu. I šta je Lukas saznao?

- Mislim da nije ništa, jer nije imao vremena da se tome posveti, ali organizovao je detektiva kako se sve ovo dogodilo, jedan problem lijepi se za drugi kao nekakav magnet. Osim toga, sam si rekao da treba da se saberemo i držimo zajedno. Gnjev, mržnja, ambicija, ljubav, to su opasni osjećaji kod nas ljudi. Sjećaš li se tih riječi?

- Da, odgovori tupo. Ako nisu uravnoteženi samo jedan je od njih dovoljan da čovjeku život pretvori u pravi pakao. Ali sve je to bezvrijedno što znam Marie, kada su, u ovom trenutku, sve te emocije pohranjene u meni, i najgore od svega, ove loše oživjele. Trudim se da ova lijepa sjećanja koja su mi se tek ovlaš uhvatila za srce ne izgubim. Bojim se da od svega ovoga ne izgubim razum. Grozan je osjećaj, kada si osjećanjima i mislima privržen osobi, a tjelesno si odvojen. Uz Sophie i ovu našu malu porodicu konačno su mi oči progledale, a srce poskakivalo od lude ljubavi. Samo da ustane i dodirne mi ruku, sva ogorčenost poput kakvog plašta spala bi sa mene. Ako to više ne mogu da imam, rado biram da svoj život okončam.

- Sve znam, vjeruj da možda se malo čini da sam u boljoj poziciji, ili Lukas tako isto, ali cijela ova situacija sa Chloe nas je dovela do samog ponora. Pokušavam da ne pomjeram više kamenja, da ne bi srušila cijelu planinu, i tek onda mogu da očekujem nove probleme. Ali moj tata ima običaj da kaže: „Odluke se ne donose u bijesu." Ishitrene odluke dovode do kajanja.

- Patnja i tuga ovladali su sa mnom. Sada bi ona već bila kući, uronio bih lice u njeno krilo, dok bi me njene nježne ruke grlile. Svojim poljupcem udahnula bi još života u mene, obasula me srećom, šapnula mi da me voli, a ja se nasmijao, svjestan da se tih riječi sa njenih usana nikada ne mogu dovoljno da nahranim. Naveče bih spokojno utonuo u san omamljen mirisom njenog tijela, svjestan činjenice da ni jedno drugo tijelo ne može tako da me ugrije i toplinom omami. Njen glas, koža, miris, to je melem za mene, za moju dušu, i sada mi govoriš da je neko drugi htio da to prisvoji? Kako da izliječim sada ovaj gnjev koji se probudio u meni? Da neko drugi želi da oskrvnari ono što nas dvoje imamo, ali lukavo poput duha se ušunja, luta među nama, tražeći nam slabe tačke. Kada ga se dočepam, udavit ću ga golim rukama!

- Prestani da sebi stavljaš so na ranu. Moj mi je otac skoro rekao: „Krv se spire vodom, ne osvetom." Velika je to slabost za tako sposobnog čovjeka poput tebe. Uzdigni se, ja vjerujem da će svaki čas da se probudi. Osim toga i radost kao i tuga imaju svoje vrijeme. Mislim da u konačnici svega treba da naučimo da ne treba da srljamo i žurimo kroz život, ne treba ni kasniti. Jednostavno treba da pokušamo da tražimo neku sredinu.

Marie se malo uplašila njegovih riječi, njegovog pogleda, zato što je sad u tom pogledu vidjela gnjev koji se prije nije nazirao. U očima je uvijek bila toplina, a sada se stvorila jedna santa leda.

- Sophie nije ništa kriva, udaljila ga je od sebe...

- Da, ali se on nije udaljio od nje, u tome je razlika, vuk se umiljavao jagnjetu. Ne samo to, sto puta sam joj rekao da je opasno kada je osoba previše osjetljiva. Sve to čovjeka čini osjetljivim na podle igre i saveze sa protivnicima. Odmah je trebala da mu da otkaz, a ne šalje ga na odmor da očisti mozak. Očisti mozak od čega? Od nje?

Pogleda je oštrim pogledom.

- Sada sam siguran da je bio u njenoj sobi i ostavio ono cvijeće. Čak i kada sam je jednom posjetio sa Adrianom u bolnici sjaj u njegovom oku nekako mi je bio čudan. Zastao sam malo pored vrata, ali njihov razgovor je bio poslovan.

- Molim te da ne zaključuješ napamet, možda je neko od medicinskih sestara to uradio. Svi je jako vole. Osim toga nije ni vrijeme ni mjesto za ispade ljubomore. Zar nije Sophie rekla: „Treba da mislimo dobro čak i onome koji misli loše i radi nam loše, radi i misli dobro ne očekujići ništa."

- Čovjek je ljubomoran Marie, kada su u pitanju oni koje voli. U ljubavi prema drugima budi poput sunca, u velikodušnosti i pomaganju drugima budi poput rijeke, u prikrivanju tuđih nedostataka budi poput noći, u poniznosti i skromnosti budi poput zemlje, u bijesu i nervozi budi poput mrtvaca. Bez obzira ko si ili kakvim se prikazuješ, ili se prikazuj kakvim jesi, ili budi kakvim se prikazuješ. To mi je često navečer citirala, stih od Rumija. Nekada čovjek jednostavno u jednom danu pronađe osobu sa kojom će provesti cijeli život, a nekada cijeli život traže srodnu dušu. Sada vidim da je srećan onaj koji je zadovoljan onim što ima, ako nisi zadovoljan onim što imaš i tražiš mu mane, brzo ćeš postati nesrećan.

- Čovjek koji je zaljubljen, trebao bi da vjeruje onome koga voli, zar ne? Bože! Želim da nam se vrate naši životi i sloboda koju smo imali.

- Čovjek kada nije slobodan, ne može biti ni smiren ni srećan. Što je najgore od svega, ne može da usreći nikoga. Sloboda nije raditi što želiš, već ne učiniti ono što ne želiš. U tvom slučaju treba da se potrudiš da očuvaš svoj brak, Lukas je vrijedan toga, vjeruj mi. Kada je moja porodica dobro, to vrijedi više nego da mi ponude čitav svijet. Porodica je sve, Marie.

Izbjegavši vješto odgovor na njeno prvo pitanje ugleda Adriana kako ide prema njemu, noseći autić u ruci. Priđe mu i ovi svoje ruke oko njega.

- Tata ja bih išao našoj kući- reče tužno.

- Zar ti nije lijepo ovdje?- Marie ga štipnu za obraz.

- Jeste, ali ako mi budemo kući možda će i mama brzo da dođe. I Sara će da se vrati, sve mi nedostaje. Oreo je možda gladan?

- Ne brini, ima dovoljno hrane, Marie je već bila tamo, zar ne?

- Da, hrane, vode, ne znam koliko mu je to zanimljivo samo leži i spava.

- Mama bi sada rekla da mu možda treba pauza od mene.

- Zar se ne plašiš da idemo tamo? Ne znamo šta može da se desi?

- Da, ja sam odlučila a i Lukas isto, dok se Sophie ne vrati da vas dvojica, naravno zajedno sa Oreom, budete naši gosti.

- Nisam baš siguran koliko je to dobra ideja, Marie. Znaš da će Oreo da izgrebe sve tvoje nove stolice?

- Pa mogu malo da zažmurim i pravim se da neke stvari ne vidim.

- Ne znam, Marie. Moram da nazovem firmu da dođu i postave sigurnosnu bravu i protuprovalnu rešetku- izusti Daniel.

- Sam svakako ne možeš, dok se oporaviš ostanite ovdje. Već sam sobu spremila. I Leu će da bude drago što si ovdje, vidiš da te već pogledom traži.

- Samo dok Sara ne izađe iz bolnice, onda idemo kući, tata?

- Vrijeme brzo prolazi, svakako- doda Marie

- Prolazi i krade nam mnoge stvari.

- Nije bitno što krade, to će nekako i da se riješi, nego je bitno ono što će da ostane iza njega. Neke stvari jednostavno nismo u mogućnosti da zaboravimo.

- U redu, onda- reče Daniel. Ostajemo ovdje. Moram samo neke stvari da donesem.

- Ne brini ništa, djeca nisu kruta kao mi odrasli, oni se lako prilagode na sve situacije- reče Marie, smiješeći se. Ja ću ti sve pomoći, odvest ćemo dječake kod moga oca da ih pričuva. Situaciju ne možemo mijenjati, ali možemo promjeniti svoje misli i gledati kako da stvari postavimo na njihovo mjesto.

- Zbog čega ste sigurni da je David Labron ubio Chloe Bennet, ili još gore da je to brat od Daniela Westona?

- Zato što mi je Sophie prije svega ovoga rekla da provjerim Davidovu diplomu koju je dostavio, znanje koje je on donio u našu kliniku je srazmjerno nuli. Ona nije željela da se stvori paniku među ostalim osobljem bolnice...

- Zbog čega je tražila tu provjeru, desio se neki slučaj?

- David je pokušao da joj se udvara, ali i prije toga ona kaže da je njegovo znanje dovela u pitanje, zato što ništa nije radio sam već se oslanjao na asistenta. Sara je već nekoliko puta prijavila da je ona obavljala zadatke umjesto njega. Čak kada se kondom kod pacijentice zaglavio, nije znao da prisupi poslu.

- Hm, zanimljvo, a prijašnje radno mijesto?- upita komesar izvadivši cigaru iz paketa.

- Zvao sam njegovu prijašnju kliniku i prvi put se susreću sa tim imenom. I tu je moja istraga stala. Ali mi je Marie rekla da joj je Sophie rekla da sumnja na Davida da se uvezao sa nekim i počeo da kupuje dionice iz firme. Angažovao sam detektiva. Vjerujem da je dosie tog čovjeka debeo kao telefonski imenik. Moj instinkt malo kada me je prevario, a također me ne vara kada kažem da polìcija očigledno nije ni od kakve koristi. Kada ste nekome potrebni gluhi ste, kada vam je neko potreban spremni ste na sve, i to bez oklijevanja.

Komesar udahnu duboko.

- Paket dionica nije malo novca, osim toga, što to niste prijavili policiji?- upita komesar pripalivši cigaretu, osjetivši aromu dima.

- Zato što je Sophie tako savjetovao advokat.

- Tikva je ovdje puno trula, i puno ima propusta. Treba da napravimo nalog za Davida, a na osnovu čega da ga tražim? Prijetio nije, dosije u policiji nema. Da uhapsim čovjeka što je došao pred vaša kućna vrata i tražio da vidi sina bivše šefice.

Sada mu pogled odluta sa Lukasa na bijele zidove dok je zamišljeno uvlačio dim cigarete.

- Sve vas razumijem, nastavi Lukas, ali zar nije malo čudno da on dolazi i traži dijete od nje, i to baš sada kada se sve ovo dogodilo sa Danielom. Naravno i o tome nemate nikakve informacije, kao ni u vezi moga slučaja?

- Naime, imamo. Uzorak vaše sperme nije se poklopio sa nalazom Chloe Bennet, što znači od strane druge osobe je silovana, i ima još nešto, pojavila se jedna snimka. Na kući u susjedstvu postoji kamera ali sa unutrašnje strane skrivena, okom nevidljiva sa vana. Tablice na Golfu 4 su obične nekomercijalne. Ali vozač se jako slabo vidi, kada kažem slabo, znači da se maksimalno zakamuflirao. Možda je David htio dječaka da utješi, čuo je šta se desilo?

- To sigurno nije to!- prsnu Lukas. Nije mi jasno, ta ulica nije tako pusta, prometna je, ne toliko naravno, ali da niko ništa nije čuo ni vidio?

- Ne ide to tako baš sve jednostavno. Iz iskustva ti kažem, kada se ljudi trude da doprinesu istrazi, uvijek pogrešno prenesu cijeli događaj, tako da istraga često krene u drugom smjeru. Istraga će sve da pokaže. Sve su ovo sada samo vaše pretpostavke. Vidjet ću šta mogu da uradim. Znaš, ovo radim samo što mi je jednom davno Gustav pomogao. Ovakve informacije ne bih trebao da ti dajem.

- Nisam to znao.

- Da, zapravo preko svojih veza on me doveo do radnog mjesta u policiji, malo po malo, evo tu sam sada.

- Jeste li još šta saznali u vezi mog slučaja?

- Istraga je u toku. Poslali smo ponovo DNK ekipu na lice mjesta, malo mi je to sve čudno, prvi put nisu ništa pronašli. Ili se radi o jako velikom specijalcu, ili osoba sa snimka nije sa vama ulazila u stan od Chloe Bennet? Vidjet ćemo šta će istraga da pokaže. Sve je jako sumnjivo.

- Zaboravio sam ovo da kažem, kada sam gledao slike nadzorne kamere iz bolnice, učinilo mi se da David ima isti hod kao čovjek na mom snimku.

- Lukas, molim vas - odloži cigaretu u pepeljaru. Ja znam da vi želite da pronađemo počinioca svega, ali ne možete doći ovdje tek tako i tvrditi: Taj David je kupio dionice, ubio po vašem mišljenju Chloe, došao je da otme sina od pacijentice, i šta sve ne.

- A zašto da ne? Zar to nije moguće?- upita Lukas. Mislim da u ovom trenutku, Vi previše toga odbacujete.

- Samo za to što ste sigurni da je pokušaj ubistva bio u bolnici, poslušat ćemo Vaš zahtjev i uraditi ono. U svemu ovom čini mi se da imamo previše i očiju i ušiju sa strane. Ne znam kako će to muž od pacijentice da podnese, jako je težak tip...

- Prepustite to sve meni.

- Da tako svi kažu, ali zbog ljubavi čovjek često izgubi razum, a Vaš kolega je na dobrom putu ka tome. Bolje da se potrudite da ga držite po strani, ne treba nam još neko ko misli da posao bolje obavlja od policije i stvar uzima u svoje ruke, pritom napravi neoprostive greške. Nadam se samo da znate šta radite, jer i moj položaj je ugrožen, sve ovo što sam godinama sticao.

Petnaest dana kasnije

John - David

Ljudi upiru prstom u vas kakvo ste vi čudovište a ne znaju da je većina od njih upravo zaslužna za to. Kažu da su neka djeca surova, bezobrazna, ali da li vam je neko rekao da sve to djeca ponesu od roditelja. U sebi nosim pakao i raj. Smjenjuju se kao dan i noć. Saveznik sam neprijateljima, prijatelj sam prijateljima, ili samo tako mislim? Na rubu sam pakla, a tamo u daljini vidim nedostižni Raj. Ne ljutim se na svoju sudbinu.

- Ne iskušavaj moje strpljenje John.

Ta rečenica mi je urezana u svaku ćeliju moga mozga. I onda mogu da kažem čim sam se rodio, nisam ni izašao iz mračnog tunela bio sam stalno u njemu. Klijenti moje majke su se kao na kakvoj željezničkoj stranici smjenjivali, dok je pružala svoje usluge. Da, to je ta tamna strana Amerike. Boriš se da preživiš, valjda je to tako, mada mislim da je ona to radila i iz zadovoljstva, srasla je sa svom tom bagrom. Gdje mislite da je upoznala Danielovog oca? Smiješno mi je to, ali vjerujte, ljudi kako se navuku na drogu tako se lako navuku i na seks sa nekom ženom. Tako je moja majka, omotala se lagano i lukavo oko milionera, nesvjesno šta je meni jedan od njenih bivših klijenata uradio. Kasnije kada sam joj sve rekao, čini mi se da nije marila previše za to. Ali u meni se rodila jedna nova zvijer. Osjetio sam to, tačno znam kada se desilo. Ovila mi se oko nogu, lagano se uspinjala uz kičmu, stigla do srca, svaku poru ljudskosti u meni zatvorila, omotala se oko glave, gdje je moje racionalno rasuđivanje nestalo. Da budem iskren, nisam se ja previše na to ni žalio, sam sam to prizvao, raširenih ruku sam to dočekao. Jer, čudovište ne može da nosi u sebi ljepotu, već samo čudovište. Obuzelo me to sve, da sam onom gadu koji me silovao prerezao vrat sa razbijenom flašom.

265

Danielov otac čak i da je htio moju majku da šutne, sada više nije mogao, ostala je trudna, a sa mnogim dokazima držala ga je u šaci. To se desi kada se muškarac povjeri ženi u krevetu, smatrajući je glupom, a ona odjednom počne da čupa svoju inteligenciju iz skrivenog skrovišta kao miš zalihe sira. Mrzio sam ga. Prije kada nismo ništa imali, bilo je trenutaka kada mi je mama posvećivala pažnju, a onda je sve to palo u vodu. Došli smo da živimo u vilu, gdje je kročivši nogom tamo promjenila boju svoga glasa, i sve svoje dotadašnje navike. Da, ljudi se promjene za sekundu vjerovali vi to ili ne. Kako god, u toj kući sam dočekao samo Danielov prvi plač, onda su me otrpemili u specijalni internat, po objašnjenu moje majke da tamo stanuju ovakvi kao ja. I tamo me dočekala velika muka, ali sada sam već koliko toliko znao da se pazim, osjetim opasnost i sve ono što ona sa sobom nosi. Ali onaj osjećaj odbačenosti nikada se nije ugasio u meni. Zakleo sam se da ću ih ubiti, ali još mi je ostao Daniel. Morao sam to tako da uradim, jer za njih više nije bilo mjesta u mom srcu. Da uništim sjeme i svaki potomak. Tako to ide, jedno vrijeme se jednostavno primirite ne otkrivate svoje tragove, ali htjeli vi to ili ne, ili plijen pronađe vas, ili vi plijen. Zadali ste sebi zadatak da se jednog po jednog lagano otarasite. Tako sam došao do Amira, tako sam detaljno istražio Sophie, i došao do Daniela. Nasmijao sam se sam sebi u dubini svoje duše, kad sam sa njim pričao, a ništa nije povezao. Ali ja, John, znam šta želim, problem je David. David radi sve ove zaplete bez potrebe.

On ide u bolnicu, sjedi pored Sophinog kreveta i pjeva joj serenade:

- Moje jutro, moj dan, moja noć....

Razumjet ćete i sami da je pukao. On nas je i doveo do problema. Svojom osjećajnošću, svojim glupostima. Sve što je trebao je da se samo drži plana. Iz toga razloga otišao sam i isključio Sophie aparate. Shvatio sam da je velika prijetnja i neko ko sa Davidom mlati kao sa potrošenom krpom. I sada, nenadano, sve zahvaljujući Davidu, nakon deset dana policija je došla i pretresla moj stan, morao sam da se sklonim. Sada traže Davida Labrona, sreća, ja, John, izašao sam na vrijeme i sklonio se od svega. Nije mi jasno zbog čega traže

Davida, ali bolje za mene što traže njega a ne mene. Sophie sam se konačno riješio, sa njom je otišla i Sara, naravno da ću i glupave Sare da se riješim, a tek Chloe. Ne, ne može Danielova patnja da me spriječi da ubijem i njega. Jedina je pravda da Adrian ostane sam na svijetu, ništa više nego jedno obično siroče. Ostaviš dijete da živi bez majke, ali ima sigurnost oca, ali onda nestane i otac. Bum! To sam ja, čovjek koji će, malom dječaku, da pokaže kakvo je mjesto ovaj svijet. Definitivno ne tako lijep kao što je navikao u zagrljaju majke i oca. Prikrit ću se malo, policija je objavila sliku Davida, ali ovo je za ne povjerovati, velika nam je sličnost. Prije nisam dozvoljavao da mi se drugi mješaju u posao, ali David je postepeno preuzeo vodstvo. Sada se već pitate kako sam ga upoznao? Ni sam ne znam kada se to tačno dogodilo, ali mislim da je to bilo kada sam zadavio Ninu Gold. Još se sjećam njenog pogleda, ali došavši u svoj stan sve sam to brzo zaboravio utonuvši u san. Kada sam se probudio na stolu me čekalo jedno pismo. Pitate se šta je u njemu pisalo? Ništa previše samo par rečenica.

- John moraš da prestaneš da ubijaš ljude. Znam šta si uradio! Želim da ti pomognem, tvoj prijatelj..

David Labron

I tako je David lagano počeo da preuzima glavnicu moga života. Preko njega sam saznao sve, David je volio da čita, zanima se za neke druge stvari, ali ono što mi kod njega ide na živce ta njegova osjećajnost. Ja to nemam, ne želim da imam, ne mogu da imam, zloća u meni to nedozvoljava, a David to ne shvata. Bojim se da prije ili kasnije ne izbije sukob između Davida i mene.

Ono što ću uraditi, je, otići Sophie na poslednji ispraćaj. Gledat ću Daniela kako se pognuo kao staro drvo, sve je mogao, ali jedno ne, da je vrati. Nesvjestan da je i njegovo vrijeme ističe. Lovit ću ga kao što lovac lovi svoj plijen. Pratit ću njegove stope, i uhvatit ću ga na kraju. Umrijet će u teškim mukama, baš kao što su završili njegov otac i naša majka.

- Nisam sigurna da će Daniel ovo preživjeti?- tiho izusti Marie stisnuvši Lukasovu ruku.

- Neke stvari nisu nam date da se pitamo da li nešto možemo da uradimo ili ne, već shvatiš da nemaš drugog izbora i da je tako najbolje.

Dan je bio topao, ali svi su osjećali kao da u njemu nema života. Sve je nekako čudno, zamrlo, ptice se nisu čule, samo zvukovi automobila u daljini. Sveštenik je završio svoj govor. Duboko udahnuvši pogleda u par prisutnih. Možda svjestan da ni sam više ne zna šta da kaže. Tišina se zgusnula, vrijeme kao da je stalo. Niko se ne pomjera, niko ništa ne govori. Daniel je gledao tupo u jednu tačku držeći nesvjestan kako se sve odigralo, i kako da se suoči s tim da istinu mora da kaže Adrianu. Pesnice su mu bile u zavoju. Prekjučer kada je sve saznao, udarao je pesnicama u stakleni sto kao kakav manijak, raskrvavivši prste, dok sto nije rastavio na sto komada. Onda je dobar sat u jednom ćošku zida cvilio kao kakvo kuče. Ne, ne može to da prihvati da se nije ni oprostio od žene koju voli. Nije je vidio, dodirnuo, osjetio miris njene kose, poljubio njeno lice, a ipak se sjeća cijelog posljednjeg razgovora. Možda je tako i bolje, da se sjeća njenog vedrog lica, na čijim crtama života su ispisane njihove zajedničke tajne. Njeno lice kao da je na njega bacilo neke čini, začaralo ga. Nikada nije mogao da ga se zasiti, a sada, sada ga više nema. Nije to ljepota lica, već ona zraka, posebna koju je ona imala u sebi. Nekada uhvati tu iskru u Adrianovim očima. Iako je ona tvrdila da Adrian liči na njega, Bože, koliko samo liči na nju. Ona mu je donijela radost, dala snagu, a sada nastupa tuga. Iz misli ga prenu mimohod ljudi koji su krenuli prema njemu. Radne kolege, neke vidi prvi put. Svi su prilazili lagano i izjavljivali saučešće. Svi su imali trun tuge u svojim očima, ali njemu su misli pomahnitlo lutale glavom. Cijeli njegov život se izduvao kao probušen balon. Pogled mu je prikovan na visokim slovima, gdje je ipisano njeno ime, godina. Juče je čuo jednu medicinsku sestru u hodniku bolnice kada je rekla:

- Jedni se raduju drugi tuguju, takav je život, to je ta sila ravnoteže valjda u svijetu. Šteta mlada žena, ali život ne bira koga će da uzme.

- Šta misliš šta će sada uprava da donese, tlo ove bolnice se ljulja kao uslijed zemlotresa?- reče druga.

- Treba da pomognemo jedni drugima, a nadam se da će se naći adekvatna osoba da pokrije ovaj nedostatak. Ne samo njen, nego i njenog supruga, ne vjerujem da će on više da se vraća na posao. Ali vjerujem da bolnica još ima dobrih doktora koji mogu da zauzmu njihova mjesta.

- Nadam se da će sve biti dobro, niko ne može da utiče na to kad će doći smtni čas.

Tako znači, pomisli Daniel u sebi i njega su otpisali. I tako je najbolje. Naslonio se o zid bolnice i počeo da jeca. Njena želja je bila, u slučaju da joj se nešto desi, njen pokrov da se ne otvara. Da li je moguće da neko za života takve želje ostavlja, sam se zapita? Da li je moguće da vlastitu ženu nije poznavao dobro? Nema više želje za životom, ali zemlja je duboka a nebo visoko. Nema više suza da plače, presušio je. Činilo mu se da je njegova duša položena pored njene, u kolijevku života. Proljeće je izmamilo cvijeće i travu van, sve je puno života, samo je u njemu život iščeznuo. Sunce se izvilo u punom sjaju, pružajući oblacima neizmjenične poljupce, ali Daniel ništa ne opaža, u njima je vlada muk. U tišini mu se zadrži jedan glas u ušima što je neko od prisutnih tiho prozborio:

- To je bila Božja volja.

Htio je nešto da kaže, ali mu je šutnja bila teža od riječi. Dok je ležala u bolničkom krevetu, znao je da je u mraku, ali je imao nadu da će svjetlost da se vrati. A šta sada? Ko da uključi to svjetlo u njegovom životu, svjetlo koje je ona odnijela sa sobom?

- Život je, Daniel, kao sladoled, svaki sekund treba da uživamo prije nego što se istopi.

- Sve to lijepo zvuči, ali ako sam ja čokolada, ti si vanilija, i obično to ne ide jedno bez drugoga.

Duboko uzdahnu, stisnu šake, oslonivši se punom težinom na svoje štake. Osjećao se poraženo, konac o kojem je visio kao neka buba, pukao je.

Izvadi iz džepa papirnu maramicu osjećajući kako mu se suze nakupljaju u očima. U njegovoj glavi je bilo haotično stanje, blicevi slika su se smjenjivali. Sjeti se noći kada je spavao pored nje, slušao otkucaje njenog srca. Osjeti toplinu na svojim grudima kada je spustila svoju ruku na njih. Ležeći samo tako pored nje, ta tišina je bila tako vrijedna, tako intimna, intimnija od bilo kakvog razgovora. Sjeća se koliko je željela drugo dijete.

- Daniel, razumijem da su djeca obaveza. Zaista ima puno posla oko njih, ali isto tako oni su pupoljci naše ljubavi.

Sada se pitao, koliko dugo čovjek može da živi u tami? U tom svijetu gdje se glasovi pretvaraju u tišinu, a tračak svjetlosti okruži tama? Treba da nastavi borbu, zbog potomka kojeg ima, ali tijelo kao da mu je paralizovano od straha. Šta će biti sa njima sada kada je glavni stub kuće otišao?Nije vidio njeno tijelo, poljubio njene usne, spustio glavu na njene grudi, prošao prstima kroz njenu kosu. Nedostaje mu ona, njeni sitni pokreti, njena nježnost koja je u njemu budila neviđenu želju. Njena glava spuštena na njegovo rame. Glava mu traži da sve ovo zaboravi, ali srce to ne dozvoljava. Ovo srce je imalo gorivo koje ga je pokretalo!

Grlim je, ali duša opet čezne
za njom; da li mi može biti bliža od zagrljaja?
Ljubim je ne bi li moja čežnja minula,
ali žestina ljubavi prema njoj samo se povećala.
Strast koja je bila u meni je nedovoljna,
poljubac usnama ne liječi ono što je u meni.
Možda je jedini lijek za požudu u mom srcu
da naše duše budu pomiješane.

Daniel zajeca, tijelom se blago zaljuljavši na štakama.

- Daniel...

- Dobro sam, ne brini.

- Sophie, dala si mi vazduh da dišem i krila da pored tebe letim.

Sjećaš se ovih stihova od Rumija što si mi naveče čitala? Spaljeno mi je srce Sophie, zašto je sudbina ovako uradila, pokosila nam ovako porodicu? Zašto je Bog tako uradio?!- viknu glasno da su se neki ljudi koji su krenuli da odlaze, osvrnuli prema njemu.

- Jedno znam, smrt nam je uvijek blizu, ona se nalazi u svakom našem dahu koji udahnemo, spremno čeka, u svakom našem gut-ljaju i zalogaju, lukavo se odvija i lukavo nas prati. Smrt. I da znaš jedno draga, moja je ljubav tamo gdje si ti.

Lukas je bacao svoj pogled obazrivši se na ljude, u nadi da će u nekome da pronađe nekoga čudnog, nešto čudno. Znao je da je policija, u slučaju nečega, bila razbacana na krovove zgrada. Prijetnja je vani. Pored situacije u kojoj su se nalazili osjetili su to svi oko sebe. Lukas mu priđe potapša ga po ramenu.

- Mislim da bi trebali da krenemo?

- Zar je ovo moguće, Lukas?! Kaži mi, molim te, da nije! Da ovdje ne leži moja supruga, da pored nje ne leži Sara?

- Daniel znaš da mi je žao...

- Ne, Sophie nije mrtva! Osjećam to. Ne, ovo je neko drugi ovdje. Gdje je moja žena?! Tijelo poče da mu se trese.

- Daniel... Lukas ga zagrli. Molim te da se smiriš, Adrian te čeka kući- šapnu mu na uho, čvrsto ga zagrlivši i sam počevši da jeca, ali se pribra. Pokušaj da se smiriš tvoje dijete te treba.

- Nisu problem ove suze što idu van Lukas, već one što su ostale unutra. Mislim da ćemo, na neko vrijeme, Adrian i ja otići daleko odavde. Neko vrijeme. Drugačije ne znam kako sve ovo da preživim, biti ovdje svaki dan, da nas sve podjeća na nju...

- Zašto misliš da je to jedino riješenje, pričekaj malo dok...

- Dobio sam neki unutarnji osjećaj, kao neki instinkt, to je onaj osjećaj kada će oluja životinje se sklanjaju u svoja gnijezda, tako treba da napravimo i nas dvojica.

Marie je u dubini duše bila uspaničena onim što čuje.

- A gdje planiraš da ideš u takvom stanju? Još se nisi oporavio...

- Dobro sam Marie, ako rak nije uspio da me pojede, onda ne znam šta može da me uništi, odavde moram da se sklonim da to ne bi uradila ova tuga koju nosim u sebi. Bilo šta da mi kažete, nema značaja. U meni živi i živjet će vječno sjenka na mjestu gdje je nekad, ona bila. Nalazi se u svakom listu, u svakom cvijetu, u ovom vazduhu, u mojoj krvi, teče mojim venama, i niko nikada to neće moći da izbriše. Bog mi je uskratio ovu ljubav, ali jedno ne može da uskrati, da je u sebi nosim vječno.

- Baš zato što je nosiš u sebi, nosit ćeš je bilo gdje! Zaboga!

- Idemo u planine, naći ću nam kućicu i tamo ćemo biti. Bez interenta, sve ove buke...

- Da ideš tek tako sa djetetom, sam, ne dolazi u obzir! Daniel smiri se, ne radi nepromišljenje stvari pogotovo sada kada ne znamo gdje je on? Adrianu nećemo još ništa da govorimo, treba da budemo jaki, i smislimo priču, tako da očuvamo zdravlje od djeteta. Svjestan si toga?

- Baš zato što ne znam gdje je on, Lukas, treba da se sklonimo dok to policija ne riješi!

- Da, da se skloniš u civilizaciju, a ne na mjesto bez telefona i ljudi oko sebe. Riješit će, svi su uključeni u ovaj slučaj.

- Svi su uključeni, je l'? Moja supruga, Sara, leže ovdje pored sve policije i njihove istrage?

- Nije dobro da se ovdje raspravljamo, zar ne mislite tako?- tiho upita Marie, pognuvši glavu.

Daniel je tupo stajao i gledao u jednu tačku.

- I to je to, takav je život, kada imaš u sebi nadu, trun svjetla, život ga ugasi.

U daljini, sa klupe, jedan starac je posmatrao cijeli taj prizor, duboko u sebi nasmijavši se. Za ljudsko oko neprimjetno, ali tako vješto i precizno, uočio je policiju prerušenu u civil.

- Baš kao što sam i mislio- pomisli u sebi.

- Vidimo se brate, uskoro!

Kraj II djela

O AUTORU

Rođena 1984. godine u Tesliću. Završila srednju trgovačku školu u Tesliću.

Život joj je umjetnička biografija i najbolji učitelj.

Vjeruje da nema običnih trenutaka i da uvijek treba gledati vedriju stranu života.

Izdala je roman „Divenire", inspirisan istinitim događajima, u izdanju Tronik dizajn, Beograd, koji je doživio veliki uspjeh kod čitalacke publike.

CPSIA information can be obtained
at www.ICGtesting.com
Printed in the USA
BVHW072342200423
662718BV00016BA/763